D1857035

Die Kameliendame ist die tragische Geschichte der Kokotte Marguerite Gautier. Marguerite liebt Armand Duval, einen jungen Mann aus gutem Hause, mit einer Liebe, wie sie ihr bisher unbekannt war. Doch ihr Versuch, ein neues Leben zu beginnen, scheitert an bürgerlichen Moralvorstellungen.

Der Roman erschien 1848; die wenig später uraufgeführte dramatisierte Version gehörte zu den aufsehenerregendsten französischen Bühnenereignissen und diente Giuseppe Verdi als Vorlage für *La Traviata*. Zahlreiche Verfilmungen haben *Die Kameliendame* unsterblich gemacht.

Alexandre Dumas (fils) wurde am 27. Juli 1824 in Paris geboren und ist am 27. November 1895 in Marly-le-Roi bei Paris gestorben.

insel taschenbuch 2943

Alexandre Dumas

Die Kameliendame

ALEXANDRE DUMAS
DIE KAMELIENDAME

Aus dem Französischen
von Walter Hoyer

Insel Verlag

insel taschenbuch 2943
Erste Auflage 2003
Insel Verlag Frankfurt am Main und Leipzig 2003
© Sammlung Dieterich Verlagsgesellschaft mbH, Leipzig
Alle Rechte vorbehalten, insbesondere das der Übersetzung,
des öffentlichen Vortrags sowie der Übertragung
durch Rundfunk und Fernsehen, auch einzelner Teile.
Kein Teil des Werkes darf in irgendeiner Form
(durch Fotografie, Mikrofilm oder andere Verfahren)
ohne schriftliche Genehmigung des Verlages
reproduziert oder unter Verwendung elektronischer Systeme
verarbeitet, vervielfältigt oder verbreitet werden.
Vertrieb durch den Suhrkamp Taschenbuch Verlag
Satz: Hümmer GmbH, Waldbüttelbrunn
Druck: Nomos Verlagsgesellschaft, Baden-Baden
Printed in Germany
ISBN 3-458-34643-0

1 2 3 4 5 6 – 08 07 06 05 04 03

DIE KAMELIENDAME

I

Gestalten erschaffen kann meiner Meinung nach nur, wer die Menschen lange Zeit erforscht hat, wie ja auch niemand eine Sprache beherrscht, der sie nicht gründlich erlernt hat.

Ich selber habe freilich das Alter noch nicht erreicht, in dem man dichtet, und darum will ich mich auch begnügen, hier lediglich zu berichten. Das heißt, der Leser darf von der Wahrheit dieser Geschichte überzeugt sein, deren Personen mit Ausnahme der Heldin alle noch leben. Überdies gibt es in Paris für viele der Geschehnisse, die ich hier vorbringe, genügend Zeugen, die sie bestätigen können, wenn man mir etwa nicht glaubt. Den Bericht niederzuschreiben aber ermöglicht mir ein seltsamer Zufall, denn mir allein sind die besonderen Zusammenhänge mitgeteilt worden, ohne welche er weder vollständig sein würde noch Anteilnahme zu erregen vermöchte.

Die Sache kam folgendermaßen zu meiner Kenntnis. – Am 12. März 1847 las ich in der Rue Laffitte auf einem großen gelben Maueranschlag die Anzeige einer Versteigerung von Möbeln und zahlreichen Luxusgegenständen, und zwar einer Versteigerung wegen Todesfall. Der Anschlag nannte den Verstorbenen nicht, der Verkauf aber sollte am Sechzehnten in der Rue d'Antin Nr. 9 von zwölf bis fünf Uhr vor sich gehen.

Ferner war unter anderem angegeben, daß man Wohnung und Möbel am Dreizehnten und am Vierzehnten besichtigen könne.

Ich war immer ein Liebhaber von Kunstdingen und nahm mir vor, diese Gelegenheit nicht zu versäumen und mir, sollte ich nichts kaufen, wenigstens etwas anzusehen. So begab ich mich des andern Tages in die Nr. 9 der Rue d'Antin.

Trotz der frühen Stunde hatten sich bereits Menschen zur Besichtigung eingefunden, sogar Frauen, die, obwohl in Samt und Kaschmirschals gehüllt und in eleganten Kutschen vorgefahren, die Kostbarkeiten, die sich ihren Blicken darboten, staunend und sogar voller Bewunderung betrachteten.

Ich begriff sehr rasch dies Staunen und Bewundern, denn sobald ich mich genauer umzusehen begann, erkannte ich unschwer, daß ich mich in der Wohnung einer ausgehaltenen Frau befand. Wenn nun Damen von Welt, und es waren solche da, etwas zu sehen begierig sind, so ist es die Einrichtung solcher Frauen, deren Kutschen täglich ihre eigenen in Schatten stellen, die wie sie und neben ihnen in der Großen Oper und im Italienischen Theater ihre Logen haben und Paris durch ihre freche Schönheit, durch ihre Juwelen und ihre Skandale in Aufregung halten.

Die hier gewohnt hatte, war freilich tot. Die tugendsamen Damen durften daher getrost bis in ihr Schlafzimmer vordringen. Der Tod hatte die Luft dieses gleißenden Lasterpfuhles gereinigt, und überdies konnten sie sich falls nötig damit rechtfertigen, daß sie zu einer Versteigerung kämen, ohne eine Ahnung zu haben, wo sie sich befinden. Sie hätten die Anschläge gelesen, wollten besichtigen, was diese Anschläge ankündigten, und im voraus ihre Wahl treffen. Weiter nichts! Was sie indessen nicht abhielt, zwischen all diesen Wunderdingen einem Kurtisanenleben nachzuspüren, von dem man ihnen zweifellos so Seltsames erzählt hatte.

Unglücklicherweise hatte aber die Göttin ihre Geheimnisse mit ins Grab genommen, und die Damen konnten beim besten Willen nur in Erfahrung bringen, was die Mieterin nach ihrem Abscheiden, aber nichts von dem, was sie bei Lebzeiten anzubieten hatte.

Im übrigen gab es sehr viel zu erstehen. Die Einrichtung war großartig. Möbel aus Rosenholz mit Metalleinlagen, Sèvres- und China-Vasen, Meißner Figuren, Atlasstoffe, Samt und Spitzen, es fehlte nichts.

Ich schlenderte durch die Wohnung und folgte den vorausgegangenen neugierigen feinen Damen. Sie gingen in ein mit persischen Geweben ausgeschlagenes Zimmer, und ich schickte mich an, ebenfalls einzutreten, als sie lächelnd und gleichsam schamrot ob einer neuen Merkwürdigkeit flugs wieder herauskamen. Desto lebhafter verlangte mich, das Zimmer zu sehen. Es war das bis auf die kleinsten Stücke unveränderte Ankleidezimmer, in welchem die Verschwendungssucht der Verstorbenen ihren Gipfel erreicht zu haben schien.

Auf einem großen drei Fuß breiten und sechs Fuß langen Tisch, der an der Wand stand, funkelten alle Kostbarkeiten von Aucoc und von Odiot. Es war das eine prachtvolle Sammlung, und jedes der hundert Dinge, die eine Frau wie die, bei der man sich befand, zur Toilette bedarf, war aus Gold und Silber. Indessen konnte sich eine solche Menge nur mit der Zeit angehäuft haben und stammte unmöglich von ein und demselben Liebhaber.

Mich konnte nun der Anblick des Putzzimmers einer ausgehaltenen Frau keineswegs erschrecken, und ich besah die verschiedenen Stücke mit Vergnügen näher, wobei ich entdeckte, daß alle diese herrlich ziselierten Gegenstände ungleiche Namenszeichen und verschiedene Kronen aufwiesen.

Indem ich so die Dinge betrachtete, deren jedes mit einer Preisgabe des armen Mädchens bezahlt war, sagte ich mir, daß Gott es gut mit ihr gemeint haben muß, da er sie vor dem üblichen Ende bewahrte und sie in Glanz und Schönheit und vor dem Altwerden hinwegnahm, bei dem die Kurtisanen ein erstes Mal sterben.

Wahrhaftig, was gibt es Traurigeres als das Altern in Verworfenheit, zumal bei einer Frau? Man vermißt die Würde dabei, und es erregt keine Teilnahme. Ihre ewige Reue, nicht etwa über den verfehlten Lebenswandel, sondern über die falschen Berechnungen und das vergeudete Geld, gehört zu den erbärmlichsten Eindrücken, die man haben kann. Ich kannte eine alt gewordene galante Frau, der aus ihrer Vergangenheit nichts geblieben war als eine Tochter, die fast ebenso schön war, wie die Mutter zu ihrer Zeit gewesen sein soll. Das arme Kind, zu dem die Mutter nur sagte: Du bist meine Tochter, damit es sich verpflichtet fühle, sie in ihren alten Tagen zu ernähren, wie sie es ja in seiner Kindheit ernährt habe; dieses arme Geschöpf hieß Luise und gab sich, weil es die Mutter verlangte, den Männern willenlos hin, ohne Leidenschaft und ohne Genuß, so wie sie ihrem Beruf nachgegangen wäre, wenn man daran gedacht hätte, sie einen ergreifen zu lassen.

Die beständige Gewohnheit des Lasters, eines vorzeitigen Lasters, das durch die anhaltende Kränklichkeit des Mädchens noch verderblicher wurde, erstickte in ihr das Gefühl für gut und bös, das Gott sicherlich in sie gepflanzt hatte, das zu entfalten aber niemand in den Sinn gekommen war.

Ich muß oft an das junge Mädchen denken, das täglich fast zur selben Stunde auf den Boulevards promenierte. Die Mutter wich ihr nicht von der Seite, genau wie eine richtige Mutter ihre richtige Tochter zu begleiten pflegt. Ich war damals blutjung und eher geneigt, die lockeren Sitten der Zeit anzunehmen, und doch entsinne ich mich, daß der Anblick dieser sündhaften Begleitung mir Abscheu und Ekel einflößte.

Dabei sah ihr Gesicht jungfräulich aus, ihre Miene war unschuldig und trug einen unvergleichlichen Ausdruck schwermütigen Duldens.

Man mußte sie für die verkörperte Ergebenheit halten. Eines Tages lag eine Art Verklärung über dem Antlitz des Mädchens. Es sah aus, als ob Gott der Sünderin mitten in den Ausschweifungen, zu denen ihre Mutter sie anhielt, ein Glück verheißen habe. Und warum auch sollte Gott, der ihr keine Kraft mitgegeben, sie, nach alledem, unter der Bürde ihres Leides trostlos zusammenbrechen lassen! Eines Tages also entdeckte sie, daß sie schwanger war, und was an ihr noch rein geblieben, erbebte vor Freude. Das Herz geht wunderliche Wege. Luise erzählte der Mutter rasch, was sie so froh machte. Es ist schrecklich zu sagen – aber ich erzähle hier nicht aus Lust am Unsittlichen, sondern berichte eine Tatsache, die ich lieber verschweigen würde, wenn ich nicht meinte, es sei bisweilen angebracht, mit dem Martyrium solcher Geschöpfe bekannt zu machen, die man verurteilt, ohne sie zu hören, und ohne Grund verachtet – es ist schrecklich zu sagen, daß die Mutter ihrer Tochter antwortete, sie hätten jetzt schon für zwei nicht zuviel und würden für drei nicht mehr genug haben; Kinder seien unter solchen Umständen unerwünscht und Schwangerschaft verlorene Zeit.

Den anderen Tag stattete eine Hebamme – wir wollen sie als Freundin der Mutter ansehen – Luise einen Besuch ab, die dann etliche Tage im Bett blieb und bleicher und schwächer als je wieder aufstand.

Ein Vierteljahr später erbarmte sich ihrer ein mitleidiger Mann und versuchte Leib und Seele zu retten. Aber der letzte Schlag war zu hart gewesen, Luise starb an den Folgen der Fehlgeburt.

Die Mutter lebt noch – Gott mag wissen wie.

Diese Geschichte war mir wieder eingefallen, als ich die silbernen Geräte betrachtete, und es mußte offenbar während meines Nachsinnens etliche Zeit verstrichen sein, denn es war außer mir nur noch ein Wärter in der Wohnung, der von der Tür aus Obacht gab, damit ich nichts mitgehen heiße.

Ich ging zu dem guten Mann hin, dem ich diese Besorgnis erregt hatte. »Lieber Mann«, sagte ich, »können Sie mir sagen, wer hier wohnte?«

»Fräulein Marguerite Gautier.«

Das Mädchen war mir dem Namen nach und von Ansehen bekannt.

»Was!« erwiderte ich dem Wärter, »ist Marguerite Gautier gestorben?«

»Ja, mein Herr.«

»Wann denn?«

»Es mag drei Wochen her sein.«

»Und weshalb läßt man die Wohnung besichtigen?«

»Die Gläubiger meinen, es könne der Auktion dienlich sein. Die Leute sehen vorher, wie die Stoffe und Möbel sich ausnehmen. Verstehen Sie, das weckt die Kauflust.«

»So hatte sie Schulden?«

»Ach Herr! Massenhaft.«

»Aber der Verkauf deckt sie doch wohl?«

»Mehr als das.«

»Und wer bekommt, was übrigbleibt?«

»Ihre Angehörigen.«

»Hatte sie denn Verwandte?«

»Es scheint so.«

»Besten Dank, mein Herr!«

Der über meine Absichten beruhigte Wärter grüßte, und ich ging.

Das arme Kind! sagte ich auf dem Heimweg vor mich hin. Sie hat gewiß jämmerlich sterben müssen, denn in ihrer Welt hat man Freunde nur, solange es einem gutgeht. Und unwillkürlich faßte mich Mitleid mit Marguerite Gautiers Schicksal.

Das mag den meisten lächerlich erscheinen, aber Kurtisanen kann ich vieles vergeben, und ich versuche auch gar nicht, diese meine Nachsicht zu entschuldigen.

Als ich einmal auf der Präfektur war, mir einen Paß zu beschaffen, sah ich, wie zwei Gendarmen ein solches Mädchen abführten. Was sie begangen hatte, weiß ich nicht. Ich kann nur sagen, daß sie bittere Tränen vergoß, während sie ihr wenige Monate altes Kind liebkoste, das sie nicht mit ins Gefängnis nehmen durfte. Seit dem Tage habe ich nicht mehr die Stirn, eine Frau ohne weiteres zu verdammen.

II

Die Versteigerung war auf den Sechzehnten festgesetzt. Ein Tag war zwischen Besichtigung und Verkauf freigehalten, damit die Tapezierer die Wandbespannung, die Vorhänge und so weiter abnehmen konnten.

Damals war ich eben von einer Reise zurückgekehrt. Natürlich hatte Marguerites Tod nicht mit zu den großen Neuigkeiten gehört, die einem die Freunde berichten, wenn man in die auf Neuigkeiten erpichte Hauptstadt zurückkehrt. Marguerite war zwar auffallend hübsch gewesen, aber so viel Aufsehen solche Frauen auch bei Lebzeiten erregen mögen, so weniges wenn sie sterben. Sie gleichen Sonnen, die unvermerkt wie sie auftauchen auch wieder untergehen. Ihren Tod, falls sie jung sterben, erfahren sogleich all ihre Liebhaber, denn in Paris haben die Verehrer eines öffentlichen Mädchens meistens Verbindung untereinander. Es werden einige Erinnerungen an sie ausgetauscht, und dann gehen sie ihrer Wege, ohne dem Geschehnis auch nur eine Träne zu weihen.

Bei einem Fünfundzwanzigjährigen sind Tränen heutzutage freilich etwas so Rares, daß er sie nicht an die erste beste vergeuden möchte. Es ist mehr als genug, wenn man um Verwandte weint, je nachdem welchen Lohn man dafür erwarten darf.

Mich für meinen Teil, obwohl sich mein Namenszug auf keinem der Schmuckstücke Marguerites befand, ließ jene instinktive Entschuldigungsbereitschaft, jenes vorhin eingestandene Mitleid länger an Marguerites Tod denken, als sie vielleicht verdiente.

Ich erinnerte mich, ihr sehr oft in den Champs-Elysées begegnet zu sein, wohin sie täglich in einem kleinen blauen, von zwei herrlichen Braunen gezogenen Kupee kam, und an ihr immer eine bei ihresgleichen ungewöhnliche Vornehmheit bemerkt zu haben, eine Vornehmheit, die ihre wirklich außergewöhnliche Schönheit noch erhöhte.

Solche bedauernswerten Geschöpfe lassen sich bei ihrem Ausgang stets von irgend jemand begleiten.

Da sich aber kein Mann offen zu dem Verhältnis bekennen will, das er zu einer davon unterhält, und sie selbst sich vor dem Alleinsein fürchten, so wählen sie zu ihrer Begleitung Gefährtinnen, die, vom Glück minder begünstigt, keinen Wagen besitzen, oder eine jener albern aufgeputzten Alten, an die man sich getrost wenden darf, wenn man irgend etwas über die Frau erfahren will, der sie Gesellschaft leisten.

Nicht so bei Marguerite. Stets erschien sie allein, tief in ihrem Wagen verborgen, auf den Champs-Elysées, im Winter in einen großen Kaschmirschal gewickelt, im Sommer in äußerst schlichten Kleidern. Und obgleich sie auf dem Weg, den sie gerne fuhr, genug Bekannten begegnete, denen sie zulächelte, so war das doch nur diesen selbst bemerkbar; eine Herzogin hätte so lächeln können. Ihren Spaziergang machte sie nicht, wie alle ihre Schwestern tun und taten, vom Rundplatz aus nach dem Eingang der Champs-Elysées hin, vielmehr ließ sie sich von ihren zwei Pferden rasch in das Wäldchen führen. Dort verließ sie den Wagen, wandelte eine Stunde herum, stieg wieder ein und fuhr in scharfem Trab nach Hause.

Alle diese Besonderheiten, die ich beobachtet hatte, zogen vor meinen Augen vorüber, und ich bedauerte den Tod des Mädchens, wie man die Zerstörung eines schönen Werkes bedauert. Wahrhaftig, eine anmutigere Schöne als Marguerite läßt sich unmöglich denken.

Lang und überaus schlank, verstand sie es meisterhaft, das Versäumnis der Natur durch den einfachen Zuschnitt ihrer Kleidungsstücke auszugleichen. Ihr Kaschmirschal, dessen Zipfel den Boden streifte, ließ zu beiden Seiten die breiten Falbeln eines Seidenkleides frei, und der dicke Muff, in dem ihre Hände steckten und den sie an die Brust preßte, war mit so geschickt berechneten Falten gesäumt, daß ein noch so kritisches Auge nichts an dem Fluß der Linien auszusetzen fand.

Der Kopf war ein Wunder auserwählten Liebreizes. Er war sehr klein; und ihre Mutter schien ihn, mit Musset zu sprechen, absichtlich so gewollt zu haben.

Man stelle sich in einem Oval von unbeschreiblicher Anmut zwei schwarze Augen vor, überwölbt von den feinsten, wie gemalt erscheinenden Bogen der Brauen, und diese Augen verhüllt von langen Wimpern, die beim Senken zarte Schatten auf die rosige Haut der Wangen werfen, eine feine, gerade, kluge Nase, mit ein wenig geöffneten, sinnlichen Lebenshunger verratenden Nasenflügeln, einen regelmäßigen Mund, dessen Lippen blendendweiße Zähne freigeben, und eine samtschimmernde Haut, wie die eines von noch keiner Hand berührten Pfirsichs, und man hat das Bild dieses entzückenden Kopfes.

Kohlschwarzes natürlich oder künstlich gewelltes Haar war über der Stirn gescheitelt und floß in zwei breiten Wellen so nach dem Nacken, daß die Ohrläppchen zu sehen waren, an denen zwei Diamanten im Wert von vier- bis fünftausend Franken funkelten.

Daß Marguerite bei ihrem verzehrenden Wandel diesen jungfräulichen, ja geradezu kindlichen Ausdruck, der sie auszeichnete, behalten hat, muß einfach festgestellt werden, ohne daß man es begreifen kann.

Sie besaß ein wundervolles Porträt, das Vidal von ihr angefertigt hatte, der einzige Künstler, dessen Stift sie nachzuschaffen vermochte. Das Bildnis war mir nach ihrem Tode auf ein paar Tage anvertraut worden, und es hatte eine so sprechende Ähnlichkeit, daß ich sie danach zu schildern versuchen konnte, wozu meine Erinnerung allein wahrscheinlich nicht ausgereicht hätte.

Manche Einzelzüge, die dieses Kapitel mitteilt, sind mir erst später bekannt geworden. Ich füge sie trotzdem gleich jetzt ein, um nicht aufgehalten zu sein, wenn die ereignisvolle Geschichte dieser Frau beginnt.

Marguerite fehlte bei keiner Premiere. Ihre Abende verbrachte sie entweder im Theater oder auf Bällen. Wurde ein neues Stück gespielt, so konnte man sicher sein, sie anzutreffen, und zwar nie ohne die drei Dinge, die sie stets bei sich hatte und auf die Brüstung der Parkettloge legte: ihr Opernglas, ein Beutelchen mit Näschereien und einen Strauß Kamelien.

Fünfundzwanzig Tage nacheinander waren es weiße Kamelien, und fünf Tage lang rote. Niemand verstand, weshalb die Farben auf diese Weise wechselten, wie ich auch nur berichten, aber nicht erklären kann, was den regelmäßigen Besuchern der Theater, in denen sie meistens war, und ihren Freunden ebenso auffiel wie mir.

Nie sah man Marguerite mit anderen Blumen. Bei Madame Barjon, ihrer Blumenfrau, wurde sie zuerst Kameliendame genannt, und diesen Beinamen behielt sie.

Mir war ferner wie allen, die in gewissen Pariser Kreisen lebten, bekannt, daß Marguerite die Mätresse junger Lebemänner gewesen ist, was sie offen zugab und worauf jene stolz waren, ein Beweis dafür, daß Liebhaber und Geliebte miteinander zufrieden waren.

Seit etwa drei Jahren jedoch, nach einem Aufenthalt in Bagnères, lebte sie, wie man sagte, nur noch mit einem alten und ungeheuer reichen ausländischen Herzog, der unternommen hatte, sie so gut als möglich von ihrer Vergangenheit zu lösen, was sie anscheinend bereitwillig über sich hatte ergehen lassen. Man erzählte mir über diese Angelegenheit folgendes.

Marguerite war im Frühjahr 1842 so schwach und abgekommen gewesen, daß die Ärzte ihr eine Badekur verordneten und sie nach Bagnères ging.

Dort suchte auch die Tochter jenes Herzogs Genesung, die nicht nur dasselbe Leiden wie Marguerite, sondern auch das gleiche Aussehen hatte, derart daß man sie hätte für zwei Schwestern halten können. Indessen hatte die junge Prinzeß die Schwindsucht bereits im dritten Stadium und verstarb wenige Tage nach Marguerites Ankunft.

Eines Tages nun begegnete der Herzog, der in Bagnères geblieben war, wie man gerne auf dem Fleck Erde bleibt, der ein Stück unseres Herzens bedeckt, an einer Straßenbiegung Marguerite.

Er glaubte den Schatten seines Kindes wandeln zu sehen, und indem er auf sie zutrat, ergriff er sie bei den Händen, schloß sie weinend in seine Arme und bat sie, ohne zu fragen, wer sie sei, um die Erlaubnis, sie anschauen und als das lebende Abbild seiner Tochter lieben zu dürfen.

Marguerite, die mit ihrer Zofe allein in Bagnères war und überdies keinerlei Rücksichten zu nehmen brauchte, gestand dem Herzog zu, worum er bat.

Es befanden sich aber auch Leute in Bagnères, die sie kannten und den Herzog in aller Form über den Lebenswandel Fräulein Gautiers aufklärten. Das traf den Alten hart, denn in diesem Punkte glich sie seiner Tochter nicht. Doch war es zu spät. Die junge Frau war seinem Herzen schon unentbehrlich geworden, ja sie allein hielt ihn noch am Leben.

Er machte ihr keinerlei Vorwurf, denn welches Recht hätte er dazu gehabt, aber wohl fragte er sie, ob sie sich zutraue, ihr Leben zu ändern, und bot ihr als Entschädigung für dies Opfer alle Kostbarkeiten der Welt an, die sie sich wünschen möchte. Sie sagte zu.

Man muß allerdings bedenken, daß Marguerite schwärmerisch veranlagt und zu dieser Zeit krank war. Sie meinte, ihre Vergangenheit trage die Hauptschuld an ihrem Leiden, und nährte die abergläubische Hoffnung, Gott werde zum

Lohn für ihre Reue und Umkehr ihr Schönheit und Gesundheit erhalten.

Und wahrhaftig, die Bäder, die Spaziergänge, natürliche Ermüdung und Schlaf hatten sie, als der Sommer zu Ende ging, ziemlich wiederhergestellt.

Der Herzog fuhr mit Marguerite nach Paris, wo er sie regelmäßig besuchte wie in Bagnères.

Dies Verhältnis, von dessen Entstehung man so wenig wußte wie von dem wahren Beweggrund, erregte hier großes Aufsehen, denn der schon wegen seines großen Vermögens berühmte Herzog entpuppte sich nun gar noch als Verschwender.

Man hielt die Beziehung des alten Herzogs zu der jungen Frau für eine Ausschweifung, wie sie bei Greisen häufig vorkommt. Man mutmaßte alles, nur das nicht, was es war.

Dabei hatten die Gefühle dieses Vaters für Marguerite einen so keuschen Ursprung, daß eine andere Beziehung als eine seelische ihm wie Blutschande erschienen wäre; auch sprach er nie ein Wort zu ihr, das seine Tochter nicht hätte hören dürfen.

Es sei uns ferne, aus unserer Heldin etwas anderes zu machen, als sie war. Wir sagen also nur, daß ihr, solange sie sich in Bagnères aufhielt, nicht schwerfiel, das dem Herzog gegebene Versprechen zu halten, und daß sie es gehalten hat. Sobald sie jedoch, die ein mit Vergnügungen, Bällen, ja Orgien ausgefülltes Leben gewohnt war, nach Paris zurückkam, mußte ihr das bloß durch des Herzogs regelmäßige Besuche unterbrochene Alleinsein sterbenslangweilig werden, und die heißen Begierden des Lebens erfüllten ihr bald wieder Leib und Seele.

Dazu kam, daß Marguerite von ihrer Reise schöner als je zuvor zurückgekehrt, daß sie erst zwanzig Jahre alt war und daß die schleichende und keineswegs überwundene Krankheit aufs neue jenes fieberhafte Verlangen weckte, wie das die Schwindsucht gewöhnlich tut.

Den Herzog erfüllte es mit tiefem Schmerz, als seine Freunde, die unaufhörlich darauf aus waren, die junge Frau, mit der er sich ihrer Ansicht nach bloßstellte, bei einem Fehltritt zu ertappen, ihm berichteten und bewiesen, daß sie die Zeit, zu der sie vor seinen Besuchen sicher war, anderen vorbehalte und daß dergleichen Besuche sich oft bis zum Morgen ausdehnten.

Zur Rede gestellt, gab Marguerite dem Herzog alles zu und riet ihm freimütig, sich nicht mehr mit ihr zu befassen, denn sie habe nicht die Kraft, ihr gegebenes Wort zu halten, und wolle auch nicht länger Wohltaten von einem Menschen annehmen, den sie getäuscht habe.

Der Herzog blieb eine Woche aus, das war alles, was er über sich vermochte. Am achten Tag kehrte er zurück und bat sie inständig, ihn weiterhin vorzulassen. Er versicherte, er wolle sie nehmen, wie sie sei, wenn er sie nur sehen dürfe, und schwor, daß er ihr, und koste es ihn das Leben, nie einen Vorwurf machen werde.

Dies war der Stand der Dinge drei Monate nach Marguerites Rückkehr, nämlich im November oder Dezember 1842.

III

Am Sechzehnten begab ich mich gegen ein Uhr in die Rue d'Antin.

Bereits am Torweg hörte man die Auktionatoren schreien. Die Wohnung war voller Gaffer.

Sämtliche Berühmtheiten der Halbwelt hatten sich eingefunden und wurden genau gemustert von den paar großen Damen, die unter dem Vorwand der Versteigerung sich noch einmal das Recht nahmen, Frauen, denen sie anders nie hätten begegnen können und die sie wahrscheinlich insgeheim um ihr ungehemmtes Leben beneideten, aus der Nähe zu betrachten.

Die Herzogin von F. stand dicht neben Fräulein A., einer der armseligsten Vertreterinnen der heutigen Kurtisanen, die Marquise von T. getraute sich nicht, auf ein Möbelstück zu bieten, das Frau D., die eleganteste und bekannteste Ehebrecherin unserer Zeit, im Preis hinaufgetrieben hatte. Der Herzog von Y., von dem man in Madrid meinte, er ruiniere sich in Paris, und in Paris, er ruiniere sich in Madrid, und der alles in allem noch nicht einmal seine Einkünfte verbrauchte, wechselte, indessen er mit Frau M., einer unserer geistvollsten Erzählerinnen, sprach, die bisweilen niederzuschreiben geruht, was sie erzählt, und das unter eigenem Namen – wechselte verständnisinnige Blicke mit Frau von N., jener schönen Spaziergängerin aus den Champs-Elysées, die sich fast nur in Rot oder Blau kleidet und vor ihrem Wagen zwei große Rappen hat, die Tony ihr für zehntausend Franken verkaufte – und bezahlt bekam.

Schließlich war Fräulein R., die allein durch ihr Talent noch einmal soviel wie die Damen von Welt durch ihre Mitgift, dreimal soviel wie die anderen durch ihre Liebschaften verdient, trotz der Kälte gekommen, ein paar Einkäufe zu machen, und sie gehörte nicht zu denen, die man weniger beachtete.

Man könnte die Namen von mehr Leuten anführen, die sich zu ihrem eigenen Erstaunen in diesem Salon beieinanderfanden; aber ich muß fürchten den Leser zu ermüden.

Deshalb nur soviel, daß allenthalben eine närrische Lustigkeit herrschte und daß viele der Anwesenden die Verstorbene gekannt hatten und sich doch nicht daran zu erinnern schienen.

Schallendes Lachen ertönte. Dazu schrien die Auktionatoren aus vollem Halse. Die Händler, welche die Bänke unmittelbar vor den Versteigerungstischen mit Beschlag belegt hatten, verlangten vergebens Ruhe, um ihre Geschäfte ungestört abzuwickeln. Eine buntere, lärmendere Gesellschaft war nicht zu denken.

Ich glitt unauffällig durch das niederdrückende Durcheinander, denn ich dachte daran, daß nebenan das Zimmer lag, wo das arme Geschöpf, dessen Möbel zur Deckung der Schulden verkauft wurden, gestorben war. Mehr zum Zuschauen als des Kaufens wegen gekommen, beobachtete ich die Geschäftsleute, die dic Versteigerung betrieben hatten und deren Gesichter jedesmal aufleuchteten, wenn ein Stück einen Preis erzielte, den sie nicht erwarteten.

Es waren ehrenwerte Männer, die die Verschwendung dieser Frau ausgenutzt, ihr Centime um Centime abgenommen, sie noch in ihren letzten Lebenstagen mit Zahlungsaufforderungen verfolgt hatten und nun nach ihrem Tode den Ertrag ihrer ehrenhaften Spekulation zu den schandbaren Zinsen ihrer Kredite noch hinzugewannen.

Wie hatten doch die Alten recht, Kaufleuten und Dieben ein und denselben Gott zuzubilligen.

Kleider, Tücher, Schmuckstücke gingen unglaublich rasch ab. Doch ließ mich das alles kalt und ich wartete weiter.

Plötzlich hörte ich ausrufen: »Ein Buch, vorzüglich gebunden, mit Goldschnitt, betitelt: Manon Lescaut. Eine handschriftliche Eintragung auf der ersten Seite. Zehn Franken.«

»Zwölf«, ließ sich eine Stimme nach ziemlich langer Pause hören.

»Fünfzehn«, sagte ich.

Ich wußte selbst nicht warum. Höchstwahrscheinlich wegen der handschriftlichen Eintragung.

»Fünfzehn«, wiederholte der Versteigerer.

»Dreißig«, rief der, der zuerst geboten hatte, in einem Ton, als ob nicht ratsam sei, darüber zu gehen.

Jetzt kam es zum Kampf.

»Fünfunddreißig«, rief ich schon in gleicher Tonart.

»Vierzig.«

»Fünfzig.«

»Sechzig.«

»Hundert.«

Wahrhaftig, hätte ich Aufsehen erregen wollen, so wäre das gut geglückt, denn auf dieses Gebot hin trat eine lange Stille ein, und man musterte mich neugierig, was das wohl für ein Herr sei, der das Buch anscheinend um jeden Preis erwerben wolle.

Der Nachdruck, mit dem ich mein letztes Gebot ausgesprochen, muß meinen Widerpart abgeschreckt haben, denn er gab den Kampf auf, der zu nichts anderem geführt hatte, als daß ich für den Band das Zehnfache seines Wertes zahlen mußte, und mit einer Verbeugung sagte er überaus höflich, freilich ein wenig spät zu mir: »Ich trete zurück.«

Da weiter keiner sich äußerte, wurde mir das Buch zugesprochen. –

Weil ich aber eine weitere Starrköpfigkeit vermeiden wollte, zu der meine Eigenliebe leicht zu bewegen ist, die aber meinem Beutel gewißlich schlecht bekommen wäre, ließ ich meinen Namen eintragen, das Buch zurücklegen und ging. Den Zeugen dieses Auftrittes muß ich zu denken gegeben haben; sie fragten sich zweifellos, was dahinter steckte, daß ich ein Buch, das allerwärts für zehn oder fünfzehn Franken zu haben ist, für hundert Franken erstanden habe.

Eine Stunde später hatte ich meinen Einkauf abholen lassen.

Auf der ersten Seite war in einer zierlichen Schrift mit Tinte die Widmung dessen eingetragen, der das Buch verschenkt hatte.

Sie bestand lediglich aus den Worten: *Manon bewundert Marguerite.*

Die Unterschrift lautete: *Armand Duval.*

Was soll das *bewundert* bedeuten?

Daß Marguerite nach dieses Herrn Duval Meinung Manon an Ausschweifung oder an Großherzigkeit übertreffe?

Die zweite Deutung hatte alle Wahrscheinlichkeit für sich, denn die erste wäre eine offene Frechheit gewesen, die sich Marguerite nie hätte bieten lassen, gleichviel wie sie über sich selbst dachte.

Da ich ausgehen mußte, befaßte ich mich erst am Abend, bevor ich schlafen ging, wieder mit dem Buch.

Die rührende Geschichte der Manon Lescaut ist mir natürlich bis in jede Einzelheit vertraut, und doch empfinde ich jedesmal wieder die gleiche Sympathie für sie, sobald ich das Buch zur Hand nehme. Ich schlage es auf und erlebe zum hundertsten Mal das Schicksal der Heldin des Abbé Prévost. Sie ist derart wahr gezeichnet, daß ich sie gekannt zu haben meine. Der ausgesprochene Vergleich zwischen ihr und Marguerite reizte mich aufs neue zum Lesen, und die Nachsicht, die ich bisher empfunden hatte, verwandelte sich nun in Mitleid, ja in Liebe zu dem armen Mädchen, aus dessen Hinterlassenschaft das Buch stammte. Manon starb in der Wildnis, aber doch in den Armen des Mannes, der sie über alle Maßen liebte, der ihr ein Grab grub, es mit seinen Tränen begoß und sein Herz bei ihr ließ. Marguerite jedoch, eine Sünderin wie Manon und vielleicht ebenso reuig, wurde aus Glanz und Überfluß gerissen, wie mir schien, und verschied in dem Bett, in dem sie gelebt hatte, aber dafür in einer Verlassenheit des Herzens, die größer, schrecklicher, trostloser war als jene, in der Manon vergraben lag.

Marguerite soll tatsächlich, wie ich von Freunden erfuhr, die über den Ausgang ihres Lebens unterrichtet waren, während ihres zwei Monate sich hinziehenden schmerzvollen Todeskampfes auf ihrem Lager nie einen wirklichen Trost empfangen haben.

Von Manon und Marguerite wanderten meine Gedanken weiter zu anderen Mädchen, die ich kannte und die ich einem Ende entgegentänzeln sah, das fast immer denselben Verlauf nimmt. O die armen Geschöpfe! Häufen wir Schuld auf uns, wenn wir sie lieben, so doch entschieden weniger, wenn wir sie beklagen. Ihr bedauert den Blinden, der nie einen Strahl des Lichts gesehen, den Tauben, der nie die Wohllaute der Natur gehört, den Stummen, der nie den Regungen seines Herzens Worte leihen konnte, aber ihr weigert euch, während ihr eine falsche Scham vorheuchelt, euch jener Blindheit des Herzens, jener Taubheit der Seele, jener Stummheit des Gewissens zu erbarmen, die den davon betroffenen Unglücklichen den Verstand verrückt, sie hindert, das Gute zu erkennen, die Stimme Gottes zu vernehmen und die lautere Sprache der Liebe und des Glaubens zu sprechen.

Victor Hugo hat ›Marion de Lorme‹ geschrieben, Musset ›Bernerette‹, Alexandre Dumas ›Fernand‹ geschaffen, die Denker und Dichter aller Zeiten haben der Kurtisane Barmherzigkeit erwiesen, und manche hat ein großer Mann durch seine Liebe, ja durch seinen Namen erhöht. Ich betone dies absichtlich, weil viele meiner Leser möglicherweise schon nahe daran sind, dies Buch beiseite zu legen, in dem sie nichts anderes als eine Rechtfertigung des Lasters und der Prostitution zu finden befürchten, und die Jugend des Autors bestärkt sie zweifellos in dieser Meinung. Indessen täuscht sich, wer so denkt, und wenn ihn keine andere Befürchtung abhält, mag er getrost weiterlesen.

Für mich steht jedenfalls die einfältige Wahrheit fest: daß Gott einer Frau, deren Erziehung nicht zur Erkenntnis des Guten geführt hat, fast immer zwei Wege zu ihm hin offenhält: den Schmerz und die Liebe. Sie sind voller Mühsal, und welche sie beschreiten, bekommen wunde Füße und rissige Hände. Aber bald zerren ihnen die Dornen am Wege auch das Kleid des Lasters vom Leibe, und nun brauchen sie sich nicht mehr zu schämen, wenn sie am Ende in ihrer Nacktheit vor Gott hintreten.

Wer solchen tapferen Pilgerinnen begegnet, soll ihnen beistehen und überall bekennen, daß er ihnen begegnet ist; denn wer bekennt, weist den Weg.

Es ist nicht damit getan, daß man an der Eingangspforte des Lebens lediglich zwei Säulen aufrichtet, deren eine die Inschrift ›Weg des Guten‹, deren andere die Warnung ›Weg des Bösen‹ trägt, und denen, die kommen, zuruft: Wählt!

Wir sollten vielmehr, wie Christus getan, denen, die sich auf die falsche Bahn locken ließen, die Pfade weisen, die von dem zweiten zum ersten Weg hinführen; und es ist nicht gesagt, daß diese Pfade von vornherein übermäßig leidvoll oder ungangbar erscheinen müssen.

Das Christentum lehrt uns mit dem wunderbaren Gleichnis vom Verlorenen Sohn Nachsicht und Verzeihung. Jesus war erfüllt von Liebe zu solchen durch menschliche Leidenschaft geschlagenen Menschen, und er heilte ihre Wunden, indem er den heilsamen Balsam aus diesen Wunden selbst bereitete. Also sprach er zu Magdalena: Ihr sind viel Sünden vergeben, denn sie hat viel geliebet. Eine göttliche Vergebung, die göttlichen Glauben erzeugte.

Weshalb wollen wir strenger sein als Christus? Weshalb stoßen wir, starrsinnig dem Urteil einer Welt hörig, die lärmt, um für stark zu gelten, jene zurück, welche das Böse ihrer Vergangenheit aus ihren Wunden ausscheiden, wie der Kranke schlechtes Blut ausschwitzt, und nur auf die ihrer Seele Linderung und Genesung bringende Freundeshand warten?

Ich wende mich an meine eigene Generation, an jene, die nicht mehr den Lehren des Herrn von Voltaire glauben, an die, welche wie ich begriffen haben, daß die Menschheit seit fünfzehn Jahren in einem stolzen Fortschritt begriffen ist. Diese Erkenntnis des Guten und des Bösen ist für alle Zeit gegründet; Gläubigkeit und Ehrfurcht vor dem Heiligen ziehen wieder ein, und wenn die Welt auch nicht vollkommen gut, besser jedenfalls ist sie geworden. Die Bemühungen aller einsichtigen Menschen verfolgen dieses Ziel, und alle, die guten Willens sind, setzen sich für den einen Leitsatz ein: gut und jung und wahr zu sein. Das Böse ist nur ein Wahn. Wir bekennen uns zum Guten, und wir werden jedenfalls nicht verzweifeln. Wir schätzen keine Frau geringer ein, wenn sie nicht Mutter, nicht Schwester, nicht Tochter, nicht Gattin ist. Lassen wir die Achtung nicht bei den Unsrigen, die Duldung nicht beim Ich aufhören. Denn Gott freut sich mehr über einen reuigen Sünder als über hundert Gerechte, die nie gefehlt haben. Versuchen wir dem Himmel wohlzugefallen, und er wird es uns reich vergelten. Spenden wir auf unserm Weg denen, die irdische Begierde ins Verderben geführt hat, das Almosen der Verzeihung; vielleicht daß sie dann ihre Hoffnung auf Gott setzen. Und wie die guten alten Mütterchen sagen, wenn sie ein selbstgebrautes Tränklein empfehlen: hilft es nicht, so kann es doch nicht schaden.

Gewiß, es mag kühn erscheinen, aus dem geringfügigen Gegenstand, den ich behandle, so große Folgerungen abzuleiten; allein ich rechne mich zu jenen, die überzeugt sind, daß in wenigem alles enthalten sei. Das Kind ist klein und doch steckt schon der Mann in ihm, der Schädel ist eng und doch enthält er den Gedanken in sich, das Auge ist nur ein Punkt und doch vermag es Meilenweites zu erfassen.

IV

Zwei Tage später war die Versteigerung zu Ende. Sie hatte 150000 Franken eingebracht.

Davon fielen zwei Drittel den Gläubigern zu, den Rest erbten die Angehörigen, eine Schwester und ein Großneffe.

Diese Schwester machte große Augen, als der Nachlaßverwalter ihr schrieb, sie erbe 50000 Franken.

Sechs, sieben Jahre hatte das junge Mädchen seine Schwester nicht mehr gesehen; die war eines Tages verschwunden, ohne daß man danach von ihr selbst oder durch andere irgendein Lebenszeichen vernommen hätte.

Hals über Kopf reiste diese Schwester nach Paris, und Marguerites Bekannte staunten nicht wenig, als sich ein hübsches rundliches Landkind als Erbin einfand, das noch nie aus seinem Dorfe herausgekommen war.

Mit einem Schlag war sie nun vermögend geworden ohne den Ursprung des unverhofften Reichtums auch nur zu ahnen.

Später erfuhr ich, daß sie tief betrübt über den Tod ihrer Schwester und andererseits getröstet durch die viereinhalb Prozent, die das Geld ihr abwarf, in ihr Dorf zurückgekehrt sei.

Nachdem sich dergleichen Einzelheiten in Paris, dieser Brutstätte von Skandalen, herumgesprochen hatten, vergaß man die Sache wieder, und ich selbst entsann mich kaum noch, inwiefern ich von den Geschehnissen berührt worden war, als ein neues Ereignis mich mit Marguerites ganzem Schicksal vertraut machte und dabei so rührende Züge zutage traten, daß es mich drängte, ihre Geschichte niederzuschreiben, und daß ich sie schrieb.

Die verkauften Möbelstücke waren aus Marguerites Wohnung geräumt worden, und diese mochte etwa drei oder vier Tage zur Vermietung ausgeboten gewesen sein, als es morgens bei mir läutete.

Mein Diener oder vielmehr der Hausmann, der meine Bedienung übernommen hatte, öffnete, kehrte mit einer Karte zurück und sagte, der Herr, der sie abgegeben habe, wünsche mich zu sprechen.

Ich warf einen Blick auf die Karte und fand die Worte: *Armand Duval.*

Indem ich überlegte, wo ich diesen Namen schon gelesen, erinnerte ich mich an das Vorsatzblatt von ›Manon Lescaut‹.

Was mochte der junge Mann von mir wollen, der Marguerite das Buch geschenkt hatte? Ich ließ den Wartenden sogleich hereinbitten.

Es erschien ein großer junger Mann, blond, bleich, in Reisekleidern, die er seit Tagen nicht ausgezogen und nicht einmal ausgebürstet zu haben schien, denn er war voller Staub.

Höchst erregt und ohne seine Aufregung verbergen zu wollen, erklärte Herr Duval mit Tränen in den Augen und einem Beben in der Stimme: »Bitte entschuldigen Sie meinen Besuch und meinen Aufzug; aber ich wünschte, abgesehen davon, daß junge Leute wie wir sich voreinander nicht groß zu genieren brauchen, so sehr, Sie heute noch zu sprechen, daß ich mir nicht die Zeit nehmen mochte, in dem Hotel abzusteigen, wo mein Gepäck ist, und eilte in der Befürchtung, Sie trotz der frühen Stunde nicht mehr anzutreffen, sofort hierher.«

Ich bat Herrn Duval, am Kamin Platz zu nehmen, was er tat, während er das Taschentuch herausnahm und einen Augenblick lang sein Gesicht darin verbarg.

»Sie werden nicht ahnen«, begann er nach einem traurigen Seufzer, »was ein unbekannter Gast zu dieser Stunde, in diesem Zustand und weinend von Ihnen will. Ich komme mit einer großen Bitte zu Ihnen.«

»Reden Sie, Herr Duval, ich stehe ganz zu Ihrer Verfügung.«

»Sie waren auf der Versteigerung Marguerite Gautiers?«

Bei den letzten Worten übermannte ihn die Erregung, die er kaum bezwungen hatte, und er verbarg sein Gesicht in den Händen.

»Ich muß Ihnen geradezu albern erscheinen«, fuhr er fort, »verzeihen Sie mir auch das, und seien Sie versichert, daß ich Ihnen die Geduld, mit der Sie mich anhören, nie vergessen werde.«

»Herr Duval«, erwiderte ich, »wenn ich Ihnen eine Gefälligkeit erweisen und dadurch den Kummer, der Sie bedrückt, zu verkleinern vermag, so sagen Sie getrost, womit ich helfen kann, und ich will mich glücklich schätzen, Sie mir zu verbinden.«

Sein Schmerz ging mir nahe, und unwillkürlich drängte es mich ihm beizustehen.

Nun begann er: »Sie haben etwas aus Marguerites Nachlaß erstanden?«

»Ja, ein Buch.«

»Manon Lescaut?«

»Ganz recht.«

»Besitzen Sie es noch?«

»Es liegt in meinem Schlafzimmer.«

Bei dieser Mitteilung schien Armand Duval ein Stein vom Herzen zu fallen, und er dankte mir, als hätte ich ihm bereits dadurch, daß ich den Band behalten, einen großen Dienst erwiesen.

Ich stand auf, holte das Buch aus meinem Schlafzimmer und überreichte es ihm.

»Ja, das ist es«, sagte er, während er die Widmung auf der ersten Seite betrachtete und dann weiterblätterte; »das ist es.«

Und zwei schwere Tränen fielen auf die Blätter.

»Nun wohl«, sagte er, den Blick erhebend, und bemühte sich gar nicht mehr zu verbergen, daß er geweint hatte und nahe daran war, wieder zu weinen, »liegt Ihnen viel an diesem Buch?«

»Weshalb?«

»Weil ich Sie bitten möchte, es mir zu überlassen.«

»Entschuldigen Sie meine Zudringlichkeit«, antwortete ich hierauf. »Dann waren gewiß Sie es, der das Buch Marguerite Gautier geschenkt hat.«

»Ja, ich war es.«

»Das Buch gehört Ihnen, Herr Duval, nehmen Sie es, ich bin glücklich, es Ihnen zurückgeben zu können.«

»Aber ich darf Ihnen doch«, antwortete Herr Duval mit einiger Verlegenheit, »wenigstens das Geld wiedergeben, das Sie dafür bezahlt haben.«

»Erlauben Sie, daß ich es Ihnen schenke. Der Preis, den ein einzelner Band bei einer derartigen Versteigerung erzielt, ist nicht der Rede wert, auch erinnere ich mich nicht mehr, wieviel es war.«

»Sie haben hundert Franken bezahlt.«

»Ja, wirklich«, sagte ich, nun meinerseits verlegen, »woher wissen Sie das?«

»Sehr einfach. Ich hatte gehofft, rechtzeitig zu der Versteigerung in Paris einzutreffen, kam jedoch erst heute früh an. Da ich unter allen Umständen irgend etwas, das Marguerite gehört hat, besitzen wollte, eilte ich zu dem Auktionator und bat um Einsichtnahme in die Liste der verkauften Gegenstände und in das Namensverzeichnis der Käufer. Ich sah, daß Sie den Band erworben haben, und entschloß mich, Sie zu fragen, ob Sie ihn mir überlassen wollen, obgleich die aufgewandte Summe mich befürchten ließ, das Buch könne Ihnen wegen irgendeiner Erinnerung wertvoll sein.«

Armands Worten war deutlich die Befürchtung anzuhören, daß ich zu Marguerite die gleichen Beziehungen unterhalten habe wie er. Ich beruhigte ihn rasch darüber.

»Fräulein Gautier war mir lediglich von Ansehen bekannt«, sagte ich. »Ihr Tod ging mir nahe, wie das der Tod einer schönen Frau bei jedem jungen Manne tut, der sie einmal gesehen hat. Ich wollte irgend etwas aus ihrem Nachlaß erwerben und versteifte mich, ich weiß nicht weshalb, darauf, diesen Band in die Höhe zu treiben, wahrscheinlich aus Lust daran, einen Mann zu ärgern, der darauf versessen war und es mir anscheinend nicht gönnte. Ich versichere Sie also nochmals, Sie dürfen über das Buch verfügen, und bitte Sie nochmals, es als Geschenk anzunehmen, damit es nicht auf eine solche Weise in Ihren Besitz übergeht, wie es vom Versteigerer in meinen Besitz kam, und damit es das Unterpfand einer längeren, näheren Bekanntschaft zwischen uns sein mag.«

»Gut also«, antwortete Armand, indem er seine Hand ausstreckte und die meine schüttelte, »ich willige ein und bin Ihnen mein Leben lang dankbar.«

Ich hätte gern mehr über Marguerite erfahren, denn die Widmung in dem Buche, die Reise des jungen Mannes, sein Wunsch, den Band zu besitzen, hatten meine Neugierde erregt. Indessen fürchtete ich bei meinem Gaste den Eindruck zu erwecken, als habe ich sein Geld nur zurückgewiesen, um mich in seine Angelegenheit einmischen zu dürfen.

Als ob er meinen Wunsch erraten hätte, fragte er: »Haben Sie dies Buch gelesen?«

»Von Anfang bis Ende.«

»Was haben Sie über die zwei Zeilen gedacht, die ich hineingeschrieben?«

»Ich erkannte sofort, daß Sie das arme Kind, dem Sie das Buch widmeten, weit über andere stellen, denn ich las in Ihren Worten mehr als ein billiges Kompliment.«

»Sie haben recht. Sie war ein Engel. Lesen Sie den Brief hier!«

Er hielt mir ein Blatt hin, das offenbar hundertmal gelesen worden war.

Ich faltete es auf und las:

Mein lieber Armand, ich habe Ihren Brief erhalten und Sie sind noch derselbe gute Mensch. Dafür danke ich Gott. Ja, mein Freund, ich bin erkrankt, und zwar an einer Krankheit, die keine Hoffnung läßt; aber daß Sie immer noch so viel an mir teilnehmen, lindert meine Leiden sehr. Ich werde nicht mehr lange leben und wohl nicht mehr das Glück erleben, die Hand, die mir den eben erhaltenen lieben Brief geschrieben, noch einmal zu drücken. Wenn mich irgend etwas genesen lassen könnte, wären es Ihre Worte. Doch ich sehe Sie nicht wieder, denn ich fühle den Tod nahen, und Sie sind hundert Meilen von mir fern. Armer Freund, Ihre alte Marguerite hat sich verändert, und es ist vielleicht besser, Sie sehen sie gar nicht mehr als in dem jetzigen Zustand. Ob ich Ihnen verzeihe, fragen Sie. O mein Freund, von ganzem Herzen, denn was Sie mir antun wollten, war ja nur der Beweis dafür, daß Sie mich liebten. Seit vier Wochen liege ich, und um Ihre Achtung auch zu verdienen, zeichne ich auf, wie mein Leben verlief seit der Stunde, da wir uns trennten, und ich will schreiben, solange ich noch die Feder zu halten vermag.

Wenn Ihre Teilnahme wahr ist, Armand, so suchen Sie nach Ihrer Rückkehr Julie Duprat auf. Sie wird Ihnen das Tagebuch geben. Sie finden darin Erklärung und Rechtfertigung für das, was zwischen uns geschehen. Julie ist wirklich gut zu mir; wir unterhalten uns oft über Sie. Als Ihr Brief ankam, war sie bei mir, und während wir ihn lasen, weinten wir beide.

Wenn Sie mir keine Nachricht hätten zukommen lassen,

war sie angewiesen, Ihnen diese Papiere bei Ihrer Rückkehr nach Frankreich auszuhändigen. Sie schulden mir keinen Dank. Die tägliche Rückerinnerung an die einzig glückliche Zeit meines Lebens ist eine unendliche Wohltat für mich; mögen Sie beim Lesen der Zeilen, an deren Niederschrift ich einen unversieglichen Trost gefunden, verzeihen, was nun einmal geschehen ist. Gern wollte ich Ihnen eines von den Dingen vermachen, die mir tausendmal Ihr Herz vor die Seele riefen, aber es ist alles beschlagnahmt und nichts gehört mir mehr. Sehen Sie, mein Freund, ich liege im Sterben und höre vom Schlafzimmer aus, wie der Wärter, den meine Gläubiger bestellt haben, damit nichts wegkomme und mir nichts verbleibe, falls ich nicht stürbe, im Salon auf und ab geht. Ich hoffe, sie werden mein Ende abwarten, bevor sie versteigern.

Ach, die Menschen kennen kein Erbarmen; aber vielleicht irre ich auch, und Gott erweist sich nur gerecht und unerbittlich.

Nun also, Liebster, Sie werden zur Versteigerung kommen und etwas erstehen müssen, denn brächte ich auch nur das Geringste für Sie beiseite, und man entdeckte es, so wären sie imstande, Sie wegen Entwendung von Pfandgut zu belangen. Welch trauriges Dasein, aus dem ich scheide!

Möchte der gute Gott zulassen, daß ich Sie vor meinem Tod noch einmal sehe! Nach menschlicher Voraussicht jedoch – leben Sie wohl, mein Freund. Verzeihen Sie, daß ich nicht ausführlicher schreibe; aber die behaupten, mich genesen lassen zu können, haben mich durch die Aderlässe erschöpft, meine Hand vermag die Feder nicht mehr zu halten.

Marguerite Gautier

Die letzten Worte waren wirklich kaum zu lesen.

Ich gab Armand den Brief zurück. Er hatte sich ihn, während ich las, offenbar aus dem Gedächtnis wiederholt, denn als er ihn an sich nahm, fragte er: »Wer käme wohl auf den Gedanken, daß dies ein Mädchen schrieb, die sich aushalten ließ!« Und indem er sich seinen Erinnerungen hingab, betrachtete er die Schriftzüge eine Weile und drückte zuletzt den Brief an seine Lippen.

»Wenn ich bedenke«, fuhr er fort, »daß sie starb, ohne daß ich zu ihr kommen konnte, und daß ich sie nie wiedersehen werde, und wenn ich bedenke, daß sie für mich tat, was keine Schwester getan hätte, kann ich mir nie verzeihen, daß ich sie so sterben ließ. Tot! Noch sterbend an mich gedacht, an mich geschrieben und meinen Namen auf den Lippen getragen. Liebe arme Marguerite!«

Überwältigt von seinen Gedanken und seinen Tränen, faßte er nach meiner Hand und fuhr fort: »Man wird es für kindisch halten, daß ich derart um eine solche Tote klage; weil niemand weiß, was ich dieser Frau zugefügt, wie grausam ich, und wie gut und ergeben sie gewesen ist. Ich meinte, *ich* hätte ihr zu vergeben, und jetzt fühle ich, daß ich *ihrer* Verzeihung nicht einmal würdig bin. Oh, zehn Jahre meines Lebens gäbe ich dafür, wenn ich eine einzige Stunde weinend zu ihren Füßen sitzen könnte.«

Es ist immer schwierig, Trost für einen Schmerz zu finden, den man selbst noch nicht erfahren hat. Indessen empfand ich ein so starkes Mitgefühl mit dem jungen Menschen, und er teilte mir seinen Gram so offenherzig mit, daß ich dachte, ein Zuspruch werde ihm auf jeden Fall wohltun, und sagte: »Haben Sie keine Verwandten oder Freunde? Wollen Sie die nicht aufsuchen? Sie werden Ihnen sicherlich Trost spenden, wo ich Sie nur bedauern kann.«

»Gewiß falle ich Ihnen lästig«, entgegnete er, indem er

sich erhob und mit großen Schritten in meinem Zimmer herumwanderte. »Entschuldigen Sie, ich vergaß, daß Ihnen mein Leid wenig bedeutet und ich Sie mit einer Angelegenheit behellige, von der Sie in keiner Weise berührt sein können und sollen.«

»Sie fassen meine Worte falsch auf, ich möchte Ihnen durchaus beistehen und bedaure nur mein Unvermögen, Ihren Kummer zu lindern. Sollte meine und meiner Freunde Gesellschaft Sie abzulenken imstande sein und sollten Sie meiner ferner bedürfen, wozu es auch sei, so mögen Sie versichert sein, daß ich zu jeder Gefälligkeit herzlich gern bereit bin.«

»Verzeihung, Verzeihung«, rief er aus, »Schmerz macht überempfindlich. Darf ich noch ein paar Minuten hierbleiben, nur so lange es braucht, die Augen zu trocknen, damit die Leute auf der Straße den großen weinenden Jungen nicht wie ein Wunder angaffen. Sie haben mich mit dem geschenkten Buch sehr glücklich gemacht; ich weiß nicht, wie ich Ihnen je vergelten soll, was ich Ihnen schulde.«

»Indem Sie mir ein wenig Freundschaft schenken«, antwortete ich, »und mich die Ursachen Ihres Leides wissen lassen. Wer seinen Kummer beichtet, empfängt schon Trost.«

»Sie haben recht, aber jetzt sitzen die Tränen noch zu lokker, und ich würde doch nur verwirrtes Zeug reden. Ein andermal werde ich Ihnen die Geschichte erzählen, und dann mögen Sie urteilen, ob ich Grund habe, das arme Kind zu betrauern. Und nun«, setzte er hinzu, während er ein letztes Mal seine Augen auswischte und sich im Spiegel besah, »sagen Sie mir, daß ich Ihnen nicht gar zu närrisch vorkomme, und erlauben Sie, daß ich Sie wieder besuchen darf.«

Dabei sah mich der junge Mann so treuherzig an, daß ich ihn hätte umarmen mögen.

Schon begannen ihm die Tränen wieder in die Augen zu steigen, und er wandte sein Gesicht, als er sah, daß ich es bemerkte.

»Fassen Sie Mut«, sagte ich.

»Auf Wiedersehen«, war die Antwort.

Indem er das Weinen mit großer Mühe unterdrückte, stürzte er aus der Wohnung hinaus.

Ich lüpfte den Fenstervorhang und sah, wie er in das Kabriolett stieg, das vor der Tür gehalten hatte. Aber kaum war er drin, als er in Tränen ausbrach und das Gesicht in seinem Taschentuch verbarg.

V

Es verstrich eine geraume Zeit, ohne daß ich etwas von Armand hörte. Desto öfter war von Marguerite die Rede. Ich weiß nicht, ob andere auch die Beobachtung gemacht haben, daß der Name eines Menschen, der einen gar nichts angeht und mehr oder weniger gleichgültig sein müßte, sich, wenn er erst einmal in unser Ohr gedrungen ist, nach und nach mit zahlreichen Episoden verknüpft, und unsere Freunde uns auf einmal von etwas erzählen, worüber sie sich mit uns vordem nie unterhielten. Danach stellt man fest, daß diese Person einem irgendwie nahegeht, entdeckt, daß sie einem schon öfter über den Weg gelaufen ist, ohne daß man darauf achtete, und findet in den Begebenheiten, die man erfährt, eine gewisse Übereinstimmung mit oder eine direkte Beziehung zu Ereignissen unseres eigenen Lebens. Ganz so verhielt es sich in bezug auf Marguerite und mich nicht, da ich sie schon gesehen hatte, ihr begegnet war, ihr Äußeres und ihre Verhältnisse kannte. Indessen war ihr Name seit jener Versteigerung so häufig an mein Ohr gedrungen, und durch den besonderen Umstand, den ich im vorigen Kapitel erwähnte, hatte sich mir an diesem Namen die Vorstellung eines so abgründigen Leides geknüpft, daß jedenfalls meine Verwunderung und auch meine Neugier immerfort wuchsen.

Das ging so weit, daß ich keinem meiner Freunde, mit denen ich früher nie über Marguerite gesprochen hatte, begegnen konnte, ohne zu fragen: »Hast du eine gewisse Marguerite Gautier gekannt?«

»Die Kameliendame?«

»Ganz recht.«

»Sehr gut!«

Dieses Sehr gut! war manchmal von einem Lächeln begleitet, dessen Bedeutung nicht zu verkennen war.

»Je nun, was war das denn für ein Mädchen?« fuhr ich fort.

»Ein gutes Kind.«

»Weiter nichts?«

»Mein Gott ja. Mehr Geist und vielleicht auch mehr Herz als die anderen.«

»Bestimmtes weißt du nicht von ihr?«

»Sie hat den Baron G. ruiniert.«

»Nur ihn?«

»Sie war des alten Herzogs ... Mätresse.«

»Wirklich die Mätresse?«

»So sagt man. Jedenfalls gab er viel Geld.«

Immer dieselben allgemeinen Gerüchte.

Und ich war so begierig, etwas über die Beziehung zwischen Marguerite und Armand zu erfahren.

Eines Tages begegnete ich einem jener Männer, die mit der Halbwelt auf vertrautem Fuße leben.

»Sie kannten doch Marguerite Gautier?«

Er antwortete mit demselben Sehr gut!

»Was für ein Mädchen war sie?«

»Ein schönes, liebes Kind. Ihr Tod ging mir doch nahe.«

»Hatte sie nicht einen Liebhaber namens Armand Duval?«

»Einen großen Blonden?«

»Ja.«

»Das kann stimmen.«

»Wer war dieser Armand?«

»Ein Bursche, der, soviel ich weiß, das bißchen, das er besaß, mit ihr vertat und sie dann aufzugeben gezwungen war. Man sagt, daß er darüber närrisch geworden sei.«

»Und sie?«

»Sie soll ihn immerhin auch sehr geliebt haben, aber wie eben solche Frauen lieben. Man darf von ihnen nicht mehr erwarten, als sie geben können.«

»Was ist aus Armand geworden?«

»Ich weiß nicht. Wir waren mit ihm nicht näher bekannt. Er lebte fünf oder sechs Wochen mit Marguerite zusammen, freilich auf dem Lande. Zur selben Zeit, da sie zurückkehrte, verreiste er.«

»Sie sahen ihn seither auch nicht wieder?«

»Nein.«

Auch mir war Armand nicht wieder begegnet. Und ich fragte mich bereits, ob nicht damals, als er mich aufsuchte, seine Liebe zu Marguerite und sein Schmerz sich nur unter dem frischen Eindruck der Todesnachricht so ungeheuer gebärdet haben, und meinte, er habe vielleicht nun mit der Verstorbenen auch sein Versprechen vergessen, mich wieder zu besuchen.

Einem anderen gegenüber wäre diese Annahme wahrscheinlich berechtigt gewesen; allein aus Armands Verzweiflung hatten echte Töne geklungen. Und nun verfiel ich ins Gegenteil und bildete mir ein, der Kummer habe ihn krank gemacht und deshalb hätte ich nichts mehr von ihm gehört, weil er zu Bett liege oder gar tot sei.

Ob ich wollte oder nicht, der junge Mann beschäftigte mich. Kann sein, daß auch etwas Selbstsucht hinter meinem Interesse steckte. Vielleicht ahnte ich den rührenden Liebesroman hinter diesem Leid, und vielleicht entsprang die Unruhe, die mir Armands Schweigen bereitete, hauptsächlich aus meinem Verlangen, diese Geschichte zu erfahren.

Da Herr Duval nicht zu mir kam, beschloß ich, zu ihm zu gehen. Ein Vorwand war leicht zu finden, aber unglücklicherweise wußte ich seine Adresse nicht, und von denen, die ich ausgefragt hatte, konnte sie mir auch keiner sagen.

So begab ich mich in die Rue d'Antin. Möglich, daß der Pförtner wußte, wo Armand wohnte. Es war ein neuer Pförtner da. Er wußte genausowenig wie ich. Ich erkundigte mich nun nach dem Friedhof, auf dem Fräulein Gautier begraben worden war. Es war der auf dem Montmartre.

Es war bereits April und schönes Wetter, die Gräber konnten also nicht mehr diesen kläglichen, trostlosen Anblick bieten, den ihnen der Winter verleiht; und außerdem war es für die Lebenden, die an ihre Toten dachten, warm genug, um sie auch zu besuchen. Während ich zum Friedhof ging, sagte ich mir: ein einziger Blick auf Marguerites Grab soll mir offenbaren, ob Armands Trauer Bestand hat, und vielleicht erfahre ich, was aus ihm geworden.

Ich trat in die Loge des Verwalters und fragte ihn, ob nicht am 22. Februar eine Frau namens Marguerite Gautier auf dem Kirchhof von Montmartre beerdigt worden sei.

Der Mann schlug in einem großen Buch nach, in dem alle eingetragen und numeriert werden, die hier ihre letzte Ruhe finden, und bestätigte, daß wirklich am 22. Februar mittags eine Frau dieses Namens begraben worden sei.

Ich bat ihn, mich an das Grab führen zu lassen, denn sich in einer solchen Totenstadt, die genau wie die Stadt der Lebenden ihre vielen Straßen hat, ohne Führer zurechtzufinden, ist nicht möglich. Der Aufseher rief einen Gärtner und wollte ihm die nötigen Angaben machen, als ihn dieser unterbrach und sagte: »Ich weiß schon ... Oh, das Grab ist leicht zu finden«, fuhr er gegen mich gewandt fort.

»Wie das?« fragte ich.

»Weil es sich durch seine Blumen ganz und gar von den anderen abhebt.«

»Sind Sie mit der Pflege beauftragt?«

»Ja, Herr, und ich wollte, daß andere Verwandte sich so um ihre Toten kümmerten wie der junge Mann, der mir dieses anvertraut hat.«

Nach einigem Kreuz und Quer blieb der Gärtner stehen und sagte: »Wir sind da.«

Wahrhaftig, vor mir lag ein Blumenbeet, das man niemals für ein Grab gehalten hätte, wenn der Marmorstein mit dem Namen es nicht bezeugt hätte.

Der Stein stand da, und ein Eisengitter friedete das Stück Erde ein, das mit weißen Kamelien vollkommen bedeckt war.

»Was sagen Sie hierzu?« fragte der Gärtner.

»Wunderbar!«

»Und sooft eine Kamelie verblüht, muß ich eine neue setzen.«

»Wer hat Sie damit beauftragt?«

»Ein junger Mann, der, als er das erste Mal hier war, heftig weinte; sicher ein alter Freund der Toten, und es scheint so, als ob die da eine etwas Lockere war. Man sagt, daß sie sehr schön gewesen ist. Hat sie der Herr gekannt?«

»Ja.«

»So wie jener?« fragte der Gärtner mit bübischem Lächeln.

»Nein, gesprochen habe ich sie nie.«

»Und doch suchen Sie sie jetzt auf, das ist schön von Ihnen. Denn von denen, die zum Grab des armen Kindes kommen, wird der Friedhof nicht gerade voll.«

»Kommt denn niemand?«

»Niemand. Nur der junge Mann, der einmal hier war.«

»Nur einmal?«

»Ja, Herr.«

»Und seitdem nicht wieder?«

»Nein, aber nach seiner Rückkehr will er kommen.«

»So ist er verreist?«

»Ja.«

»Wissen Sie wohin?«

»Ich glaube, zur Schwester von Fräulein Gautier.«

»Was will er dort?«

»Er holt sich ihre Zustimmung, die Leiche ausgraben und anderswo beisetzen lassen zu dürfen.«

»Warum läßt er sie nicht hier?«

»Wissen Sie, Herr, wegen der Toten haben die Leute so Einfälle. Wir hier erfahren das alle Tage. Der Boden an dieser Seite kann nur auf fünf Jahre gekauft werden, und der junge Mann will eine Dauerkonzession und einen größeren Fleck; das läßt sich im neuen Viertel leichter machen.«

»Was meinen Sie mit neuem Viertel?«

»Die neuen Plätze dort links, die jetzt zu kaufen sind. Wäre der Friedhof stets so gehalten worden wie nun, es gäbe keinen schöneren auf der Welt; aber da muß noch manches geschehen, bis alles richtig ist. Auch sind die Mensehen so komisch.«

»Was wollen Sie damit sagen?«

»Ich meine, es gibt Leute, die ihren Dünkel auch an diesem Ort nicht aufgeben. Nun scheint ja dieses Fräulein Gautier, wenn ich so sagen darf, ein lustiges Leben geführt zu haben. Aber jetzt ist die Arme jedenfalls tot und im selben Zustand wie die anderen, die wir begießen und denen nichts nachgesagt wird. Und doch haben die Menschen, deren Angehörige neben ihr beigesetzt sind, kaum daß sie erfuhren, wer sie war, sich einfallen lassen zu äußern, sie würden Einspruch erheben, und für solche Frauen müsse es wie für die Armen besondere Stätten geben. Dicke Rentner, die ihre Toten höchstens viermal im Jahr aufsuchen, selber ihre Blumen mitbringen, und was für Blumen, an den Unterhaltungskosten für die Grabstätten knausern, auf den Inschriften von Tränen reden, die sie nie vergossen haben, und nun auch noch wegen der Nachbargräber Schwierigkeiten machen wollen. Ob Sie es glauben oder nicht, mein Herr, ich habe dieses Fräulein nicht gekannt und weiß auch nicht, was sie getan hat; und doch habe ich die arme Kleine gern, sorge für sie und gebe ihr die Kamelien zum billigsten Preis. Sie ist meine liebste Tote. Wir hier sind wohl oder übel darauf angewiesen, die Toten zu lieben, denn vor lauter Arbeit bleibt zu einer anderen Neigung gar keine Zeit.«

Ich schaute den Mann an, und manche Leser werden die Rührung nachempfinden, die mich bei seinen Worten ergriff.

Er mußte es bemerkt haben, denn er fuhr fort: »Es heißt, daß sich Männer dieses Mädchens wegen ruiniert haben und daß ihre Liebhaber sie angebetet haben. Je nun, es ist doch seltsam und macht traurig, wenn ich mir sagen muß, daß ihr kein einziger auch nur eine Blume bringt. Dabei hat diese da nicht einmal Grund zur Klage, hat sie doch ihr Grab, und wenn auch nur ein einziger an sie denkt, so tut er's für die andern mit. Aber wir haben hier oft andere arme Dinger ihres Schlages und ihres Alters, die werden in ein Gemeinschaftsgrab geworfen, und es gibt mir stets einen Stich ins Herz, wenn ich ihre armen Leiber in die Grube plumpsen höre. Und keine Seele kümmert sich mehr um sie, wenn sie einmal tot sind. Das Geschäft, das wir hier treiben, ist nicht immer lustig, vor allem, wenn man noch eine Spur Gefühl hat. Was glauben Sie? es ist stärker als mir lieb ist. Ich habe eine hübsche, ansehnliche Tochter von zwanzig Jahren, und sooft eine ihres Alters hergebracht wird, muß ich an sie denken, und ob es sich nun um eine vornehme Dame oder um eine Landstreicherin handelt, ich kann meine Rührung nicht ersticken. Doch langweile ich Sie gewiß mit meinem Gerede, und Sie sind ja auch nicht hergekommen, das zu hören. Ich sollte Sie an Fräulein Gautiers Grab bringen, und Sie sind nun hier. Kann ich noch etwas anderes für Sie tun?«

»Wissen Sie Herrn Duvals Adresse?« fragte ich.

»Ja, er wohnt Rue de ..., wenigstens habe ich dort das Geld für die vielen Blumen bekommen, die Sie hier sehen.«

»Ich danke Ihnen, mein Freund.«

Ich warf einen letzten Blick auf das blühende Grab, und ich verlangte unwillkürlich, es aufdecken zu können, um zu sehen, was aus dem schönen Geschöpf geworden, das man ihm übergeben. Und traurig ging ich meiner Wege.

»Wünscht der Herr Herrn Duval zu sprechen?« begann der Gärtner, der neben mir ging.

»Ja.«

»Weil ich nämlich ziemlich sicher bin, daß er von seiner

Reise noch nicht zurück ist, sonst hätte ich ihn ja hier gesehen.«

»Sind Sie denn gewiß, daß er Marguerite nicht vergessen hat?«

»Nicht allein das, sondern ich wette, daß die beabsichtigte Umbettung nur aus dem Wunsch entsprungen ist, sie wiederzusehen.«

»Wieso?«

»Als er her zum Friedhof kam, war sein erstes Wort: Wie kann ich erreichen, sie noch einmal zu sehen? Das ist allein bei einer Umbettung möglich, und ich erklärte ihm, was an Formalitäten zu beachten ist, wenn sie genehmigt werden soll. Sie wissen ja wohl, daß die Toten identifiziert werden müssen, bevor man sie aus dem einen Grab ins andere überführt, und dazu ist das Einverständnis der Angehörigen und die Anwesenheit eines Polizeikommissars erforderlich. Herr Duval ist dieserhalb zur Schwester des Fräulein Gautier gereist; sein erster Weg nach der Rückkehr wird natürlich auf den Friedhof gehen.«

Wir hatten das Friedhofstor erreicht. Ich dankte dem Gärtner nochmals, drückte ihm ein paar Münzen in die Hand und begab mich nach der bezeichneten Straße und Hausnummer.

Armand war noch nicht zurück.

Ich ließ ein paar Zeilen zurück mit der Bitte, er möchte mich nach seiner Rückkehr aufsuchen oder mir mitteilen, wann ich ihn antreffen könne.

Anderntags früh bekam ich einen Brief von Duval mit der Nachricht, er sei eben zurückgekehrt und bitte mich, bei ihm vorbeizukommen, da er völlig erschöpft und außerstande sei wegzugehen.

VI

Ich traf Armand im Bett an.

Als er mich erblickte, streckte er mir seine Hand entgegen, die glühte.

»Sie haben ja Fieber«, sagte ich.

»Das ist weiter nichts als Erschöpfung nach einer stürmischen Reise.«

»Sie kommen von Marguerites Schwester?«

»Ja. Wer hat Ihnen das gesagt?«

»Ich weiß es, und haben Sie Ihren Zweck erreicht?«

»Auch das. Aber wer mag Sie von meiner Reise und dem, was ich dabei verfolgte, unterrichtet haben?«

»Der Friedhofsgärtner.«

»Sie waren am Grab?«

Ich wagte kaum zu antworten, denn der Ton, in dem er gefragt hatte, bewies, daß der Schmerz, den ich damals wahrnahm, immer noch in ihm wühlte und daß die Erregung ihn gleich zu überwältigen drohte, sobald seine Gedanken oder jemandes Worte ihn auf das traurige Thema brachten.

Ich antwortete darum lediglich mit einem Nicken.

»Besorgt er es gut?« fragte Armand fort.

Zwei dicke Tränen rannen dem Kranken über die Wangen, der sie zu verbergen den Kopf wandte. Ich tat, als sähe ich sie nicht, und versuchte das Gespräch abzulenken.

»Sie waren an die drei Wochen verreist«, sagte ich.

Armand fuhr mit der Hand nach den Augen und entgegnete: »Volle drei Wochen.«

»Eine lange Reise.«

»Oh, die ganze Zeit war ich nicht unterwegs, vierzehn Tage lag ich krank, sonst wäre ich längst zurück. Kaum war ich da unten, als mich das Fieber packte und ich das Zimmer hüten mußte.«

»Und Sie sind zurückgekehrt, ohne recht genesen zu sein.«

»Noch eine Woche länger in der Gegend, und ich wäre gestorben.«

»Jetzt aber, da Sie wieder hier sind, müssen Sie sich pflegen. Ihre Freunde besuchen Sie, und ich zuerst, wenn Sie erlauben.«

»In zwei Stunden stehe ich auf.«

»Wie unvorsichtig!«

»Es muß sein.«

»Was haben Sie denn so dringend vor?«

»Ich muß zum Polizeikommissar.«

»Warum geben Sie niemand anderem den Auftrag, statt vielleicht Ihren Zustand zu verschlimmern?«

»Es geht um das einzige, wodurch ich genesen kann. Ich muß sie sehen. Seit ich sie tot weiß, und erst recht seit ich ihr Grab gesehen, finde ich keinen Schlaf mehr. Es will mir nicht in den Kopf, daß diese Frau, so jung, so schön, als ich sie verließ, nun tot ist. Ich muß mich mit eigenen Augen überzeugen. Ich will sehen, was Gott aus dem Geschöpf gemacht hat, das ich so sehr liebte. Vielleicht verscheucht der Ekel vor ihrem Anblick meine untröstliche Erinnerung. Sie begleiten mich doch, ja? ... wenn es Ihnen nicht zuwider ist.«

»Was sagte ihre Schwester dazu?«

»Nichts. Es kam ihr sehr sonderlich vor, daß ein Fremder einen Platz für Marguerite kaufen und ihr ein Grabmal setzen lassen wolle, und sie hat die Ermächtigung, um die ich bat, ohne weiteres unterschrieben.«

»Hören Sie auf mich und warten Sie mit der Umbettung, bis Sie völlig genesen sind.«

»Oh, da seien Sie unbesorgt, ich bin stark. Außerdem würde ich verrückt werden, wenn ich meinen Vorsatz nicht schnellstens ausführte, den der Schmerz mir abfordert. Ich schwöre Ihnen, daß ich nicht zur Ruhe kommen kann, solange ich Marguerite nicht gesehen. Vielleicht entspringt das dem mich verzehrenden Fieberdurst, ist es ein Hirngespinst meiner schlaflosen Nächte, die Folge meiner Wahnzustände. Und sollte ich, nachdem ich sie gesehen, Trappist werden wie jener Herr von Rancé – ich will sie sehen.«

»Ich kann Sie begreifen«, sagte ich zu Armand, »und Sie dürfen über mich verfügen. Haben Sie Julie Duprat schon aufgesucht?«

»O ja, gleich als ich das erste Mal zurückkam.«

»Hat sie Ihnen die Blätter übergeben, die Marguerite für Sie bestimmt hatte?«

»Hier sind sie.«

Armand zog eine Rolle unter seinem Kopfkissen hervor und schob sie gleich wieder zurück.

»Ich weiß auswendig, was auf den Blättern steht«, sagte er. »Während drei Wochen lese ich sie täglich zehnmal. Sie sollen sie auch lesen, später, wenn ich ruhiger geworden bin und Ihnen zu erklären vermag, was alles an Güte und Liebe diese Beichte in sich birgt. Im Augenblick bitte ich Sie sehr um einen Gefallen.«

»Und was?«

»Sie haben einen Wagen unten?«

»Ja.«

»Würden Sie wohl mit meinem Paß auf das Postamt gehen und fragen, ob Briefe an mich vorliegen? Mein Vater und meine Schwester müssen mir nach Paris geschrieben haben, doch reiste ich so überstürzt ab, daß ich nicht mehr die Zeit fand nachzufragen. Sobald Sie zurück sind, sprechen wir zusammen beim Polizeikommissar wegen der Förmlichkeiten für morgen vor.«

Armand gab mir seinen Paß, und ich fuhr nach der Rue Jean-Jacques-Rousseau.

Es waren zwei an Duval adressierte Briefe da. Ich nahm sie in Empfang und fuhr zurück.

Als ich ankam, war Armand schon angezogen und zum Ausgehen fertig.

»Danke«, sagte er und nahm die Briefe. »Ja«, fügte er hinzu, während er die Adressen ansah, »ja, von meinem Vater und meiner Schwester. Sie werden sich mein Schweigen nicht haben erklären können.«

Er machte die Briefe auf, überflog sie aber nur, denn jeder war vier Seiten lang, und schon hatte er sie wieder zusammengefaltet.

»Gehen wir«, sagte er, »ich antworte morgen.«

Wir verfügten uns zum Polizeikommissar, und Armand legte die von Marguerites Schwester erteilte Vollmacht vor.

Der Kommissar händigte ihm dafür eine Anweisung an den Friedhofsverwalter aus. Wir machten ab, daß die Umbettung den folgenden Tag um neun Uhr stattfinden soll, ich Armand eine Stunde zuvor abhole und wir zusammen auf den Friedhof gehen.

Ich selber war nun auch begierig auf das Ereignis und muß gestehen, daß ich die Nacht kein Auge zutat.

Aus dem zu schließen, was mir alles durch den Kopf ging, mag Armand die Nacht endlos erschienen sein.

Als ich früh neun Uhr zu ihm kam, sah er schrecklich bleich aus, war aber gefaßt.

Lächelnd gab er mir die Hand.

Die Kerzen waren völlig heruntergebrannt. Als wir gingen, steckte Armand einen dicken Brief ein, dem er offenbar in dieser Nacht seine Gedanken anvertraut hatte. Er war an den Vater gerichtet.

Eine halbe Stunde später kamen wir auf dem Montmartre an.

Der Kommissar wartete bereits auf uns.

Wir bewegten uns langsam nach dem Grab Marguerites hin. Der Kommissar ging voraus, Armand und ich folgten wenige Schritte hinterdrein.

Einige Male spürte ich, wie der Arm meines Gefährten krampfhaft bebte, als ob ihn jähe Schauer durchführen. Ich sah ihn an, er verstand mich und lächelte mir zu. Wir hatten noch kein Wort gewechselt, seitdem wir unterwegs waren.

Kurz vor dem Grabe hielt Armand inne und wischte sein Gesicht ab, auf dem der Schweiß in großen Perlen stand. Ich nützte die Pause, um aufzuatmen, denn das Herz war mir beklommen, als säße es in einer Zwinge.

Woher rührt die schmerzliche Lust, die wir bei einem derartigen Schauspiel empfinden? Der Gärtner hatte, als wir ans Grab kamen, schon sämtliche Blumentöpfe weggenommen, das Eisengitter war abgemacht, und zwei Männer gruben die Erde auf.

Armand lehnte sich an einen Baum und sah zu.

Allein seine Augen schienen noch Leben zu haben.

Mit einemmal schmetterte eine der Hacken auf einen Stein.

Bei diesem Geräusch fuhr Armand wie elektrisiert zusammen und preßte meine Hand so heftig, daß sie schmerzte.

Der eine Totengräber faßte eine breite Schaufel und schaufelte die Grube aus. Als schließlich nur noch die Steine drin lagen, mit denen der Sarg bedeckt wird, begann er einen nach dem andern herauszuwerfen.

Ich ließ Armand nicht aus den Augen, denn ich dachte jeden Augenblick, die Erregung, die sich in ihm sichtlich staute, werde ihn umwerfen. Aber er sah mit starren, offenen, wahnbesessenen Augen weiter zu, und lediglich ein leises Beben der Lippen und Wangen verriet, welche gefährliche Nervenprobe er zu bestehen hatte.

Von mir selbst kann ich nur sagen, daß ich bereute, mich beteiligt zu haben.

Als der Sarg freigelegt war, sagte der Kommissar zu den Totengräbern: »Macht auf!«

Die Männer führten den Befehl aus, als handle es sich um das Einfachste von der Welt.

Der Sarg war aus Eiche. Sie begannen das Deckelbrett loszuschrauben. Aber in der Erdfeuchte waren die Schrauben gerostet, und der Sarg ging nur mit Gewalt auf. Ein übler Geruch drang heraus, trotz der wohlriechenden Kräuter, die eingestreut waren.

»Mein Gott! Mein Gott!« murmelte Armand und wurde noch bleicher.

Sogar die Totengräber wichen zurück.

Ein großes weißes Bahrtuch verhüllte die Leiche und ließ ihre Formen undeutlich hervortreten. An einem Zipfel war es stark zerfressen, so daß der eine Fuß durchsah.

Mir wäre beinahe übel geworden, und heute noch, da ich diese Zeilen schreibe, steht mir die Szene in ihrer ganzen grausen Wirklichkeit vor Augen.

»Wir wollen rasch machen«, sagte der Kommissar.

Daraufhin schickte sich einer der Männer an, das Leinen abzuheben, packte einen Zipfel mit der Hand und entblößte mit einem groben Ruck Marguerites Gesicht.

Der Anblick war schrecklich, und es ist schrecklich, davon zu berichten.

Anstelle der Augen nur zwei Löcher, die Lippen fehlten, die weißen Zähne waren zusammengebissen. Das welke schwarze Haar klebte an den Schläfen und verdeckte zum Teil die grünen eingesunkenen Wangen, und trotzdem erkannte ich das weiße, rosige, heitere Gesicht wieder, das ich so oft gesehen.

Armand, der sich nicht von diesem Anblick zu lösen vermochte, biß in sein Taschentuch.

Mir selbst war, als ob ein Eisenreifen den Kopf zusammenpresse, Schleier hingen vor meinen Augen, in den Ohren sauste es, und es blieb mir nichts anderes übrig, als das Fläschchen hervorzunehmen, das ich für alle Fälle eingesteckt hatte, und das Riechsalz heftig einzuatmen.

Während dieses Schwindelanfalles hörte ich den Kommissar Herrn Duval fragen: »Ist sie es?«

»Ja«, antwortete dumpf der junge Mann.

»Dann zumachen und wegschaffen!« rief der Kommissar.

Die Totengräber warfen das Linnen über das Gesicht der Toten, verschlossen den Sarg, packten oben und unten an und bewegten sich nach der bestimmten Grabstelle.

Armand rührte sich nicht. Seine Augen hafteten an dem leeren Grab, er war so bleich wie die eben geschaute Leiche ... Er glich einem Steinbild.

Ich war mir klar darüber, was folgen mußte, sobald nach diesem Anblick der Schmerz sich lösen und Armand diesen Halt verlieren würde.

Darum trat ich auf den Kommissar zu. »Ist«, sagte ich auf Armand deutend, »die Anwesenheit des Herrn noch nötig?«

»Nein«, entgegnete er, »ich selbst möchte raten, ihn wegzubringen. Es scheint ihm übel zu sein.«

»Kommen Sie!« sagte ich darauf zu Armand und faßte ihn unter dem Arm.

»Was?« versetzte er, während er mich ansah, als kenne er mich nicht.

»Es ist vorüber«, fuhr ich fort. »Sie müssen nun gehen, mein Freund. Sie sind bleich und frieren. Mit all diesen Aufregungen holen Sie sich den Tod.«

»Sie haben recht. Gehen wir denn«, antwortete er mechanisch, ohne sich doch vom Fleck zu bewegen.

Nunmehr hakte ich den Arm ein und zog ihn fort.

Wie ein Kind ließ er sich führen, nur ab und zu murmelte er: »Haben Sie die Augen gesehen?«

Dabei wandte er sich um, als ob es ihn zurückzöge.

Indessen fiel ihm das Gehen immer schwerer, er kam nur ruckweise voran. Er klapperte mit den Zähnen, die Hände waren eiskalt, und ein heftiger Nervenanfall schüttelte ihn ganz und gar.

Ich redete ihm zu, aber er antwortete nicht.

Er war nur noch imstande, sich führen zu lassen.

Am Tor bekamen wir einen Wagen. Es war höchste Zeit.

Kaum saß er, als die Schauer sich verstärkten und ihn eine regelrechte Nervenkrisis befiel, während welcher er aus Besorgnis, mich zu erschrecken, meine Hand umklammert hielt und raunte: »Es ist weiter nichts, ist nichts. Wenn ich nur weinen könnte.«

Und ich hörte das Keuchen in seiner Brust, das Blut schoß ihm ins Gesicht, aber keine Träne floß.

Ich ließ ihn an dem Fläschchen riechen, das mir geholfen hatte, und als wir an seinem Haus ankamen, hatte er nur noch die Fieberschauer.

Mit Hilfe des Bedienten brachte ich ihn zu Bett, ließ das

Zimmer kräftig heizen, suchte sogleich meinen Arzt auf und erklärte ihm, was sich eben abgespielt hatte.

Er kam sofort mit.

Armand glühte. Er lag im Fieberwahn und führte zusammenhanglose Reden, aus denen allein Marguerites Name zu verstehen war.

»Nun?« fragte ich den Arzt, als er den Kranken untersucht hatte.

»Ja nun, er hat eine regelrechte Gehirnentzündung, und das ist noch sein Glück, denn ich glaube – Gott verzeihe mir – er wäre sonst verrückt geworden. Die körperliche Krankheit vertreibt nun die seelische. In vier Wochen ist er wahrscheinlich von der einen wie von der anderen geheilt.«

VII

Eine Krankheit, wie sie Armand befiel, hat das Gute, daß sie entweder zu einem raschen Tod führt oder bald überwunden ist.

Vierzehn Tage nach den geschilderten Ereignissen war Armand auf dem Wege der Genesung, und eine innige Freundschaft verband uns. Während der ganzen Zeit war ich kaum einmal aus dem Zimmer gekommen.

Der Frühling hatte das Füllhorn seiner Blumen, Blätter, Vögel und Lieder ausgeschüttet, und das Fenster meines Freundes gewährte einen lustigen Ausblick auf den Garten, dessen gesunde Düfte zu ihm heraufdrangen.

Der Arzt hatte ihm aufzustehen erlaubt, und wir saßen von zwölf bis zwei Uhr, wenn die Sonne am wärmsten war, miteinander plaudernd meistens am offenen Fenster.

Ich hütete mich wohl, von Marguerite anzufangen, weil

ich fürchtete, ihr Name könne die trüben Gedanken, die unter seiner Gefaßtheit verborgen sein mochten, wieder wecken. Aber es schien Armand im Gegenteil wohlzutun, von ihr zu sprechen, und zwar tat er es nicht mehr mit Tränen in den Augen, sondern mit einem zärtlichen Lächeln, was mich über seinen Gemütszustand beruhigte. Ich erkannte, daß nach dem letzten Gang zum Friedhof und dem Anblick, der den heftigen Anfall bei ihm hervorgerufen hatte, der Schmerz seiner Seele sich anscheinend in der Krankheit ausgetobt hatte und die Vorstellung der toten Marguerite nicht mehr die frühere Wirkung auf ihn ausübte. Die Gewißheit, die er sich nun verschafft hatte, spendete ihm etwas wie Trost, und um die trüben Gedanken, die sich ihm oft aufdrängten, zu verscheuchen, rief er sich die glücklichen Tage ihrer Liebe zurück und ließ offenbar andere Gedanken nicht aufkommen.

Die Fieberanfälle und ihre Überwindung hatten ihn zu sehr geschwächt, als daß sein Gemüt neue Aufregungen hätte ertragen können, auch rief der allerwärts fröhlich sprießende Lenz unwillkürlich heitrere Bilder in dem Kranken hervor.

Er hatte sich bisher stets hartnäckig geweigert, seine Angehörigen von der Gefahr, in der er geschwebt, zu unterrichten, und auch als er sie überwunden hatte, wußte sein Vater immer noch nichts davon.

Eines Abends blieben wir länger als gewöhnlich am Fenster sitzen. Es war ein wunderbares Wetter, und die Sonne versank in leuchtendem Kobalt und Gold. Das umgebende Laubwerk schied uns gleichsam von der übrigen Welt ab, obwohl wir in Paris waren. Höchstens, daß ab und zu Wagengerassel unsere Unterhaltung ablenkte.

»Um diese Jahreszeit und an einem ähnlichen Abend habe

ich Marguerite kennengelernt«, sagte Armand, der seinen Gedanken nachhing und mir nicht zuhörte.

Ich antwortete nichts.

Darauf wandte er sich zu mir und erklärte: »Ich muß Ihnen diese Geschichte endlich erzählen. Sie machen vielleicht ein Buch daraus, das Ihnen zwar niemand glauben wird, sich aber dennoch lohnt.«

»Erzählen Sie es mir später einmal, mein Lieber«, entgegnete ich, »Sie sind noch nicht ganz gesund.«

»Der Abend ist mild, ich habe mein Hühnchen gegessen«, sagte er lächelnd, »das Fieber ist weg, und wir haben nichts anderes vor, ich will Ihnen nun alles erzählen.«

»Wenn Sie es unbedingt wollen, muß ich zuhören.«

»Es ist eine einfältige Geschichte«, fuhr er fort, »ich will sie der Reihe nach erzählen, wie sie sich zutrug. Es ist Ihnen unbenommen, sie anders vorzutragen, wenn Sie sie später verarbeiten.«

Ich lasse nunmehr Armands eigenen ergreifenden Bericht folgen, an dem höchstens ein paar Worte verändert sind.

Ja, begann Armand und lehnte den Kopf zurück auf die Lehne des Sessels, ja, es war genau so ein Abend. Ich hatte den Tag mit meinem Freunde Gaston R. auf dem Lande zugebracht. Abends nach Paris zurückgekehrt, wußten wir nicht, was wir anfangen sollten, und gingen ins Théâtre des Variétés. In der Pause gingen wir herum und begegneten auf dem Gang einer hochgewachsenen Frau, die mein Freund grüßte.

»Wen haben Sie da gegrüßt?« fragte ich.

»Marguerite Gautier«, gab er zur Antwort.

»Die hat sich aber mächtig verändert, ich habe sie gar nicht wiedererkannt«, sagte ich in einer Wallung, die Sie gleich begreifen werden.

»Sie war krank. Das arme Kind wird's nicht mehr lange treiben.«

Ich entsinne mich dieser Worte, als hätte ich sie gestern gehört.

Sie müssen nämlich wissen, lieber Freund, daß der Anblick des Mädchens schon zwei Jahre lang, jedesmal wenn ich ihr begegnete, eine seltsame Empfindung in mir erweckte.

Ich wurde bleich, ohne zu wissen warum, und mein Herz fing an laut zu schlagen. Einer meiner Freunde, der sich mit okkulten Wissenschaften befaßt, bezeichnete das, was mir widerfuhr, als *Verwandtes Fluidum*. Ich für meinen Teil glaube ganz einfach, daß mich das Schicksal zu Marguerites Geliebten bestimmt hatte und ich es vorausfühlte.

Jedenfalls war die Wirkung so sichtbar, daß es mehreren meiner Freunde auffiel und sie laut herauslachten, als sie entdeckten, woher sie rührte.

Das erstemal hatte ich Marguerite auf dem Börsenplatz an der Ladentür von Susse gesehen. Ein offener Wagen hielt dort, und eine Dame in Weiß stieg aus. Beim Eintritt ins Geschäft begrüßte man sie mit einer allgemeinen Bewunderung. Ich selber stand von dem Augenblick an, da sie hineinging, bis zu dem, da sie zurückkehrte, wie angewurzelt und rührte mich nicht vom Fleck. Durch die Schaufenster sah ich zu, wie sie die Waren aussuchte, die sie kaufen wollte. Ich hätte natürlich hineingehen können, doch wagte ich es nicht. Wer diese Frau war, wußte ich nicht, aber ich fürchtete, sie würde die Absicht meines Erscheinens erraten und sich beleidigt fühlen. Überdies bildete ich mir nicht ein, daß ich ausersehen sein könne, sie jemals wiederzusehen. Sie trug ein elegantes gefälteltes Musselinkleid, einen indischen Schal mit Stickereien aus Gold und Seidenblumen in den Ecken, einen italienischen Strohhut und als einzigen

Armschmuck eine breite Goldkette, wie sie damals in Mode kam.

Sie stieg in ihren Wagen und fuhr weg.

Ein junger Verkäufer war in der Tür stehengeblieben und folgte dem Fahrzeug der eleganten Kundin mit den Augen. Ich trat auf ihn zu und bat ihn um den Namen der Dame.

»Das ist Fräulein Marguerite Gautier«, antwortete er.

Die Adresse zu erfragen getraute ich mich nicht, und so ging ich weiter.

Dieses Traumbild, denn das war es wirklich, ging mir nicht wieder aus dem Sinn, im Gegensatz zu anderen, die ich früher hatte, und überall sah ich nach dieser weißgekleideten königlichen Schönheit aus.

Etliche Tage danach war eine Festvorstellung in der Komischen Oper. Ich ging hin. Das erste, was ich sah, war Marguerite Gautier in einer Loge des ersten Ranges.

Der junge Mann, mit dem ich beisammen war, entdeckte sie ebenfalls, denn er nannte ihren Namen und setzte hinzu: »Sehen Sie doch, was für ein schönes Kind.«

Im gleichen Augenblick sah Marguerite nach unserer Seite, erkannte meinen Freund, lächelte ihm zu und bedeutete ihn durch ein Zeichen, sie zu besuchen.

»Ich will ihr rasch guten Abend sagen«, erklärte er, »und bin im Augenblick wieder hier.«

»Haben Sie ein Glück!«

»Wieso?«

»Weil Sie zu dieser Frau gehen.«

»Sind Sie verliebt in sie?«

»Nein«, sagte ich errötend, denn ich fand mich in mir selbst nicht zurecht, »aber kennenlernen möchte ich sie gerne.«

»Kommen Sie mit, ich stelle Sie vor.«

»Fragen Sie erst um ihr Einverständnis.«

»Mein Gott, bei ihr braucht man da keine Sorge zu haben. Kommen Sie!«

Was er da eben sagte, fiel mir auf die Seele, und ich bangte zu erfahren, daß Marguerite dessen nicht wert sein könne, was ich für sie empfand.

In dem Buch ›Am Rauchen‹ von Alphonse Karr kommt ein junger Mann vor, der abends einer sehr eleganten Frau folgt, in die er sich wegen ihrer Schönheit auf der Stelle verschossen hatte. Er traut sich die Kraft zu, Unmögliches ins Werk zu setzen, die Energie zu, alle Hindernisse zu überwinden, und den Mut, alle Taten zu verrichten, nur um ihr einmal die Hand küssen zu dürfen, wagt jedoch kaum die zierlichen Knöchel anzuschauen, die sie, um das Kleid nicht auf die Erde streifen zu lassen, kokett unter dem gerafften Rock sehen läßt. Und während er davon träumt, was er alles verrichten wolle, um diese Frau zu besitzen, bleibt sie an der Straßenecke stehen und fragt, ob er mit zu ihr kommen wolle. Er wendet sich ab, überquert die Straße und geht betrübt nach Hause.

Diese Szene fiel mir ein, und ich, der mit Wonne für diese Frau gelitten hätte, fürchtete, daß sie mir zu rasch entgegenkommen und ohne große Umstände ihre Liebe schenken könnte, die ich in einer langen Wartezeit oder durch ein großes Opfer verdienen wollte. So sind wir Männer, und es ist ein Glück, daß die Einbildungskraft die Sinnlichkeit derart poetisch verklärt und daß die fleischliche Begierde den Wünschen der Seele so weit entgegenkommt.

Hätte mir jedenfalls einer gesagt: Du kannst diese Frau heut abend haben, mußt aber morgen dafür sterben, ich wäre darauf eingegangen. Hätte er dagegen gesagt: Zahle zehn Louis und sie ist dein, so hätte ich es ausgeschlagen und geweint wie ein Kind, dem beim Erwachen das erträumte Schloß in nichts zerfällt.

Indessen wollte ich sie kennenlernen. Das war eine Möglichkeit, vielleicht die einzige, in Erfahrung zu bringen, was ich von ihr zu halten habe.

Aber ich bestand bei meinem Freunde darauf, daß sie ihm erst ihr Einverständnis erklären müsse, und lief inzwischen in den Gängen umher und sagte mir, daß ich in wenigen Augenblicken bei ihr sein und nicht wissen werde, wie ich vor ihr bestehen soll.

Ich legte mir zurecht, was ich zu ihr sagen wollte.

Was für eine göttliche Kinderei ist doch die Liebe!

Schon kam mein Freund herunter.

»Sie erwartet uns«, sagte er.

»Ist sie allein?« fragte ich.

»Mit einer anderen Frau.«

»Keine Männer?«

»Nein.«

»Los.«

Mein Freund wandte sich dem Portal zu.

»He, doch nicht dorthin«, sagte ich.

»Wir wollen etwas zum Naschen holen, sie bat mich darum.«

Wir gingen in eine Konditorei an der Theaterpassage.

Ich hätte den ganzen Laden aufkaufen mögen und überlegte, was alles man auswählen solle, als mein Freund schon bestellte: »Ein Pfund glasierte Trauben.«

»Liebt sie die denn?«

»Sie will keine andere Näscherei, das ist bekannt.«

»Oh«, fuhr er fort, als wir draußen waren, »wissen Sie gar nicht, welcher Frau ich Sie vorstelle? Bilden Sie sich ja nicht ein, sie sei eine Herzogin. Sie ist weiter nichts als eine bezahlte Frau, eine der kostbarsten, mein Lieber. Genieren Sie sich also nicht, und sprechen Sie, wie Ihnen der Schnabel gewachsen ist.«

»Gut, gut«, stotterte ich und folgte ihm, während ich mir sagte, daß ich gleich von meiner Leidenschaft geheilt sein werde.

Als wir in die Loge traten, lachte Marguerite hell auf.

Mir wäre sie traurig lieber gewesen.

Mein Freund stellte mich vor. Marguerite nickte mir flüchtig zu und rief: »Und meine Leckerei?«

»Hier.«

Während sie davon nahm, schaute sie mich an. Ich schlug die Augen nieder und wurde rot.

Sie beugte sich zur Nachbarin und sagte ihr leise etwas ins Ohr, worauf beide herausplatzten.

Natürlich war ich der Anlaß ihres Gelächters, und meine Verlegenheit wuchs. Damals hatte ich ein kleines, sehr zärtliches und empfindsames Bürgermädchen zur Geliebten, deren Gefühlsseligkeiten und schwermütige Briefe mich oft zum Lachen reizten. Nun begriff ich, wie weh ich ihr dadurch getan haben mochte, und während der nächsten Minuten liebte ich sie, wie man eine Frau kaum lieben kann.

Marguerite aß ihre Trauben, ohne sich weiter um mich zu kümmern.

Mein Gefährte wollte mich aus dieser lächerlichen Lage befreien.

»Sie dürfen sich nicht wundern, Marguerite, daß Sie Herr Duval nicht unterhält, Sie haben ihn so in Verwirrung gesetzt, daß er kein Wort hervorbringt.«

»Ich glaube eher, der Herr hat Sie hierher begleitet, weil Sie nicht gern allein bei uns sein wollten.«

»Wenn das zuträfe«, fiel ich nun ein, »hätte ich Ernest

nicht um Ihr Einverständnis fragen lassen, daß er mich vorstellen dürfe.«

»Das war wohl nur ein Vorwand, den peinlichen Augenblick hinauszuzögern.«

Wer Mädchen von Marguerites Schlag ein wenig kennt, weiß, daß sie einen Scherz gern am falschen Ort machen und mit Vergnügen Menschen hänseln, denen sie zum erstenmal begegnen. Das ist sicher eine Vergeltung für die Demütigungen, die sie so oft in ihrem täglichen Umgang in Kauf nehmen müssen.

Außerdem muß man, um mit ihnen auszukommen, eine gewisse Erfahrung ihrer Lebensart haben, eine Erfahrung, die mir abging. Auch traf mich nach dem Bild, das ich mir von Marguerite gemacht hatte, ihr Spott zu empfindlich, denn kein Zug dieser Frau ließ mich gleichgültig. Darum erhob ich mich und sagte ziemlich gekränkt, was meine Stimme nicht ganz verbergen mochte: »Wenn Sie so von mir denken, muß ich Sie wegen meiner Zudringlichkeit um Verzeihung bitten, und ich möchte mich von Ihnen mit der Versicherung verabschieden, daß es nicht noch einmal vorkommen soll.«

Darauf verbeugte ich mich und ging.

Kaum hatte ich die Tür zugemacht, als sich aufs neue schallendes Gelächter erhob. Mich in diesem Augenblick anzurempeln, wäre niemandem gut bekommen.

Ich ging auf meinen Platz zurück.

Das Zeichen zum Beginn der Vorstellung ertönte.

Ernest kam zu mir.

»Wie konnten Sie so weglaufen«, sagte er, während er Platz nahm, »man hält Sie für verrückt.«

»Was sagte Marguerite, als ich gegangen war?«

»Sie lachte und beteuerte mir, daß ihr so etwas Drolliges

noch nicht vorgekommen sei. Aber Sie dürfen das Spiel deswegen nicht für verloren halten. Vor allem dürfen Sie solchen Frauen nicht die Ehre antun und sie ernst nehmen. Von Feinheit und Anstand haben sie keine Ahnung. Es ist geradeso, wie wenn man Hunde mit Parfüm besprengt; sie finden diesen Geruch doch abscheulich und wälzen sich lieber in der Gosse herum.«

»Was kann mich das weiter kümmern? « entgegnete ich in einem gesucht unbefangenen Tone. »Dieser Frau werde ich nie wieder begegnen, und wenn sie mir gefallen hat, bevor ich sie noch kannte, so gilt das jetzt, wo ich sie kenne, durchaus nicht mehr.«

»Bah! Ich bin sicher, Sie doch eines Tages hinten in ihrer Loge zu entdecken und zu erfahren, daß Sie sich ihretwegen ruinieren. Im übrigen haben Sie recht, sie hat natürlich keine Erziehung, aber sie soll eine ganz entzückende Geliebte sein.«

Zum Glück hob sich der Vorhang, und mein Freund brach ab. Was gegeben wurde, weiß ich beim besten Willen nicht zu sagen. Nur dessen erinnere ich mich noch, daß ich ab und zu einen Blick auf die Loge warf, die ich so barsch verlassen hatte, und daß dort ununterbrochen neue Besucher auftauchten.

Indessen war ich doch weit entfernt, Marguerite zu vergessen. Aber ein anderes Gefühl setzte sich in mir fest. Ich meinte, ich müsse ihre Kränkung und meine Lächerlichkeit wettmachen, und zwar dadurch, daß ich diese Frau um jeden Preis besitze und den Platz zu Recht einnehme, den ich so rasch geräumt hatte.

Noch vor Schluß der Vorstellung verließ Marguerite mit ihrer Freundin die Loge.

Ich erhob mich unwillkürlich von meinem Platz.

»Gehen Sie?« fragte Ernest.

»Ja.«

»Weshalb?«

In diesem Augenblick sah er die leere Loge.

»Los, los«, sagte er, »viel Glück, oder vielmehr besseres Glück.«

Ich ging.

Auf der Treppe hörte ich das Rauschen von Kleidern und vernahm Stimmen. Ich trat beiseite und sah, ohne selbst gesehen zu werden, die beiden Frauen und zwei junge Männer vorübergehen, die sie begleiteten.

In der Vorhalle tauchte ein winziger Diener auf.

»Sag dem Kutscher, er möchte vor dem Café Anglais warten«, hieß ihn Marguerite, »wir gehen zu Fuß hin.«

Als ich etliche Minuten später über den Boulevard strich, sah ich Marguerite in einem der großen Kaffeehausräume, wie sie an die Fensterbrüstung gelehnt die Kamelien ihres Straußes eine nach der anderen zerblätterte.

Einer der zwei jungen Männer beugte sich über ihre Schulter und sprach leise auf sie ein.

Ich suchte mir einen Platz im ersten Stock der Maison d'Or und ließ das fragliche Fenster nicht aus dem Auge.

Um ein Uhr stieg Marguerite mit ihren drei Begleitern in den Wagen.

Ich nahm eine Droschke und folgte ihr.

Der Wagen hielt in der Rue d'Antin Nr. 9.

Marguerite stieg ab und ging allein ins Haus.

Es war das zweifellos ein Zufall, aber dieser Zufall machte mich sehr glücklich.

Seit jenem Tage begegnete ich Marguerite öfter im Theater oder in den Champs-Elysées. Sie war immer gleichbleibend heiter, ich geriet stets in dieselbe Erregung.

Dann vergingen vierzehn Tage, ohne daß ich sie irgendwo entdecken konnte. Als ich Gaston traf, fragte ich ihn, was das bedeute.

»Das arme Kind ist ziemlich krank«, antwortete er.

»Was fehlt ihr denn?«

»Sie hat es auf der Brust, und da ein Leben, wie sie es führt, der Heilung nicht gerade dienlich ist, liegt sie zu Bett und wird wohl sterben.«

Wer kennt sich in seinem Herzen aus? Ich empfand beinahe Befriedigung über diese Krankheit.

Ich erkundigte mich nun täglich nach dem Befinden der Kranken, ohne mich indessen in die Besucherliste einzutragen oder meine Karte zu hinterlassen. So erfuhr ich von ihrer Besserung und der Reise nach Bagnères.

Im Laufe der Zeit schien indessen zwar nicht die Erinnerung, aber der ursprüngliche Eindruck in mir nach und nach zu verblassen. Ich reiste, Liebschaften, Bekanntschaften, Geschäfte verdrängten die alten Bilder, und wenn ich an jenes erste Abenteuer zurückdachte, erschien es mir nur als eine der Leidenschaften, wie man sie in sehr jungen Jahren hat und über die man später lacht.

Im übrigen war dies Vergessen kein Wunder, denn seit ihrer Abreise hatte ich Marguerite völlig aus den Augen verloren, und als sie, wie ich Ihnen schon sagte, in dem Korridor der Variétés an mir vorbeiging, erkannte ich sie nicht einmal wieder.

Freilich trug sie einen Schleier. Aber zwei Jahre früher hätte sie noch so verschleiert sein können, ich hätte sie nicht einmal zu sehen brauchen, um sie zu erkennen: ich hätte sie gespürt.

Trotzdem schlug mein Herz lauter, als ich erfuhr, daß sie es war, und die zwei Jahre, die ich sie nicht gesehen, und die ganze Wirkung, die die Trennung gehabt zu haben schien, zerstoben vor der bloßen Berührung ihres Rockes.

VIII

Wiewohl ich deutlich empfand, fuhr Armand nach einer Pause fort, daß ich sie noch liebte, so fühlte ich mich doch sicherer als damals, und in meinem Bestreben, Marguerite wieder zu begegnen, lag zugleich die Absicht, ihr zu zeigen, daß ich ihr nun überlegen sei.

Was doch das Herz für Auswege und Vorwände findet, um seinen Willen zu bekommen.

In den Gängen hielt ich es nun nicht mehr lange aus und begab mich auf meinen Orchestersessel, wobei ich rasch den Blick durch den Saal schweifen ließ, um zu sehen, in welcher Loge sie sich befinde.

Sie saß in der unteren Bühnenloge, und zwar allein. Sie sah verändert aus, wie ich schon sagte; um ihren Mund spielte nicht mehr jenes sorglose Lächeln. Sie hatte gelitten und litt offenbar noch.

Trotz des Aprils war sie winterlich gekleidet und ganz in Samt gehüllt.

Ich betrachtete sie so unablässig, daß sie es schließlich merkte.

Sie schaute einige Augenblicke zu mir hin, nahm ihr Glas, um mich deutlicher zu sehen, und meinte mich zweifellos wiederzuerkennen, ohne recht zu wissen, wer ich sei; denn als sie das Glas weglegte, schwebte ein entzückendes Lächeln auf ihren Lippen, als ob sie den Gruß erwidern wolle, den sie von mir zu erwarten schien. Aber ich tat nicht dergleichen, sondern stellte mich, um meine Überlegenheit zu zeigen, als habe ich vergessen, wo sie sich entsann.

Sie meinte nun, sie habe sich getäuscht, und wandte sich ab.

Der Vorhang ging hoch.

Ich habe Marguerite häufig im Theater gesehen, aber nie bemerkt, daß sie dem Spiel die geringste Aufmerksamkeit gezollt hätte.

Auch mich fesselte das Stück kaum, und ich dachte nur an sie, freilich sorgfältig darauf bedacht, daß sie es nicht bemerke.

Bald sah ich, wie sie Blicke mit jemand in der gegenüberliegenden Loge wechselte. Ich musterte diese Loge und gewahrte eine Frau, mit der ich gut bekannt war.

Diese hatte sich früher aushalten lassen, dann auf der Bühne anzukommen versucht, was indes nicht glückte, und sich nun aufs Geschäft geworfen und im Vertrauen auf ihre Beziehungen zur Pariser Eleganz einen Modesalon eröffnet.

Ich erkannte hier eine Möglichkeit, mit Marguerite zusammenzutreffen, und paßte den Augenblick ab, wo jene Frau in meine Richtung sah, um ihr mit Hand und Augen guten Abend zu sagen.

Wie zu erwarten war, lud sie mich in ihre Loge ein.

Prudence Duvernoy, diesen treffenden Namen trug die Modistin, war eine jener üppigen Frauen in den Vierzigern, aus denen sich ohne viel Diplomatie herausholen läßt, was man nur wissen will, zumal wenn es sich um etwas so Einfaches handelt, wie ich erfahren wollte.

In dem Augenblick, da sie eben wieder ihre Zeichensprache mit Marguerite begann, fragte ich sie: »Mit wem verständigen Sie sich?«

»Mit Marguerite Gautier.«

»Sie kennen sie?«

»Ja, ich bin ihre Modistin, sie wohnt nahe bei mir.«

»Dann wohnen Sie Rue d'Antin?«

»Nummer sieben. Das Fenster ihres Ankleidezimmers geht auf das Fenster des meinen.«

»Sie soll ganz entzückend sein.«

»Sie kennen sie noch nicht?«

»Nein, aber ich möchte sie gern kennenlernen.«

»Soll ich sie in unsere Loge herüberrufen?«

»Nein, es wäre mir lieber, wenn Sie mich bei ihr daheim vorstellen wollten.«

»In ihrer Wohnung?«

»Ja.«

»Das ist nicht so einfach.«

»Warum?«

»Weil sie der Schützling eines alten und sehr eifersüchtigen Herzogs ist.«

»Schützling ist wunderbar.«

»Ja, Schützling«, erwiderte Prudence. »Der arme Alte, er käme tüchtig in Verlegenheit, wenn er den Liebhaber spielen sollte.«

Daraufhin erzählte sie mir, wie Marguerite in Bagnères zu der Bekanntschaft mit dem Herzog gekommen war.

»Also darum ist sie allein hier?«

»Darum.«

»Aber wer bringt sie nach Hause?«

»Er.«

»Er holt sie also ab?«

»Über eine kleine Weile.«

»Und wer bringt Sie selbst heim?«

»Niemand.«

»Darf ich mich erbieten?«

»Aber Sie sind, wenn ich nicht irre, mit einem Freunde hier.«

»Das ist ein ganz reizender, witziger Junge, der sich freuen wird, Sie kennenzulernen.«

»Also abgemacht, wir brechen zusammen nach diesem Stück auf, das letzte hab ich schon gesehen.«

»Ausgezeichnet. Ich verständige meinen Freund.«

»Gehen Sie.«

»Ach«, rief mir Prudence noch zu, als ich mich eben zu gehen anschickte, »da kommt der Herzog in Marguerites Loge.«

Ich sah hinüber.

Ein Mann von siebzig Jahren nahm tatsächlich hinter der jungen Frau Platz und reichte ihr einen Beutel mit Näschereien, in den sie sogleich lächelnd hineingriff. Dann legte sie ihn auf die Brüstung der Loge und machte Prudence ein Zeichen, das soviel sagen wollte wie: »Mögen Sie davon?«

»Nein«, deutete Prudence zurück.

Marguerite nahm den Beutel wieder in die Hand, wandte sich um und begann mit dem Herzog zu plaudern.

Es mag kindisch erscheinen, daß ich all diese Einzelheiten berichte, aber alles, was sich auf Marguerite bezieht, ist meinem Gedächtnis so deutlich eingeprägt, daß ich mir nicht versagen kann, es heute zurückzurufen.

Ich ging zu Gaston hinunter und erklärte ihm, was ich soeben in unser beider Namen verabredet hatte.

Er war einverstanden.

Wir gaben unsere Plätze auf und gingen in Madame Duvernoys Loge hinauf.

Kaum waren wir in die Tür des Orchestergangs getreten, als wir anhalten mußten, um Marguerite und den Herzog vorbeizulassen, die weggingen. Ich hätte zehn Jahre meines Lebens gegeben, wenn ich mit dem alten Herrn hätte tauschen können.

Als sie auf die Straße kamen, ließ er sie in einen Phaeton steigen, den er selbst lenkte, und rasch entführten zwei prächtige Pferde sie unseren Augen.

Wir gingen in Prudences Loge.

Als das Stück zu Ende war, brachen wir auf und fuhren mit einer gewöhnlichen Droschke nach der Rue d'Antin Nummer 7.

An der Tür lud uns Prudence ein, mit hinaufzukommen und ihre Moderäume anzusehen, die wir noch nicht kannten und die ihr ganzer Stolz waren. Sie können sich vorstellen, wie gerne ich darauf einging.

Mir war, als ob ich schrittweise Marguerite näherkomme. Bald hatte ich die Unterhaltung auf sie gelenkt.

»Der alte Herzog ist jetzt bei Ihrer Nachbarin?« fragte ich Prudence.

»O nein, sie wird wohl allein sein.«

»Sie langweilt sich gewiß schrecklich«, meinte Gaston.

»Wir sitzen abends meistens beisammen, oder wenn sie ausgewesen ist, ruft sie mich hinüber. Vor zwei Uhr in der Nacht geht sie nie schlafen. Sie kann nicht früher einschlafen.«

»Warum?«

»Weil sie lungenkrank ist und fast immer Fieber hat.«

»Hat sie keinen Liebhaber?« fragte ich.

»Sooft ich bei ihr war, ist noch niemand dortgeblieben. Freilich kann ich nicht beschwören, daß niemand kommt, wenn ich weg bin. Manchmal treffe ich abends einen gewissen Grafen N. bei ihr an, der etwas zu erreichen hofft, wenn er seine Besuche um elf Uhr macht, und ihr soviel Juwelen schickt, als sie sich nur wünschen mag. Aber sie kann ihn nicht ausstehen. Das ist töricht, er ist ein sehr reicher Junge. Wie oft habe ich ihr nicht gesagt: Mein liebes Kind, das ist der Mann, der dir fehlt. Aber sie dreht mir dann, obwohl sie sonst gerne auf mich hört, den Rücken zu und erklärt, er sei zu dumm. Das will ich ja zugeben, aber sie wäre doch versorgt, wo dieser alte Herzog von heute auf morgen sterben kann. Alte Männer sind eigennützig; seine Verwandten werfen ihm dauernd seine Anhänglichkeit an Marguerite vor: zwei Gründe, weswegen sie nichts von ihm zu erhoffen hat. Ich halte ihr das vor, worauf sie nur antwortet, daß immer noch Zeit sei, den Grafen zu nehmen, wenn der Herzog tot wäre.

Es ist keineswegs ein großes Vergnügen, wie sie zu leben«, fuhr Prudence fort. »Mir könnte das nicht passen, ich hätte dem Alten längst den Laufpaß gegeben. Er ist zu albern, nennt sie seine Tochter, umsorgt sie wie ein Kind und kann nicht genug aufpassen. Ich bin sicher, daß in diesem Augenblick einer seiner Leute auf der Straße herumstreicht, um zu beobachten, wer ihr Haus verläßt und besonders wer es betritt.«

»Ach, die arme Marguerite«, meinte Gaston, indem er sich ans Klavier setzte und einen Walzer spielte, »das wußte ich gar nicht. Minder lustig fand ich sie allerdings schon seit einiger Zeit.«

»Pst!« rief Prudence und lauschte.

Gaston hörte auf.

»Ich glaube, sie ruft mich.«

Wir horchten.

Tatsächlich rief jemand Prudence.

»Meine Herren, nun müssen Sie gehen«, erklärte Madame Duvernoy.

»Oho, nennen Sie das Gastfreundschaft«, sagte Gaston lachend. »Wir gehen lieber, wenn es uns paßt.«

»Warum sollen wir gehen?«

»Ich muß zu Marguerite hinüber.«

»Wir warten hier.«

»Das geht nicht.«

»Nun, dann gehen wir mit Ihnen.«

»Erst recht nicht.«

»Ich bin mit Marguerite bekannt«, erklärte Gaston, »und darf ihr doch wohl einen Besuch machen.«

»Aber Armand kennt sie nicht.«

»Den stell ich vor.«

»Ganz unmöglich.«

Von neuem hörten wir Marguerite mehrfach nach Prudence rufen. Die eilte in ihr Ankleidezimmer. Ich folgte ihr mit Gaston. Sie machte ein Fenster auf.

Wir verbargen uns so, daß man uns von draußen nicht sehen konnte.

»Nun rufe ich zehn Minuten«, sagte Marguerite zum Fenster heraus in etwas herrischem Ton.

»Was haben Sie?«

»Ich möchte, daß Sie gleich kommen.«

»Weswegen?«

»Weil der Graf N. noch hier ist und mich zu Tode langweilt.«

»Ich kann jetzt schlecht.«

»Was hält Sie ab?«

»Es sind zwei junge Herren da, die nicht gehen wollen.«

»Sagen Sie ihnen, daß Sie wegmüssen.«

»Das habe ich schon gesagt.«

»Nun, dann lassen Sie sie allein; wenn sie Sie gehen sehen, werden sie auch aufbrechen.«

»Nachdem sie mir alles auf den Kopf gestellt haben!«

»Aber was wollen sie denn?«

»Sie sehen.«

»Wie heißen sie?«

»Den einen kennen Sie, Gaston R.«

»Ach ja, den kenn' ich; und der andere?«

»Armand Duval. Ist er Ihnen nicht bekannt?«

»Nein; aber bringen Sie sie gleich mit. Immer noch besser als der Graf. Ich warte, kommt rasch.«

Marguerite schloß das Fenster und Prudence das ihre.

Also besann sich Marguerite, die sich einen Augenblick an mein Gesicht erinnert hatte, nicht mehr auf meinen Namen. Eine unangenehme Erinnerung wäre mir immerhin lieber gewesen als dies völlige Vergessen.

»Ich wußte ja«, sagte Gaston, »daß sie unser Besuch freut.«

»Freuen ist nicht das richtige Wort«, erwiderte Prudence, während sie Schal und Hut nahm. »Sie empfängt Sie nur, um den Grafen loszuwerden. Seien Sie ja recht artig zu ihr, sonst fängt sie noch Streit mit mir an, wie ich sie kenne.«

Wir gingen hinter Prudence nach unten.

Ich zitterte und hatte das Gefühl, daß dieser Besuch große Folgen für mein Leben haben soll.

Meine Erregung war sogar noch stärker als an dem Abend, da ich ihr in der Loge der Komischen Oper vorgestellt wurde.

Als wir an die Tür der Wohnung kamen, die Sie kennen, schlug mein Herz so heftig, daß mir der Kopf schwindelte.

Ein paar Klavierakkorde drangen heraus.

Prudence läutete.

Das Spiel hörte auf.

Eine Frau, die mehr nach Gesellschaftsdame als nach Zimmermädchen aussah, machte auf.

Wir traten in den Salon ein und von da in das Boudoir, das damals genauso aussah, wie Sie es später kennengelernt haben. Ein junger Mann stand an den Kamin gelehnt.

Marguerite saß am Klavier, ließ die Finger über die Tasten gleiten und begann verschiedene Stücke, ohne eins zu Ende zu spielen.

Eine Atmosphäre der Langeweile lag über der Szene, hervorgerufen auf seiten des Mannes durch das Gefühl seiner Nichtigkeit, auf seiten der Frau durch die Anwesenheit dieser unerquicklichen Person.

Als Marguerite Prudences Stimme hörte, erhob sie sich, kam, während sie Madame Duvernoy einen dankbaren Blick zuwarf, auf uns zu und rief: »Treten Sie ein, meine Herren, und seien Sie mir willkommen.«

IX

»Guten Abend, mein lieber Gaston«, sagte Marguerite zu meinem Begleiter, »ich freue mich sehr über Ihren Besuch. Warum kamen Sie in den Variétés nicht in meine Loge?«

»Ich wollte nicht zudringlich sein.«

»Freunde«, und Marguerite betonte das Wort so, als ob sie den Anwesenden bedeuten wolle, daß Gaston trotz der vertraulichen Begrüßung nie etwas anderes gewesen sei, »– Freunde sind nie unwillkommen.«

»Erlauben Sie, daß ich Ihnen Herrn Armand Duval vorstelle!«

»Das habe ich Prudence schon zugesagt.«

»Übrigens, Madame«, sagte ich nun, indem ich mich verbeugte und meiner wieder einigermaßen mächtig wurde, »hatte ich schon einmal die Ehre, Ihnen vorgestellt zu werden.«

Ihre wunderbaren Augen schienen nachzusinnen, doch erinnerte sie sich nicht oder tat wenigstens so.

»Madame«, fuhr ich fort, »ich bin Ihnen verbunden, daß Sie jene erste Bekanntschaft vergessen haben, denn ich benahm mich damals lächerlich und muß Ihnen sehr hölzern vorgekommen sein. Es war vor zwei Jahren, in der Komischen Oper, im Beisein Ernests von ...«

»Ach, jetzt entsinne ich mich«, entgegnete Marguerite lächelnd. »Sie waren keineswegs lächerlich, sondern ich war spitz, wie ich es immer noch ein wenig bin, wenn auch minder. Sie haben mir doch verziehen?«

Und sie reichte mir ihre Hand, die ich küßte.

»Es ist leider wahr«, fuhr sie fort, »ich habe die schlechte Gewohnheit, Menschen, denen ich das erstemal begegne, in Verlegenheit zu bringen. Eine große Albernheit. Mein Arzt sagt, das komme von meiner Nervosität und dauernden Kränkelei: wollen Sie ihm glauben?«

»Aber Sie sehen blendend aus.«

»Oh, ich war ziemlich krank.«

»Ich weiß.«

»Wer hat es Ihnen erzählt?«

»Jedermann weiß es. Ich habe mich hier oft nach Ihrem Befinden erkundigt und mit viel Freude von Ihrer Besserung gehört.«

»Man hat mir Ihre Karte nicht gebracht.«

»Ich habe keine dagelassen.«

»Dann sind Sie der junge Mann, der, solange ich krank lag, jeden Tag nachfragte und immer seinen Namen nicht sagen wollte?«

»Das war ich.«

»Sie sind mehr als gütig, Sie sind hochherzig. Graf, das hätten Sie nicht getan«, fuhr sie zu diesem gewandt fort, nicht ohne mir vorher einen jener Blicke zu schenken, durch die Frauen ihr Urteil über einen Mann zu erkennen geben.

»Ich kenne Sie erst zwei Monate«, erwiderte der Graf.

»Und Herr Duval kennt mich erst fünf Minuten. Was reden Sie bloß daher.«

Der Graf wurde rot und biß sich auf die Lippen.

Er tat mir leid, denn er schien Marguerite so zu lieben wie ich selbst, und ihre rücksichtslose Offenheit mußte ihn tief kränken, zumal in Gegenwart der zwei Fremden.

»Sie spielten gerade, als wir kamen«, sagte ich daher, um der Unterhaltung eine andere Wendung zu geben. »Wollen Sie so freundlich sein, mich als einen alten Bekannten zu betrachten, und fortfahren?«

»Oh«, sagte sie, während sie sich aufs Sofa setzte und mich bat, Platz zu nehmen. »Gaston weiß, was meine Musik wert ist. Sie reicht zu, wenn ich mit dem Grafen allein bin, aber Ihnen möchte ich die Pein nicht zumuten.«

»Mir gönnen Sie den Vorzug?« erwiderte Graf N. mit dem Versuch eines spöttischen Lächelns.

»Das dürfen Sie getrost sagen, es ist auch der einzige.«

Es war nun einmal so, daß der arme Junge kein Wort wagen durfte. Er warf Marguerite geradezu flehende Blicke zu.

»Sagen Sie, Prudence«, fuhr diese fort, »haben Sie das erledigt, worum ich Sie bat?«

»Ja.«

»Gut. Sie erzählen mir noch davon. Wir haben noch viel zu bereden. Gehen Sie ja nicht fort, bevor ich mit Ihnen gesprochen.«

»Wir stören jetzt gewiß«, sagte ich darauf, »und nun, da wir oder vielmehr ich ein zweites Mal vorgestellt bin, damit das erste Mal vergessen sei, wollen wir uns empfehlen, Gaston und ich.«

»Aber um keinen Preis. Das war nicht auf Sie gemünzt. Ich wünsche im Gegenteil, daß Sie bleiben.«

Der Graf nahm eine kostbare Taschenuhr heraus und sah nach der Zeit.

»Jetzt muß ich in den Klub gehen«, sagte er.

Marguerite gab keine Antwort.

Nun verließ der Graf den Kaminplatz und trat auf sie zu. »Auf Wiedersehen, Madame.«

Marguerite erhob sich.

»Auf Wiedersehen, mein lieber Graf, Sie wollen schon gehen?«

»Ja, ich fürchte Sie zu stören.«

»Sie stören mich heute nicht mehr als sonst. Wann sieht man Sie wieder?«

»Wann immer es Ihnen recht ist.«

»So leben Sie wohl!«

Sie werden zugeben, daß das grausam war.

Der Graf war zum Glück wohlerzogen und hatte Charakter. Er begnügte sich, Marguerites Hand, die sie ihm ziemlich lässig reichte, zu küssen, und ging, nachdem er sich vor uns verbeugt hatte.

Als er durch die Tür schritt, warf er Prudence noch einen Blick zu.

Die zuckte mit den Schultern, was soviel sagen wollte als: Was wollen Sie? Was an mir lag, habe ich getan.

»Nanine«, rief Marguerite, »leuchte dem Herrn Grafen hinaus.«

Wir hörten, wie die Tür auf- und wieder zugetan wurde.

»Endlich ist er weg!« rief Marguerite, als das Zimmermädchen zurückkam. »Dieser Mensch fällt mir schrecklich auf die Nerven.«

»Mein liebes Kind«, sagte Prudence, »Sie springen zu garstig mit ihm um, wo er doch so gut und aufmerksam zu Ihnen ist. Da auf dem Kamin liegt eine Uhr, die er Ihnen geschenkt hat, sie hat ihn gewiß mindestens tausend Taler gekostet.«

Und Madame Duvernoy, die zum Kamin getreten war, nahm das Kleinod spielerisch in ihre Hände und verzehrte es fast mit den Augen.

»Meine Liebe«, sagte Marguerite, indem sie sich ans Klavier setzte, »wenn ich bedenke, was er mir einerseits schenkt und was er mir anderseits sagt, dann finde ich, daß er seine Besuche wohlfeil bekommt.«

»Der arme Junge ist in Sie verschossen.«

»Wenn ich alle die anhören wollte, die in mich verschossen sind, fände ich nicht einmal Zeit zum Essen.«

Und sie ließ die Hände über die Tasten laufen, worauf sie sich zu uns wandte und fragte: »Wollen Sie etwas trinken? Ich hätte Appetit auf ein Glas Punsch.«

»Und ich würde gern einen Bissen Huhn essen«, sagte Prudence, »falls wir essen.«

»Das ist das richtige«, meinte Gaston. »Gehen wir essen.«

»Nicht doch, wir wollen hier essen.«

Sie läutete, und Nanine erschien.

»Laß uns ein Souper bringen.«

»Was soll es sein?«

»Was du willst, nur rasch, rasch.«

Nanine trat ab.

»Jawohl«, rief Marguerite und sprang auf wie ein Kind,

»wir wollen zusammen speisen. Wie langweilig doch dieser Dummkopf von einem Grafen ist.«

Je länger ich die Frau ansah, desto mehr bezauberte sie mich. Sie war hinreißend schön. Sogar ihre Magerkeit hatte einen Reiz. Ich hing meinen Gedanken nach.

Was aber in mir vorging, kann ich schwer erklären. Nachsicht mit ihrem Leben und Bewunderung für ihre Schönheit erfüllten mich. Der Gleichmut, mit dem sie einen eleganten und reichen jungen Mann soeben abwies, der bereit war, sich für sie zu ruinieren, entschuldigte in meinen Augen alle ihre früheren Fehltritte.

Diese Frau besaß etwas wie Redlichkeit.

Man sah, daß sie der Sünde noch nicht verfallen war.

Ihr fester Schritt, der biegsame Leib, ihre geöffneten rosigen Nasenflügel, ihre großen, von zartblauen Rändern eingefaßten Augen verrieten, daß sie zu den glühenden Wesen gehörte, die ein Fluidum von Wollust verbreiten, so wie jene orientalischen Parfümfläschchen, auch wenn sie dicht verschlossen sind, etwas von dem Wohlgeruch der darin befindlichen Essenz ausströmen.

Kurzum, es leuchtete in den Augen dieser Frau, mochte das nun in ihrer Natur liegen oder eine Folge ihrer Krankheit sein, ab und zu ein begehrliches Funkeln auf, das dem von ihr geliebten Manne den Himmel verheißen mußte. Aber die, die Marguerite geliebt hatten, waren unzählbar, und solche, die sie selbst geliebt hatte, waren noch nicht vorhanden.

Mit einem Wort, dieses Mädchen war eine Jungfrau, die um eines Nichts willen zur Kurtisane geworden, und eine Kurtisane, der ein Nichts fehlte, um die liebevollste, reinste Jungfrau zu werden. Auch besaß Marguerite Stolz und Unabhängigkeit, zwei Eigenschaften, die, wenn sie verletzt werden, an die Stelle der Schamhaftigkeit treten. Ich sprach nicht mehr, mein ganzes Sein schien sich in mein Herz zusammenzuziehen und durch die Augen auszuströmen.

»Also Sie waren es«, begann sie plötzlich wieder, »der sich nach mir erkundigte, als ich krank lag?«

»Ja.«

»Wissen Sie, daß das sehr viel ist? Und wie kann ich Ihnen dafür danken?«

»Indem Sie erlauben, daß ich Sie bisweilen besuche.«

»Sooft Sie wollen, zwischen fünf und sechs oder zwischen elf und zwölf Uhr abends. Ach Gaston, spielen Sie mir doch die Aufforderung zum Tanz vor.«

»Wozu?«

»Nur zu meinem Vergnügen, und weil ich nie recht durchkomme.«

»Wo bleiben Sie denn stecken?«

»Im dritten Satz, bei der Stelle mit den Kreuzen.«

Gaston stand auf, setzte sich ans Klavier und spielte die wunderbare Melodie Webers, zu der die Noten aufgeschlagen waren.

Mit einer Hand sich auf das Klavier stützend, sah Marguerite in das Heft und folgte den Noten aufmerksam, indem sie ganz leise mitsang, und als Gaston an die bewußte Stelle kam, sang und spielte sie zugleich mit ihren Fingern auf dem Deckel des Instruments: »Re, mi, re, do, re, fa, mi, re, das ist's, was ich nicht bringe. Spielen Sie es noch einmal.«

Gaston wiederholte, worauf sie sagte: »So, jetzt lassen Sie mich's versuchen.«

Nun setzte sie sich und begann selbst zu spielen, aber ihre widerspenstigen Finger vergriffen sich stets an der nämlichen Stelle.

»Soll man glauben«, sagte sie in dem Tonfall eines Kindes, »daß ich diese Stelle nicht lerne! Denken Sie, daß ich manchmal bis zwei Uhr früh darüber sitze! Und wenn ich bedenke, daß dieser gräfliche Dummkopf es ohne Noten glatt herunterspielt – ich glaube, das macht mich so wütend auf ihn.«

Wieder und wieder begann sie, und immer mit demselben Erfolg.

»Der Teufel hole den Weber, die Noten und das Klavier!« rief sie und warf das Notenheft in eine Zimmerecke. »Wie ist es möglich, daß ich keine acht erhöhten Noten nacheinander spielen kann?«

Und sie verschränkte die Arme, sah uns an und stampfte mit dem Fuß auf.

Das Blut stieg ihr ins Gesicht, und ein schwacher Husten brach sich durch die Lippen.

»Halten Sie ein, halten Sie ein!« sagte Prudenec, die den Hut abgesetzt hatte und ihr Haar vor dem Spiegel ordnete. »Sie reden sich noch in Zorn und tun sich Schaden. Laßt uns ans Essen denken, das ist klüger. Ich sterbe bald vor Hunger.«

Marguerite klingelte noch einmal, dann ging sie wieder ans Klavier und begann mit halber Stimme ein lockeres Chanson vorzutragen, dessen Begleitung ihr keine Mühe verursachte.

Gaston kannte es, und sie machten etwas wie ein Duett daraus.

»Singen Sie doch nicht solche Zoten«, sagte ich in bittendem, vertraulichem Tone zu Marguerite.

»Oh! So sittsam sind Sie!« entgegnete sie lächelnd und reichte mir die Hand.

»Nicht wegen mir, sondern Ihretwillen.«

Marguerite machte eine Bewegung, die ausdrückte: Oh, es ist schon lange her, daß ich einen Strich hinter die Sittsamkeit machte.

In dem Augenblick erschien Nanine.

»Ist das Essen fertig?« fragte Marguerite.

»Ja, Madame, sofort.«

»Hören Sie«, sagte Prudence zu mir, »Sie haben doch die Wohnung noch nicht gesehen; ich will sie Ihnen rasch zeigen.«

Sie wissen ja, was für ein Wunder der Salon war.

Marguerite folgte uns ein paar Schritte, rief dann Gaston und ging mit ihm ins Eßzimmer, um sich zu überzeugen, ob das Essen aufgetragen sei.

»Schau«, rief Prudence überlaut, während sie eine auf einem Wandbrett entdeckte Meißner Figur herabnahm, »das Männlein hier habe ich bei Ihnen noch gar nicht gesehen.«

»Welches?«

»Den Schäferjungen mit dem Vogelkäfig.«

»Behalten Sie ihn, wenn er Ihnen gefällt.«

»Ah, aber ich beraube Sie.«

»Ich wollte ihn schon dem Kammermädchen schenken, denn ich finde ihn scheußlich; aber wenn Sie ihn mögen, so nehmen Sie ihn.«

Prudence war es nur um das Geschenk zu tun, die Manier, auf die sie es erhielt, kümmerte sie wenig. Sie stellte das Männchen beiseite und führte mich in das Ankleidezimmer, wo sie mich auf zwei nebeneinanderhängende Miniaturen mit den Worten aufmerksam machte: »Herr Graf G., der sehr verliebt in Marguerite war, eigentlich hat er sie gemacht. Kennen Sie ihn?«

»Nein. Und der da?« fragte ich, auf die andere Miniatur zeigend.

»Das ist der kleine Vicomte L. Er hat abtreten müssen.«

»Weshalb?«

»Weil er ziemlich ruiniert war. Einer, der Marguerite wirklich liebte.«

»Und sie hat ihn sicher auch geliebt!«

»Sie ist ein seltenes Menschenkind, man weiß nie, wie man mit ihr dran ist. Am Abend des Tages, an dem er abreiste, ging sie wie gewöhnlich ins Theater, und doch hatte sie beim Abschied geweint.«

In diesem Augenblick kam Nanine herein und meldete, daß das Essen aufgetragen sei.

Als wir in das Eßzimmer eintraten, stand Marguerite an die Wand gelehnt, und Gaston hielt sie bei den Händen und sprach leise auf sie ein.

»Sind Sie toll!« antwortete ihm Marguerite. »Sie wissen sehr wohl, daß ich nichts von Ihnen erwarte. Wer eine Frau wie mich schon zwei Jahre lang kennt, bietet sich ihr nicht mehr als Liebhaber an. Unsereins verschenkt sich sofort oder nie. Zu Tisch, meine Herren!«

Und Marguerite entzog ihre Hände Gaston, hieß ihn zu ihrer Rechten, mich zu ihrer Linken sitzen und sagte zu Nanine: »Sag in der Küche, bevor du dich setzt, daß man nicht öffnen soll, falls es klingelt.«

Die Anweisung wurde ein Uhr nachts erteilt.

Nun wurde tüchtig gelacht, gegessen und getrunken. Es dauerte nicht lange, und die Ausgelassenheit überschritt die Grenzen des Schicklichen, und unter dem lebhaften Beifall Nanines, Prudences und Marguerites prasselte ein Feuerwerk von Reden los, die manche Menschen für witzig halten und doch nur den beschmutzen, der sie führt. Gaston vergnügte sich ungeniert, er hatte zwar Herz, aber sein Charakter war durch frühe Gewöhnung ein wenig irregeleitet.

Eine Weile versuchte ich mich zu betäuben, Herz und Kopf aus dem sich bietenden Schauspiel herauszuhalten und mich an der Ausgelassenheit zu beteiligen, die zur Würze des Mahles zu gehören schien. Trotzdem fühlte ich mich zunehmend einsamer inmitten des Lärmes, mein Glas blieb ungeleert, und mir wurde traurig ums Herz, da ich dieses schöne zwanzigjährige Geschöpf trinken und wie einen Lastträger reden und desto lauter lachen sah, je anstößigere Worte fielen.

Doch kam mir dieser Mutwille, diese Art zu reden und zu trinken, die mir bei den anderen eine Folge gewohnter oder gewollter Ausschweifung zu sein schien, bei Marguerite mehr als ein Verlangen nach Vergessen, als ein Fieber, als eine nervöse Überreizung vor. Bei jedem Glas Champagner trat ein hektisches Rot auf ihre Wangen, und der Husten, der bei Beginn der Tafel noch leicht gewesen, wurde mit der Zeit ziemlich heftig und zwang sie bei jedem Anfall, den Kopf an die Stuhllehne zurückzulegen und die Hände gegen die Brust zu pressen.

Ich litt selbst die Qualen, die diese täglich wiederholten Ausschweifungen ihrer gebrechlichen Natur zufügen mußten.

Schließlich geschah, was ich befürchtete und gefürchtet hatte.

Als das Gelage fast zu Ende war, überwältigte Marguerite ein Hustenanfall weit heftiger als zuvor. Es war gerade, als ob in ihrer Brust etwas entzweiginge. Das arme Kind sah purpurrot aus, schloß die Augen vor Schmerz, und auf der Serviette, die sie vor den Mund hielt, wurde ein Tropfen Blut sichtbar.

Sie stand auf und stürzte in ihr Ankleidezimmer.

»Was ist mit Marguerite?« fragte Gaston.

»Sie hat zu sehr gelacht und spuckt Blut«, erklärte Prudence.

»Ach, das ist weiter nichts und begegnet ihr alle Tage. Sie kommt wieder. Es ist ihr lieber, wenn wir sie allein lassen.« Ich hielt das nicht länger aus und ging, zur Verwunderung Prudences und Nanines, die mich zurückhalten wollten, Marguerite nach.

X

Das Zimmer, in dem sie Zuflucht gesucht hatte, war nur durch eine einzige Kerze auf dem Tisch erleuchtet. Auf ein großes Sofa hingeworfen, hatte sie ihr Kleid geöffnet und hielt die eine Hand aufs Herz gepreßt, während die andere herabhing. Auf dem Tisch stand ein halb mit Wasser gefülltes silbernes Becken; das Wasser war mit Blutstropfen gesprenkelt.

Totenbleich und mit offenem Munde rang Marguerite nach Luft. Bisweilen entrang sich ihrer Brust ein langer Seufzer, dem eine gelinde Erleichterung zu folgen schien, so daß sie sich ein paar Sekunden wohler fühlte.

Ich ging zu ihr hin, die sich nicht regte, setzte mich und faßte ihre herabhängende Hand.

»Ach, Sie sind es«, sagte sie mit einem Lächeln.

Ich muß einen sehr verstörten Eindruck gemacht haben, denn sie fuhr fort: »Sind Sie auch unwohl?«

»Nein, aber Sie, haben Sie noch Schmerzen?«

»Ein klein wenig«, und sie trocknete mit ihrem Tuch die Tränen ab, die der Husten ihr aus den Augen gepreßt hatte. »Ich bin schon daran gewöhnt.«

»Aber so holen Sie sich den Tod«, sagte ich darauf mit bewegter Stimme. »Wäre ich doch Ihr Freund, ein naher Verwandter, und könnte verhüten, daß Sie sich so zugrunde richten.«

»Ach, es ist wirklich nicht der Mühe wert, daß Sie sich beunruhigen«, erwiderte sie mit etwas Bitternis in ihrer Stimme. »Die andern kümmern sich ja auch nicht um mich, weil sie wissen, daß dem Übel nicht abzuhelfen ist.«

Danach stand sie auf, nahm die Kerze, setzte sie auf den Kamin und beschaute sich im Spiegel.

»Wie blaß ich aussehe!« sagte sie, während sie ihr Kleid ordnete und mit den Händen über das gelöste Haar fuhr. »Ach was! Kommen Sie, wir gehen wieder zu Tisch.«

Aber ich blieb sitzen und rührte mich nicht.

Sie merkte, daß der Zwischenfall mich tief bewegt hatte, denn sie kam zu mir, gab mir die Hand und sagte: »Kommen Sie nur.«

Ich nahm ihre Hand und führte sie an meine Lippen, wobei ungewollt zwei schwere, bisher zurückgehaltene Tränen sie netzten.

»Ja aber, Sie sind wie ein Kind«, rief sie und setzte sich wieder zu mir. »Da weinen Sie gar! Was ist Ihnen?«

»Sie mögen mich für albern halten, aber was ich eben bemerkte, erfüllt mich mit Entsetzen.«

»Sie haben ein gutes Herz. Aber was ist zu tun? Ich kann nicht schlafen und muß doch etwas Zerstreuung haben. Und dann, solche wie ich, eine mehr oder weniger, das ist nicht wichtig. Die Ärzte erklären mir, das Blut, das ich speie, käme aus den Bronchien. Ich tue, als ob ich's glaube, der einzige Gefallen, den ich ihnen erweisen kann.«

»Hören Sie, Marguerite«, sagte ich nun und konnte nicht mehr an mich halten, »ich weiß nicht, welche Rolle Sie in meinem Leben noch spielen, aber das eine weiß ich, daß es zu dieser Stunde keinen Menschen auf Erden gibt, der mir nähersteht als Sie, nicht einmal meine Schwester. Und das ist der Fall, seitdem ich Sie kenne. Und darum schonen Sie sich um des Himmels willen und führen Sie dieses Leben nicht weiter.«

»Wenn ich mich schone, sterbe ich erst recht. Was mich hält, ist gerade, daß ich wie im Fieber drauflos lebe. Schonung mag gut für die vornehmen Damen sein, die eine Familie und Freunde haben; wir dagegen sind verlassen, sobald wir der Eitelkeit oder der Begierde unserer Liebhaber nicht mehr genügen, und lange Abende stellen sich ein nach langen Tagen. Ich weiß das sehr gut, denn ich lag zwei Monate im Bett; nach drei Wochen besuchte mich niemand mehr.«

»Natürlich bedeute ich Ihnen wenig«, erwiderte ich, »aber wenn Sie wollen, pflege ich Sie wie ein Bruder und verlasse Sie nicht und werde Sie heilen. Wenn Sie dann bei Kräften sind, mögen Sie das bisherige Leben, wie es Ihnen beliebt, wieder aufnehmen. Doch bin ich überzeugt, daß Ihnen ein ruhiges Leben lieber sein wird, das Sie glücklich macht und schön erhält.«

»So denken Sie sich das heute abend, weil der Wein Sie schwermütig macht, aber so sehr Sie auf Ihre Geduld bauen, aufbringen würden Sie sie nicht.«

»Darf ich Sie daran erinnern, Marguerite, daß Sie zwei Monate krank lagen und daß ich während der zwei Monate mich Tag für Tag nach Ihrem Befinden erkundigte?«

»Das ist wahr. Aber warum kamen Sie nie herauf?«

»Weil ich Sie ja noch nicht kannte.«

»Fühlt man sich einem Mädchen wie mir gegenüber gehemmt?«

»Einer Frau gegenüber gehört sich stets Zurückhaltung; wenigstens ist das meine Meinung.«

»Sie würden mich also pflegen?«

»Ja.«

»Und alle Tage um mich bleiben?«

»Ja.«

»Auch die Nächte?«

»Allezeit, wenn es Ihnen nicht lästig fällt.«

»Wie soll ich so etwas nennen?«

»Ergebenheit.«

»Und woher rührt diese Ergebenheit?«

»Aus einer unwiderstehlichen Zuneigung, die ich zu Ihnen hege.«

»Das heißt, Sie sind in mich verschossen? Warum sagen Sie es nicht gleich? Da sieht die Sache einfacher aus.«

»Vielleicht, daß ich es Ihnen eines Tages gestehe, doch nicht heute.«

»Am besten, Sie sagen mir das überhaupt nicht.«

»Warum?«

»Weil ein solches Geständnis nur zwei Möglichkeiten offenläßt.«

»Welche?«

»Entweder weise ich Sie ab, dann tragen Sie es mir nach, oder ich erhöre Sie, und dann haben Sie eine erbärmliche Geliebte, ein nervöses, krankes, trübsinniges Geschöpf, das in seinem Übermut noch trauriger ist als in seinem Kummer. Eine Blut spuckende Frau, die in einem einzigen Jahr hunderttausend Franken vergeudet, ist das richtige für einen reichen Alten wie den Herzog, aber beschwerlich für einen jungen Mann wie Sie. Der beste Beweis dafür ist, daß alle die jungen Verehrer, die ich hatte, sich sehr rasch zurückgezogen haben.«

Ich erwiderte nichts und hörte nur zu. Ihre Offenherzigkeit, die eine halbe Beichte war, das leidvolle Leben, das ich unter der glänzenden Oberfläche gewahr wurde und dessen grause Wirklichkeit das arme Kind mit Ausschweifungen, Rausch und durchtollten Nächten zu betäuben suchte, all das beeindruckte mich so tief, daß mir die Sprache versagte.

»Was reden wir da für kindisches Zeug«, fuhr Marguerite fort. »Kommen Sie, geben Sie mir Ihre Hand, und nun wollen wir ins Eßzimmer zurückgehen. Es braucht niemand zu erfahren, was uns hier aufhielt.«

»Gehen Sie, wenn es Ihnen richtig erscheint, doch bitte erlauben Sie mir, noch hierzubleiben.«

»Weshalb?«

»Weil Ihre Lustigkeit mir in die Seele schneidet.«

»Nun, dann will ich traurig sein.«

»Hören Sie, Marguerite, ich muß Ihnen etwas sagen, was Ihnen sicher schon viele gesagt und was Sie so oft zu hören bekommen haben, daß Sie es wahrscheinlich nicht mehr glauben, und doch ist es wirklich wahr, wenn ich es auch nie wieder sagen will.«

»Und zwar? ...« entgegnete sie mit einem Lächeln, mit dem eine junge Mutter sich die Torheiten ihres Kindes anhört.

»Seit ich Sie das erste Mal gesehen, haben Sie, ich weiß nicht, wie es kommt, eine Rolle in meinem Leben gespielt, und ich habe wohl Ihr Bild aus meiner Erinnerung scheuchen wollen, aber es kam stets zurück. Heute nun, da ich Ihnen wieder begegne, nachdem ich Ihnen zwei Jahre ferngeblieben, haben Sie mich noch viel mehr eingenommen, und wo ich jetzt Ihr Gast gewesen, Sie kennengelernt habe, begreife, wie einzigartig Sie sind, kann ich ohne Sie nicht mehr sein und werde wahnsinnig, wenn Sie mich nicht lieben oder ich Sie nicht lieben darf.«

»Sie sind ein Unglücksvogel. Ich kann Ihnen nur antworten wie Madame D. Sind Sie denn so reich? Oder wissen Sie nicht, daß ich im Monat sechs-, siebentausend Franken ausgebe und daß mir eine solche Verschwendung Lebensbedürfnis ist? Jedenfalls, mein armer Freund, haben Sie nicht begriffen, daß ich Sie in kurzer Zeit ruinieren würde und Ihre Angehörigen Sie entmündigen, wenn Sie mit einer Kreatur wie mir zusammenleben wollen. Lieben Sie mich recht als ein guter Freund, nichts anderes. Besuchen Sie mich, lassen Sie uns lachen und plaudern, aber machen Sie sich keine übertriebenen Vorstellungen von mir, denn ich bin nicht viel wert. Sie haben ein gutes Herz, Sie brauchen Liebe, aber Sie sind zu jung und zu zartfühlend, um in unserer Welt zu leben. Nehmen Sie sich eine verheiratete Frau. Nicht wahr, ich meine es gut mit Ihnen und spreche ganz offen.«

»Ach hier! Was zum Teufel sucht ihr hier?« schrie Prudence, die, ohne daß wir sie gehört hatten, mit halbgelöstem Haar und offenem Kleid in der Tür stand. Gaston hatte es aufgenestelt.

»Wir haben ernstlich zu reden«, sagte Marguerite, »laßt uns noch ein wenig. Wir kommen bald.«

»Nun gut, sprecht euch aus, meine Kinder«, antwortete Prudence, wandte sich um und klinkte die Tür ein, um gleichsam zu unterstreichen, was der Ton ihrer letzten Worte meinte.

»Es bleibt also dabei«, fuhr Marguerite, sobald wir allein waren, fort, »Sie schlagen sich aus dem Sinn, mich zu lieben.«

»Ich verreise.«

»Steht es so?«

Ich war zu weit gegangen, um einen anderen Weg zu sehen, auch verwirrte mich Marguerite. Diese Mischung von Fröhlichkeit und Trübsinn, von Unschuld und Verdorbenheit, dazu die Krankheit, die ihre Sinnlichkeit und Reizbarkeit steigerte, alles zusammen machte mir deutlich, daß, wenn ich diese vergeßliche und unstete Natur nicht sofort beim ersten Anlauf erobere, sie mir für immer verloren ist.

»Meinen Sie wirklich im Ernst, was Sie sagen?« fragte sie.

»Ganz ernst.«

»Ja, warum haben Sie das nicht früher gesagt?«

»Wann hätte ich es sagen sollen?«

»Am Tag, nachdem Sie mir in der Komischen Oper vorgestellt waren.«

»Ich glaube, wenn ich Sie damals besucht hätte, würden Sie mich schlecht aufgenommen haben.«

»Weshalb?«

»Weil ich mich den Abend so hölzern benahm.«

»Das ist richtig. Und doch liebten Sie mich schon damals?«

»Ja.«

»Was Sie freilich nicht abhielt, nach dem Theater heimzugehen und fest zu schlafen. Ich kenne mich in diesen großen Leidenschaften aus.«

»Nun, da täuschen Sie sich gründlich. Wissen Sie, was ich an jenem Theaterabend tat?«

»Nein.«

»Ich paßte Sie an der Tür des Café Anglais ab, fuhr dem Wagen nach, der Sie wegbrachte, Sie und Ihre drei Freunde, und war sehr glücklich, als ich Sie aussteigen und allein in Ihr Haus gehen sah.«

Marguerite begann zu lachen.

»Worüber lachen Sie?«

»Ach, über nichts.«

»Sagen Sie es mir, ich bitte Sie sehr, sonst muß ich glauben, Sie lachen mich auch noch aus.«

»Werden Sie auch nicht bös werden?«

»Mit welchem Recht dürfte ich das?«

»Nun also, es hatte seinen guten Grund, daß ich allein heimkehrte.«

»Welchen?«

»Ich wurde schon erwartet.«

Hätte sie mir einen Dolchstoß versetzt, sie würde mich nicht schwerer getroffen haben. Ich stand auf und hielt ihr die Hand hin.

»Leben Sie wohl«, sagte ich.

»Wußte ich doch, daß es Sie kränkt«, sagte sie. »Die Männer sind immer darauf versessen, das zu erfahren, was ihnen Schmerzen bereitet.«

»Aber ich gebe Ihnen die Versicherung«, bemerkte ich kühl, als wolle ich beweisen, daß ich auf immer von meiner Leidenschaft geheilt sei, »daß ich nicht gekränkt bin. Es ist doch so selbstverständlich, daß jemand auf Sie gewartet hat, wie sich von selbst versteht, daß ich um drei Uhr des Morgens aufbreche.«

»Vielleicht werden Sie auch von jemand zu Hause erwartet?«

»Nein, doch muß ich gehen.«

»So leben Sie wohl!«

»Sie wollen mich los sein.«

»Durchaus nicht.«

»Weshalb quälen Sie mich?«

»Wieso quäle ich Sie?«

»Sie erzählten mir, daß Sie jemand erwartete.«

»Ich konnte das Lachen bei dem Gedanken nicht verbeißen, daß Sie glücklich waren, als Sie mich allein heimkehren sahen, da doch die Erklärung hierfür so nahelag.«

»Manchmal erfreut einen eine Kindlichkeit, und es ist schlecht, wenn einem diese Freude genommen wird. Wenn man sie dagegen gelten läßt, macht man den andern noch glücklicher.«

»Ja, mit wem meinen Sie es denn zu tun zu haben? Ich bin weder Jungfrau noch Fürstin. Ich kenne Sie erst seit heute und bin Ihnen keine Rechenschaft über mein Tun schuldig. Und gesetzt auch, ich würde eines Tages Ihre Geliebte werden, so müssen Sie begreifen, daß ich vor Ihnen andere Liebhaber hatte. Wenn Sie jetzt schon mit Eifersucht kommen, wie soll das später werden, falls das Später überhaupt eintritt. Ein Mann wie Sie ist mir noch nicht vorgekommen.«

»Weil keiner Sie geliebt hat, wie ich Sie liebe.«

»Nun ganz offen, Sie lieben mich also wirklich sehr?«

»So sehr ein Mensch lieben kann.«

»Und wie lange schon?«

»Seit ich Sie einmal aus Ihrer Kutsche steigen und in Susses Laden gehen sah. Es sind jetzt drei Jahre.«

»Eigentlich ist das sehr schön. Nun denn, was muß ich tun, um für eine so große Liebe zu danken?«

»Mich ein wenig liebhaben«, antwortete ich mit solchem Herzklopfen, daß ich kaum noch zu sprechen vermochte. Denn trotz des etwas spöttischen Lächelns, das sie während der ganzen Unterhaltung nicht verließ, hatte ich den Eindruck, als ob meine Verwirrung auf Marguerite übergreife und die so lange ersehnte Stunde schlage.

»Schön, und der Herzog?«

»Welcher Herzog?«

»Der argwöhnische Alte.«

»Der weiß nichts.«

»Und wenn er es erfährt?«

»Wird er Ihnen verzeihen.«

»O nein, er wird seine Hand abziehen, und was wird dann aus mir?«

»Daß er Sie verläßt, setzen Sie schon für einen anderen aufs Spiel.«

»Wie kommen Sie darauf?«

»Ich schließe es daraus, daß Sie anordneten, diese Nacht niemand einzulassen.«

»Das ist richtig. Aber es handelt sich um einen wirklichen Freund.«

»Von dem Sie so viel halten, daß Sie ihm zu dieser Stunde Ihre Tür verbieten.«

»Sie sollten mir das am wenigsten vorwerfen, denn es geschah, um Sie hier zu behalten, Sie und Ihren Freund.«

Ich war allmählich dicht an Marguerite herangetreten, hatte meine Arme um ihre Taille gelegt und fühlte, wie ihr biegsamer Leib sich gegen meine verschlungenen Hände stemmte.

»Wüßten Sie, wie sehr ich Sie liebe«, sagte ich leise.

»Ist das wahr?«

»Ich schwöre es.«

»Gut. Wenn Sie mir versprechen, stets meinem Willen zu gehorchen, ohne Überlegung und ohne zu fragen, ohne ein Wort des Widerspruches, kann ich Sie vielleicht lieben.«

»Alles, was Sie wollen.«

»Doch sage ich Ihnen gleich, daß ich tun und lassen möchte, was mir gefällt, und Ihnen keinerlei Anrecht auf mein Leben einräume. Ich suchte schon längst einen jungen Geliebten, der nichts von mir fordert, mich ohne Eifersucht liebt und keine Rechte beansprucht. Bis jetzt habe ich keinen gefunden. Anstatt zufrieden damit zu sein, daß man ihnen beständig gewährt, was sie kaum einmal zu erreichen hofften, verlangen die Männer von ihren Geliebten Rechenschaft über Gegenwart, Vergangenheit und sogar Zukunft. Je mehr sie sich an einen gewöhnen, desto mehr wollen sie einen beherrschen, und je mehr man ihrem Willen nachgibt, desto anmaßender werden sie. Wenn ich mich heute entschließen soll, einen neuen Liebhaber anzunehmen, muß er drei äußerst seltene Vorzüge besitzen: Er muß Vertrauen haben, gehorsam und bescheiden sein.«

»Gut, ich bin alles, was Sie verlangen.«

»Es wird sich zeigen.«

»Und wann?«

»Später.«

»Warum?«

»Weil«, sagte Marguerite, indem sie sich meinen Armen entwand und aus einem großen Strauß Kamelien, den man morgens gebracht hatte, eine Blüte nahm und mir ins Knopfloch steckte, »weil man Verträge nicht immer an dem Tag erfüllen kann, an dem man sie unterschreibt. Das ist nicht schwer zu verstehen.«

»Und wann sehe ich Sie wieder?« sagte ich, indem ich sie in meine Arme schloß.

»Wenn diese Kamelie ihre Farbe wechselt.«

»Wann geschieht das?«

»Morgen abend zwischen elf und zwölf Uhr. Sind Sie nun zufrieden?«

»Das fragen Sie noch?«

»Kein Wort davon, weder zu Ihrem Freund noch zu Prudence noch zu sonst wem.«

»Das verspreche ich.«

»Nun küssen Sie mich, und dann wollen wir ins Eßzimmer gehen.«

Sie bot mir ihren Mund, ordnete ihr Haar, und dann verließen wir das Zimmer, sie trällernd und ich halb irrsinnig.

Im Salon blieb sie stehen und sagte leise: »Es muß Ihnen seltsam erscheinen, daß ich Ihnen so rasch nachgebe. Wissen Sie, wie das kommt?

Weil ich«, fuhr sie fort, indem sie meine Hand faßte und gegen ihr Herz drückte, das ich heftig klopfen fühlte, »weil ich, da ich kürzere Zeit zu leben habe als andere Menschen, mir vorgenommen habe, rascher zu leben.«

»Ich bitte Sie, reden Sie nicht mehr von so etwas.«

»Oh, seien Sie getrost«, fuhr sie lachend fort. »So kurze Zeit ich auch vor mir habe, sie wird doch noch länger dauern als Ihre Liebe.«

Singend betrat sie das Eßzimmer.

»Wo ist Nanine?« fragte sie, als sie Gaston und Prudence allein fand.

»Sie schläft in Ihrem Zimmer und wartet, bis Sie schlafen gehen«, entgegnete Prudence.

»Die Ärmste! Ich verlange zu viel von ihr. Nun, meine Herren, ist es wohl Zeit zu gehen.«

Zehn Minuten später brach ich mit Gaston auf. Marguerite drückte mir beim Abschied die Hand und blieb noch mit Prudence zusammen.

»Nun«, fragte mich Gaston, als wir draußen waren, »was sagen Sie zu Marguerite?«

»Sie ist ein Engel, und ich bin besessen von ihr.«

»Das dachte ich mir. Haben Sie es ihr gestanden?«

»Ja.«

»Und sind Anzeichen, daß Sie erhört werden?«

»Nein.«

»Sie ist anders als Prudence.«

»Hat sie Ihnen Aussichten gemacht?«

»Sie hat Besseres getan, mein Lieber! Man sollte nicht denken, daß diese dicke Duvernoy noch so köstlich ist.«

XI

An dieser Stelle unterbrach Armand seine Erzählung.

»Würden Sie das Fenster schließen?« bat er mich. »Mir wird kalt. Inzwischen lege ich mich hin.«

Ich machte das Fenster zu. Der noch ziemlich schwache Armand zog seinen Schlafrock an, legte sich ins Bett und ließ sein Haupt ein Weilchen auf dem Kissen ruhen wie jemand, der von einer langen Reise erschöpft ist oder schmerzlichen Erinnerungen nachgeht.

»Sie haben gewiß zu lange gesprochen«, sagte ich, »soll ich nicht lieber gehen und Sie schlafen lassen? Das Ende der Geschichte erzählen Sie mir ein andermal.«

»Langweilt es Sie?«

»Im Gegenteil.«

»Dann will ich fortfahren. Wenn Sie mich allein lassen, kann ich doch nicht schlafen.«

Als ich nach Hause kam, fuhr er ohne weiteres fort, denn alles stand offenbar noch deutlich bis ins kleinste vor seinen Augen, ging ich nicht zu Bett, sondern begann über die Abenteuer des vergangenen Tages nachzudenken. Die Begegnung, die Vorstellung, das Versprechen, das mir Marguerite gegeben, das alles kam so rasch und unverhofft, daß ich manchmal zu träumen glaubte. Freilich dürfte es nicht das erste Mal gewesen sein, daß ein Mädchen wie Marguerite sich einem Manne von heute auf morgen versprach.

Ich mochte mir das noch so klarmachen, doch war der erste Eindruck, den meine künftige Geliebte auf mich gemacht, so stark, daß er alles andere verdeckte. Ich bildete mir ein, sie sei mit anderen solchen Mädchen nicht zu vergleichen, und mit der allen Männern eigenen Eitelkeit neigte ich zu dem Glauben, daß sie dieselbe unwiderstehliche Neigung zu mir hege, die ich für sie empfand.

Und doch war das Gegenteil erwiesen. Ich hatte oft sagen hören, daß Marguerites Liebe wie eine Ware mehr oder weniger teuer zu haben sei, je nach dem Kurs.

Wie war aber andererseits dieser Ruf in Einklang zu bringen mit ihrer ständigen Abweisung des jungen Grafen, den wir bei ihr angetroffen hatten? Sie werden einwenden, daß er ihr nicht zusagte und daß, da sie von dem Herzog so glänzend versorgt wurde, wenn sie schon einen anderen Liebhaber haben wollte, er ihr wenigstens gefallen sollte. Warum dann nicht Gaston, der nett, geistreich und vermögend war, sondern ausgerechnet mich, den sie bei der ersten Begegnung so lächerlich gefunden?

Freilich ist wahr, daß gewisse Zufälle einen oft in einem Augenblick mehr erreichen lassen als jahrelange Bemühungen.

Von der Tafelrunde war ich der einzige gewesen, den es beunruhigte, daß sie aufstand. Ich war ihr gefolgt, ich hatte ihr meine Bewegung nicht verbergen können. Ich hatte geweint, als ich ihr die Hand küßte. Dieser Umstand in Verbindung mit meinen täglichen Erkundigungen während ihrer achtwöchigen Krankheit kann bewirkt haben, daß sie in mir einen anderen Mann erblickte als die ihr bisher bekannten, und vielleicht hat sie sich gesagt, eine derart erwiesene Liebe könne sie getrost mit etwas belohnen, was sie sonst oft genug getan hat und was bei ihr weiter nichts bedeutet.

Alle diese Erwägungen lagen, wie Sie sehen, recht nahe. Was sie aber auch zu ihrer Zusage bewogen haben mag, eins war gewiß, sie hatte zugesagt.

Und ich liebte jedenfalls Marguerite, würde sie bald besitzen, und mehr konnte ich ja nicht verlangen. Dabei muß ich noch einmal sagen, daß ich, obwohl Marguerite eine käufliche Frau war, mir diese Liebe gewissermaßen mit Hoffnungslosigkeit poetisch verklärte, so daß ich um so bangere Zweifel hegte, je näher die Stunde der Erfüllung rückte.

Während dieser Nacht tat ich kein Auge zu.

Ich kannte mich selbst nicht mehr und war halb wahnsinnig. Bald wähnte ich mich nicht schön, nicht reich, nicht elegant genug, um eine solche Frau zu besitzen, bald erfüllte mich der Gedanke an ihren Besitz mit Eitelkeit. Dann wieder kam mir die Befürchtung, es handle sich nur um eine flüchtige Laune Marguerites, und ich sagte mir, es wäre vielleicht besser, wenn ich mir die Qual eines plötzlichen Bruches ersparte und am Abend nicht zu ihr gehe, sondern ihr meine Befürchtung mitteile und verreise. Und dann wieder überließ ich mich schrankenlosen Erwartungen und einem unendlichen Vertrauen. Ich baute unwahrscheinliche Zukunftspläne, sagte mir, daß Marguerite mir ihre leibliche und geistige Heilung werde verdanken, daß ich mein ganzes Leben ihr weihen und ihre Liebe mich seliger machen werde, als ein unschuldiges Wesen es vermöchte.

Ich kann Ihnen unmöglich die tausend Gedanken wiedergeben, die mir durch den Kopf gingen und sich allmählich in den Schlaf verloren, der mich bei Tagesbeginn überwältigte.

Als ich erwachte, war es zwei Uhr. Das Wetter war prächtig. Ich glaube nicht, daß mir das Leben jemals schöner und verheißungsvoller erschienen ist. Die Erinnerung an den letzten Abend trat mir ungetrübt und von froher Erwartung beschwingt vor die Seele. Rasch zog ich mich an. Ich fühlte mich zufrieden und zu allem Guten aufgelegt. Das Herz hüpfte mir vor Freude und Liebe im Leibe. Ein leichtes Fieber packte mich. Die Befürchtungen, die mich vor dem Einschlafen beunruhigt hatten, waren verschwunden. Ich dachte nur an das Kommende, an die Stunde, da ich Marguerite wiedersähe.

Es litt mich nicht zu Hause. Das Zimmer war mir zu eng, mein ganzes Glück zu fassen; ich wollte mein Herz im Freien ausströmen lassen.

Also ging ich aus.

Zuerst lief ich durch die Rue d'Antin. Marguerites Coupé stand vor ihrer Haustür. Dann schlug ich den Weg nach den Champs-Elysées ein. Alle Menschen, die mir begegneten, liebte ich, auch wenn ich sie nicht kannte.

Wie gut doch die Liebe macht! Nachdem ich eine Stunde zwischen den Pferden von Marly und dem Rundteil herumspaziert war, sah ich Marguerites Wagen von weitem. Ich konnte nicht genau erkennen, daß sie es war, aber ich fühlte es.

Wo der Weg in die Champs-Elysées einbiegt, ließ sie halten; ein schlanker junger Mann löste sich aus einer Gruppe, mit der er geplaudert hatte, und ging auf sie zu.

Eine kurze Weile sprachen sie miteinander. Dann kehrte der junge Mann zu seinen Freunden zurück, die Pferde flogen davon, und als ich mich jener Gruppe näherte, erkannte ich in dem, der mit Marguerite gesprochen hatte, jenen Grafen G., dessen Porträt ich gesehen und den Prudence als den bezeichnet hatte, dem Marguerite ihre Karriere verdanke.

Ihm also hatte sie gestern nacht den Zutritt versagt. Ich

vermutete, daß sie angehalten hatte, um ihm eine Erklärung dafür zu geben, und hoffte, sie möchte einen Vorwand gefunden haben, um ihn auch in der kommenden Nacht nicht zu empfangen.

Wie ich den Rest des Tages verbrachte, weiß ich nicht; ich ging umher, rauchte, ich unterhielt mich, doch hatte ich abends um zehn Uhr keine Ahnung mehr davon, wem ich begegnet war und was ich gesprochen hatte.

Das einzige, woran ich mich erinnere, ist, daß ich heimkam, drei Stunden zum Ankleiden brauchte und hundertmal auf meine Taschenuhr und nach der Wanduhr blickte, von denen die eine so langsam ging wie die andere. Als es halb elf schlug, hielt ich es an der Zeit aufzubrechen.

Damals wohnte ich in der Rue de Provence. Ich ging die Rue Mont-Blanc hinab, überschritt den Boulevard, folgte der Rue Louis-le-Grand und der Rue Port-Mahin bis zur Rue d'Antin. Ich sah zu Marguerites Fenstern hinauf.

Es war Licht.

Ich läutete und fragte den Pförtner, ob Fräulein Gautier zu Hause sei. Er erklärte mir, sie käme nie vor elf, viertel zwölf nach Hause.

Ich sah auf meine Uhr.

Zwar glaubte ich, ganz gemächlich gegangen zu sein, doch hatte ich, um von der Rue de Provence bis an Marguerites Wohnung zu kommen, höchstens fünf Minuten gebraucht.

So ging ich die Straße, in der keine Wirtschaften sind und die zu dieser Stunde sehr einsam ist, auf und ab.

Nach Verlauf einer halben Stunde kam Marguerite. Sie stieg aus dem Wagen und schaute sich um, als ob sie jemanden suche.

Der Wagen fuhr im Schritt weiter; Stall und Schuppen

befanden sich nicht im gleichen Hause. Als Marguerite eben läuten wollte, trat ich auf sie zu und sagte: »Guten Abend.«

»Ach Sie sind es?« sagte sie in einem Ton, der wenig Freude verriet, mich anzutreffen.

»Haben Sie mir nicht erlaubt, Sie heute zu besuchen?«

»Richtig, ich hatte es vergessen.«

Diese Worte zertrümmerten alle Träume, die mich morgens umgaukelt hatten, und alle während des Tages genährten Hoffnungen. Ich begann mich jedoch an ihre Art zu gewöhnen und lief nicht weg, wie ich es früher zweifellos getan hätte.

Wir gingen hinein.

Nanine hatte die Tür schon vorher geöffnet.

»Ist Prudence schon zurück?« fragte Marguerite.

»Nein, Madame.«

»Richte aus, daß sie gleich kommen soll, wenn sie zurückkehrt. Lösche vorher die Lampe im Salon und sage, falls jemand erscheint, daß ich noch nicht da wäre und auch nicht mehr komme.«

Sie war in Gedanken bei irgend etwas, vielleicht befürchtete sie einen ungelegenen Besuch. Ich wußte nicht, wie ich mich verhalten und was ich sagen sollte. Marguerite begab sich in ihr Schlafzimmer; ich blieb, wo ich war.

»Kommen Sie«, rief sie.

Sie nahm den Hut ab, zog den Samtmantel aus und warf beides auf das Bett. Dann ließ sie sich in einen großen Sessel nahe dem Feuer fallen, das sie bis zu Sommersanfang unterhalten ließ, und sagte, während sie mit der Kette ihrer Uhr spielte: »Nun, was wissen Sie mir Neues zu erzählen?«

»Nichts, höchstens daß es falsch ist, heute zu Ihnen zu kommen.«

»Warum?«

»Weil Sie verärgert zu sein scheinen und ich Sie gewiß störe.«

»Sie stören mich nicht, nur bin ich krank, war den ganzen Tag elend, habe nicht geschlafen und werde von fürchterlichen Kopfschmerzen geplagt.«

»Soll ich mich nicht lieber zurückziehen, damit Sie zu Bett gehen können?«

»Oh, bleiben Sie getrost. Wenn ich schlafen gehen will, tue ich's in Ihrer Gegenwart.«

In dem Augenblick klingelte es.

»Wer kommt da noch?« sagte sie mit einer ungeduldigen Bewegung.

Gleich darauf klingelte es wieder.

»Macht denn niemand auf? Zuletzt muß ich selber öffnen.«

Wirklich erhob sie sich und bedeutete mich: »Warten Sie hier.«

Sie ging durch die Zimmer, und ich hörte, wie sie die Wohnungstür öffnete.

Ich lauschte.

Die eingelassene Person blieb im Eßzimmer stehen. Beim ersten Wort erkannte ich die Stimme des jungen Grafen N.

»Wie geht es Ihnen heute?« fragte er.

»Schlecht«, erwiderte Marguerite frostig.

»Störe ich Sie?«

»Mag sein.«

»Wie Sie mich empfangen! Was habe ich Ihnen getan, meine liebe Marguerite?«

»Lieber Freund, Sie haben mir nichts getan. Ich bin krank und will mich hinlegen, darum würden Sie mir einen Gefallen erweisen, wenn Sie gingen. Es bringt mich um, wenn ich abends nicht heimkommen kann, ohne daß Sie fünf Minuten danach auftauchen. Was wollen Sie eigentlich? Daß ich Ihre Geliebte werde? Hab' ich Ihnen denn nicht schon hundertmal gesagt, daß ich nicht will, daß Sie mir auf die Nerven fallen und Sie sich jemand anders suchen sollen. So erkläre ich Ihnen heute zum letzten Mal: Ich mag nichts von Ihnen wissen, das genügt doch. Leben Sie wohl! Warten Sie, Nanine soll Ihnen leuchten. Guten Abend.«

Und ohne ein weiteres Wort und ohne auf das Gestotter des jungen Mannes zu hören, ging Marguerite in ihr Zimmer zurück und schlug die Tür heftig zu, durch die gleich danach Nanine eintrat.

»Hör zu«, sagte Marguerite zu ihr, »du wirst nun jedesmal diesem Einfaltspinsel erklären, daß ich nicht zu Hause bin oder ihn nicht sehen will. Ich habe es schließlich satt, Leute anzuhören, die dauernd das gleiche von mir verlangen, mich bezahlen und mir dann nichts mehr schuldig zu sein glauben. Wenn alle, die unser schändliches Gewerbe ergreifen, wüßten, was es auf sich hat, würden sie lieber Dienstmädchen werden. Aber nein! Die Eitelkeit, Kleider zu tragen, Pferde zu haben, Diamanten zu besitzen, läßt uns hineintaumeln. Man glaubt, was man so hört, denn unser Metier hat auch seinen Glauben, und indes setzt man nach und nach sein Herz, seine Gesundheit und seine Schönheit zu. Man wird wie ein wildes Tier betrachtet, wie ein Paria verachtet und hat lauter Menschen um sich, die einem stets mehr nehmen als geben, und eines Tages, nachdem man andere und sich selbst zugrunde gerichtet hat, verreckt man wie ein Hund.«

»Beruhigen Sie sich nur, Madame«, sagte Nanine, »Ihre Nerven sind heute angegriffen.«

»Das Kleid beengt mich«, erwiderte Marguerite und ließ

die Häkchen ihres Leibchens aufknallen. »Gib mir meinen Morgenrock. Ja, und Prudence?«

»Sie war noch nicht zurück, aber man schickt sie zu Madame, sobald sie kommt.«

»Das ist auch so eine«, fuhr Marguerite fort, während sie ihr Kleid auszog und in einen weißen Morgenrock schlüpfte, »auch so eine, die den Weg gut findet, wenn sie mich braucht, aber aus freien Stücken tut sie nichts für mich. Sie weiß, wie ich heute abend auf diese Antwort warte, daß ich sie haben muß und in Unruhe bin, und ich will wetten, daß sie sich herumtreibt, ohne sich viel darum zu kümmern.«

»Vielleicht ist sie aufgehalten worden.«

»Laß uns Punsch bringen.«

»Das wird nicht gut für Sie sein«, sagte Nanine.

»Gleichviel. Bring erst Obst, Pastete oder ein Stück Geflügel, irgend etwas, aber rasch, ich habe Hunger.«

Ich brauche Ihnen nicht zu erklären, wie dieser Vorgang auf mich wirkte. Nicht wahr, Sie können es sich vorstellen.

»Sie speisen mit mir«, sagte sie. »Nehmen Sie inzwischen ein Buch, ich gehe einen Augenblick in mein Ankleidezimmer.«

Sie zündete die Kerzen eines Leuchters an, öffnete eine Tür neben dem Bett und verschwand.

Ich dagegen versank in Nachdenken über das Leben dieses Mädchens, und Mitleid gesellte sich zu meiner Liebe.

Mit großen Schritten ging ich sinnend im Zimmer auf und ab, als Prudence eintrat.

»Ah, Sie sind hier«, sagte sie. »Wo ist Marguerite?«

»Im Ankleidezimmer.«

»Dann warte ich. Wissen Sie denn auch, daß sie Sie angenehm findet?«

»Nein.«

»Hat sie es nicht ein bißchen durchblicken lassen?«

»Keineswegs.«

»Wie wären Sie sonst hier?«

»Ich mache ihr meinen Besuch.«

»Mitten in der Nacht?«

»Weshalb nicht?«

»Sie Schwindler.«

»Sie hat mich ziemlich schlecht empfangen.«

»Gleich wird sie Sie besser behandeln.«

»Meinen Sie?«

»Ich bringe ihr eine gute Nachricht.«

»Das kann nichts schaden. Sie hat also über mich gesprochen?«

»Gestern abend oder vielmehr heute nacht, als Sie mit Ihrem Freund weg waren ... Wie geht es übrigens Ihrem Freund? Er heißt Gaston R., soviel ich weiß.«

»Ja«, sagte ich und konnte mich eines Lächelns nicht erwehren, da ich mich an Gastons Geständnis erinnerte und nun merkte, daß sie kaum seinen Namen behalten hatte.

»Das ist ein artiger Junge. Womit beschäftigt er sich?«

»Er bezieht 25 000 Franken Rente.«

»Ach, wirklich? Doch um auf Sie zurückzukommen, so hat mich Marguerite nach Ihnen ausgefragt. Sie wollte wissen, wer Sie sind, was Sie treiben, welche Frauen Sie gehabt haben, überhaupt alles, was man von einem Mann Ihres Alters zu erfahren wünscht. Was ich weiß, hab' ich ihr alles erzählt und hinzugesetzt, daß Sie ein liebenswürdiger Mensch sind. So steht es.«

»Ich danke Ihnen sehr. Doch sagen Sie mir auch, was sie gestern noch mit Ihnen abzumachen hatte.«

»Nichts. Sie tat nur so, um den Grafen loszuwerden. Doch hat sie mir heute etwas aufgetragen, und ich bringe ihr nun Antwort.«

In diesem Augenblick kam Marguerite aus ihrem Ankleidezimmer, ein reizendes, mit Schleifen aus gelben Bändern, sogenannten Choux, verziertes Nachthäubchen im Haar.

Sie sah hinreißend aus.

Ihre nackten Füße steckten in Pantoffeln aus Atlas. Sie putzte noch an ihren Fingernägeln.

»Nun«, sagte sie, als sie Prudence erblickte, »haben Sie den Herzog angetroffen?«

»Natürlich.«

»Was sagte er?«

»Er hat gezahlt.«

»Wieviel?«

»Sechstausend.«

»Haben Sie es mit?«

»Ja.«

»Wollte er sich sträuben?«

»Nein.«

»Der arme Mann!«

Dieses Der arme Mann! sagte sie in einem Ton, der sich nicht wiedergeben läßt. Marguerite nahm die sechs Tausendfrankenscheine in Empfang.

»Es kommt zur rechten Zeit«, sagte sie. »Meine liebe Prudence, haben Sie Geld nötig?«

»Sie wissen ja, mein Kind, daß in zwei Tagen der fünfzehnte ist. Wenn sie mir drei- oder vierhundert Franken leihen wollen, tun Sie mir einen großen Gefallen.«

»Schicken Sie morgen früh zu mir, heute ist es zum Wechseln zu spät.«

»Werden Sie es nicht vergessen?«

»Seien Sie unbesorgt. Speisen Sie mit uns?«

»Nein, Charles wartet bei mir.«

»Sie sind also immer noch versessen auf ihn?«

»Närrisch. Auf morgen, meine Liebe! Auf Wiedersehen, Armand!«

Madame Duvernoy zog ab.

Marguerite öffnete ein Schränkchen und warf die Banknoten hinein.

»Sie erlauben doch, daß ich mich hinlege«, sagte sie lächelnd und ging zu ihrem Bett.

»Ich erlaube es nicht allein, ich bitte Sie darum.«

Sie schlug die Spitzendecke, die darübergedeckt war, auf das Fußende zurück und stieg ins Bett.

»Jetzt setzen Sie sich her zu mir«, sagte sie, »und wir plaudern.«

Prudence hatte recht: die Antwort, die sie Marguerite gebracht hatte, ermunterte sie.

»Verzeihen Sie mir meine vorige schlechte Laune?« fragte sie und faßte mich bei der Hand.

»Ich möchte Ihnen gern noch viel mehr vergeben.«

»Und lieben Sie mich?«

»Bis zum Wahnsinn.«

»Trotz meines schlechten Charakters?«

»Allem zum Trotz.«

»Beschwören Sie das!«

»Ja«, flüsterte ich.

Jetzt kam Nanine mit Tellern, einem kalten Hühnchen, einer Flasche Bordeaux, Erdbeeren und zwei Gedecken herein.

»Punsch habe ich Ihnen nicht machen lassen«, sagte Nanine, »der Bordeaux bekommt Ihnen besser. Meinen Sie nicht auch, mein Herr?«

»Ganz sicher«, erwiderte ich, noch ganz erfüllt von Marguerites letzten Worten, und sah sie mit brennenden Augen an.

»Gut«, erklärte sie. »Setze das alles auf den kleinen Tisch und schieb ihn ans Bett, wir bedienen uns selber. Du bist nun schon drei Nächte aufgeblieben, du mußt ja todmüde sein. Geh jetzt schlafen, ich brauche weiter nichts.«

»Soll ich den Türschlüssel zweimal umdrehen?«

»Das wird gut sein. Und sag vor allem, daß man vor morgen mittag niemand einläßt.«

XII

Gegen fünf Uhr früh, als das Tageslicht durch die Vorhänge zu scheinen begann, sagte Marguerite zu mir: »Entschuldige, daß ich dich fortschicke, aber es muß sein. Der Herzog kommt jeden Morgen, man wird ihm sagen, daß ich schlafe, aber vielleicht wartet er auch, bis ich aufstehe.«

Ich nahm Marguerites Kopf, um den sich das gelöste Haar ringelte, in meine Hände und gab ihr einen letzten Kuß.

»Wann sehe ich dich wieder?« fragte ich.

»Schau«, sagte sie, »nimm den kleinen vergoldeten Schlüssel dort vom Kamin und mach diese Tür hier auf, leg dann den Schlüssel zurück und geh. Im Laufe des Tages bekommst du einen Brief mit meiner Anordnung, denn du weißt, daß du mir blinden Gehorsam schuldest.«

»Ja, und wenn ich auch um etwas bitten dürfte?«

»Nun was?«

»Daß ich den Schlüssel behalten darf.«

»Was du von mir verlangst, hab' ich noch niemandem zugebilligt.«

»Nun dann billige es mir zu, denn ich schwöre dir, daß so wie ich dich auch noch keiner geliebt hat.«

»Gut, behalt ihn. Aber ich muß dir sagen, daß es allein auf mich ankommt, ob dir der Schlüssel von Nutzen ist.«

»Wieso?«

»Innen an der Tür sind Riegel.«

»Du Böse!«

»Ich lasse sie abmachen.«

»So hast du mich doch ein wenig lieb?«

»Ich weiß nicht, wie es kommt, doch scheint es so zu sein. Aber geh jetzt, ich schlafe schon halb.«

Wir schlossen einander noch einmal in die Arme, und ich ging.

Die Straßen waren leer, noch schlief die große Stadt. Ein frischer Windhauch strich durch die Viertel, die bald von dem Lärm der Menschen erfüllt sein würden.

Mir war, als sei die schlafende Stadt mein Eigentum. Ich suchte mich an die Namen derer zu erinnern, die ich bisher um ihr Glück beneidet hatte, und es fiel mir keiner ein, den ich für glücklicher hätte halten können als mich.

Von einem keuschen jungen Mädchen geliebt zu werden, es als erster in dieses seltsame Geheimnis der Liebe einzuweihen, ist gewiß eine hohe Beglückung, aber doch das einfachste auf der Welt. Ein Herz erobern, das auf keinen Angriff gefaßt ist, heißt, eine offene Stadt ohne Besatzung einzunehmen. Erziehung, Pflichtgefühl und Elternhaus sind zwar starke Schildwachen, aber so aufmerksame Schildwachen gibt es gar nicht, daß ein sechzehnjähriges Mädchen sie nicht überlisten könnte, wenn ihm der geliebte Mann und die Natur jene ersten Liebesregungen erwecken, die desto mächtiger sind, je reiner sie erscheinen.

Je gutgläubiger ein junges Mädchen ist, desto leichter gibt

es sich, vielleicht nicht dem Geliebten, zumindest aber der Liebe hin. Denn da es kein Mißtrauen hat, hat es auch keinen Widerstand, und den Triumph, ihre Liebe zu erringen, kann sich jeder Mann von fünfundzwanzig Jahren verschaffen, sobald er will. Wäre das nicht wahr, würde man die jungen Mädchen nicht so ängstlich bewachen und einsperren. Keine Klostermauern sind hoch genug, keine Riegel stark genug, kein frommes Gelöbnis bindend genug, alle diese herrlichen Vöglein in ihrem Käfig gefangenzuhalten, den man nicht einmal mit ein paar Blumen versieht. Wie müssen sie nach dieser Welt verlangen, die man ihnen vorenthält, wie verlockend muß sie ihnen erscheinen, wie mögen sie der Stimme des ersten lauschen, der durch das Gitter hinein ihnen von den Geheimnissen erzählt, und wie die Hand segnen, die als erste einen Zipfel des rätselvollen Schleiers vor ihnen aufdeckt!

Von einer Kurtisane dagegen wirklich geliebt zu werden, ist ein anderer, schwierigerer Sieg. Bei ihnen hat der Körper die Seele verzehrt, haben die Sinne das Herz verbrannt, die Ausschweifung das Gefühl hinter einem Panzer geborgen. Die Worte, die man ihnen sagt, haben sie hundertmal gehört, die Schachzüge, die man anwendet, sind ihnen bekannt, die Liebe selbst, die sie erregen, haben sie bereits verkauft. Hinter ihren Berechnungen sind sie besser geschützt als eine Jungfrau bei der Mutter oder im Kloster. Auch haben sie für jene unberechenbaren Liebschaften, die sie sich von Zeit zu Zeit als eine Erholung, als Abbitte oder als Tröstung leisten, das Wort Caprice erfunden. Darin gleichen sie jenen Wucherern, die tausend Menschen aussaugen und alles wiedergutzumachen glauben, wenn sie einmal einem armen Teufel, der am Verhungern ist, zwanzig Franken ohne Zinsen und ohne Schuldschein leihen.

Wenn aber Gott einer Kurtisane wirkliche Liebe beschert, wird ihr diese Liebe, die zuerst als eine Gnade erscheint, fast stets zur Züchtigung. Ohne Buße gibt es keine Vergebung. Wenn ein Geschöpf, das seine ganze Vergangenheit zu bereuen hat, plötzlich von einer tiefen, aufrichtigen, unwiderstehlichen Liebe ergriffen wird, deren es sich gar nicht fähig glaubte, wenn es diese Liebe gesteht, welche Gewalt muß dann der geliebte Mann über es haben! Und wie stark mag der sich fühlen, der mit Recht zu ihr sagen darf: Du tust ja um der Liebe willen auch nicht mehr, als du des Geldes wegen getan hast.

Dann weiß sie nicht mehr, wodurch sie ihre Liebe noch beweisen soll. Ein Kind, heißt es in der Fabel, das sich lange Zeit den Spaß machte, auf dem Felde nach Hilfe zu schreien, um die Knechte zu foppen, wurde eines Tages von einem Bären zerrissen, weil keiner der so oft Genarrten diesmal den wirklichen Notschreien glaubte. Ähnlich ergeht es diesen Unglücklichen, wenn sie wirklich lieben. Sie haben so oft gelogen, daß man ihnen nicht mehr glaubt, und so werden sie außer durch Liebesqualen auch noch von Gewissensbissen verzehrt.

Daher jene Beispiele großer Selbstverleugnung, strenger Entsagung, die schon manch eine gegeben hat.

Wenn aber der Mann, der eine solche erlösende Liebe erweckt hat, ein großes Herz besitzt und sie erwidert, ohne nach der Vergangenheit zu fragen, und sich ihr ergibt, wenn er kurz und gut so wiederliebt, wie er selbst geliebt wird, gewinnt er alles irdische Glück in einem und wird nach dieser Liebe jede andere verschmähen.

Am Morgen, als ich nach Hause ging, stellte ich freilich solche Betrachtungen nicht an. Sie wären nur eine Vorahnung dessen gewesen, was mir noch bevorstand, und solche entscheidende Folgen sah ich trotz meiner Liebe zu Marguerite nicht voraus. Heute begreife ich sie; und nun, da alles unwiderruflich vorbei ist, erklären sie sich ganz natürlich aus dem, was geschehen war.

Doch zurück zum ersten Tag unserer Vereinigung. Närrisch vor Freude, kam ich heim. Während ich daran dachte, daß die Hindernisse, die meine Phantasie zwischen Marguerite und mir errichtet sah, verschwunden waren, daß ich sie besessen hatte, daß ich immerhin ihre Gedanken beschäftigte, daß ich den Schlüssel zu ihrem Zimmer in der Tasche trug und ihn gebrauchen durfte, war ich zufrieden mit dem Leben und dankte Gott, der mir dies gewährt hatte.

Ein junger Mann geht eines Tages auf der Straße, streift eine Frau, sieht sich nach ihr um und geht weiter. Diese Frau, die er nicht kennt, hat Ergötzungen, Liebschaften, Kümmernisse, daran er unbeteiligt ist. Für sie existiert er gar nicht, und hätte er sie angesprochen, so würde sie ihn wahrscheinlich genauso verspottet haben wie Marguerite damals mich. Wochen, Monate, Jahre verfließen. Und nachdem jeder seinem Schicksal auf seinen eigenen Wegen gefolgt ist, führt die Logik des Zufalls sie plötzlich wieder zusammen. Die Frau wird die Geliebte des Mannes und liebt ihn. Wieso? Weshalb? Ihrer beider Sinn wird zu einem einzigen. Kaum haben sie sich gefunden, und schon meinen sie, es sei immer so gewesen, und alles, was vordem war, entschwindet dem Gedächtnis der Liebenden. Ist das nicht seltsam?

Ich selbst konnte mich auch nicht mehr entsinnen, wie ich vor jenem Abend gelebt hatte. Mein ganzes Ich war durch die Worte, die wir in der Nacht getauscht hatten, in einen Freudentaumel versetzt worden. Entweder vollführte Marguerite den geschicktesten Betrug, oder sie empfand für mich eine jener plötzlichen Leidenschaften, die beim ersten

Kuß aufflammen und freilich oft ebenso rasch wieder verfliegen.

Je länger ich darüber nachdachte, desto deutlicher wurde mir, daß Marguerite keinen Anlaß hatte, eine Neigung vorzuheucheln, die sie nicht empfand. Auch sagte ich mir, daß die Frauen auf zwei Arten lieben können, wobei die eine in die andere übergehen mag: mit dem Herzen oder mit den Sinnen. Oft folgt eine Frau nur dem Trieb ihrer Sinnlichkeit, wenn sie einen Liebhaber erhört, und erlebt unversehens das Mysterium der seelischen Liebe und findet ihr Herz; und oft verfällt ein junges Mädchen, das die Ehe als den Bund zweier reiner Neigungen betrachtet hat, überraschend jener sinnlichen Leidenschaft, die alle keuschen Seelenregungen unterdrückt.

Über solchen Gedanken schlief ich ein. Ein Brief von Marguerite weckte mich auf, der folgende Worte enthielt:

Heute abend im Vaudeville. Kommen Sie während des dritten Zwischenaktes. *M. G.*

Ich schloß den Brief in einen Schubkasten, um mich jederzeit von der Wahrheit überzeugen zu können, falls mir Zweifel kommen sollten, wie das manchmal geschah.

Von einem Besuch im Laufe des Tages sagte sie nichts, und ich wagte mich darum nicht zu zeigen. Doch hatte ich so große Sehnsucht, ihr wenigstens vor dem Abend zu begegnen, daß ich nach den Champs-Elysees ging, wo ich sie denn wie am Vortage auf der Hin- und Rückfahrt sah. Um sieben Uhr war ich im Vaudeville.

So früh war ich noch nie ins Theater gegangen.

Nach und nach füllten sich die Logen. Nur eine blieb leer, die untere Bühnenloge.

Als der dritte Akt begonnen hatte, hörte ich, wie sich die Logentür öffnete, auf die ich bisher unentwegt gestarrt hatte, und Marguerite erschien. Sie trat sofort an die Brüstung, suchte in den Orchesterplätzen, sah mich sitzen und dankte mir mit einem Zunicken.

Sie sah an diesem Abend wunderbar aus.

Hatte sie sich für mich so kokett geputzt? Liebte sie mich schon so, daß sie meinte, sie mache mich um so glücklicher, je schöner sie für mich sei? Noch wußte ich es nicht. Wenn sie es aber beabsichtigte, so erreichte sie jedenfalls ihren Zweck, denn als sie kam, ging eine Bewegung durch die Zuschauer, und selbst der Schauspieler auf der Bühne sah sich fragend um, wer denn das Publikum durch sein bloßes Erscheinen ablenkte.

Ich aber besaß den Türschlüssel dieser Frau, und in drei oder vier Stunden sollte sie mir wieder gehören.

Man tadelt die Männer, die sich für Schauspielerinnen und käufliche Frauen zugrunde richten, mich dagegen wundert, daß sie ihretwegen nicht sehr viel größere Torheiten begehen. Wer wie ich in dieser Welt gelebt hat, weiß, wie sie durch kleine, Tag für Tag genährte Eitelkeiten ihre Liebhaber an sich fesseln; wir haben kein besseres Wort, diese Art Liebe zu bezeichnen.

Bald danach nahm Prudence Platz in der Loge, und ein Mann, in dem ich den Grafen G. erkannte, setzte sich hinter sie.

Bei seinem Anblick stockte mir das Blut.

Marguerite war anscheinend nicht entgangen, welchen Eindruck die Anwesenheit dieses Mannes auf mich machte, denn sie nickte mir von neuem zu und folgte dem Spiel mit größter Aufmerksamkeit, wobei sie dem Grafen den Rükken zukehrte.

Im dritten Zwischenakt drehte sie sich um und sagte ein paar Worte, worauf der Graf die Loge verließ und Marguerite mich durch Zeichen aufforderte, sie zu besuchen.

»Guten Abend«, sagte sie, als ich eintrat, und gab mir die Hand.

»Guten Abend«, begrüßte ich Marguerite und Prudence gleichzeitig.

»Nehmen Sie Platz.«

»Aber ich werde ihn einem anderen wegnehmen. Kommt der Herr Graf G. nicht zurück?«

»Doch. Ich habe ihn nach Bonbons geschickt, damit wir einen Augenblick allein miteinander reden können. Madame Duvernoy ist im Bilde.«

»Ja, liebe Kinder«, sagte diese, »und seid getrost, ich erzähle nichts.«

»Was haben Sie denn heut abend?« fragte Marguerite, die sich erhob und mir im Dunkel der Loge einen Kuß auf die Stirn gab.

»Ich fühle mich nicht recht wohl.«

»Dann aber rasch ins Bett«, erwiderte sie mit der leichten Ironie, die ihrem feinen, klugen Gesicht so gut stand.

»Wo?«

»Bei Ihnen zu Hause.«

»Sie wissen genau, daß ich da nicht schlafen könnte.«

»Nun, Sie müssen aber auch nicht mit einem schiefen Gesicht zu mir kommen, weil Sie einen Mann in meiner Loge gesehen haben.«

»Nicht deswegen.«

»O doch, ich kenne das, und Sie sollten es lieber nicht tun. Aber schweigen wir davon. Nach der Vorstellung gehen Sie zu Prudence und bleiben dort, bis ich rufe. Hören Sie?«

»Ja.«

Mußte ich ihr nicht gehorchen?

»Lieben Sie mich immer noch?«

»Wie können Sie fragen!«

»Und haben an mich gedacht?«

»Den ganzen Tag.«

»Wissen Sie, daß ich ernstlich fürchte, mich in Sie zu verlieben? Fragen Sie nur Prudence.«

»Ach«, erwiderte die üppige Frau, »es ist nicht mehr anzuhören.«

»Gehen Sie jetzt wieder auf Ihren Platz. Der Graf wird gleich zurückkommen, und es ist nicht nötig, daß er Sie hier antrifft.«

»Warum?«

»Weil Sie ihn nicht riechen können.«

»Gewiß. Hätten Sie mir nur gesagt, daß Sie heute abend ins Vaudeville gehen wollen, so hätte ich Ihnen die Loge ebensogut besorgen können wie er.«

»Leider hat er sie mir besorgt, ohne daß ich darum bat, und mir seine Begleitung angetragen. Sie wissen sehr wohl, daß ich es ihm nicht abschlagen durfte. So konnte ich nicht mehr tun, als Ihnen sagen, wohin ich gehe, damit Sie mich sehen mögen, und weil ich selber Sie auch recht bald sehen wollte. Wenn aber Ihr Dank so aussieht, soll es mir eine Lehre sein.«

»Ich habe unrecht, verzeihen Sie mir.«

»Das höre ich gern, gehen Sie nun artig auf Ihren Platz, und seien Sie mir ja nicht mehr eifersüchtig.«

Sie küßte mich noch einmal, und ich ging.

Auf dem Gang begegnete ich dem zurückkehrenden Grafen.

Ich ging auf meinen Platz zurück.

Eigentlich verstand sich die Anwesenheit des Grafen G.

in Marguerites Loge von ganz allein. Er war ihr Liebhaber gewesen, besorgte ihr eine Loge, begleitete sie ins Theater, das war etwas ganz Natürliches, und ich mußte mich wohl oder übel an dergleichen gewöhnen, wenn ich eine Frau wie Marguerite zur Geliebten hatte.

Gleichwohl fühlte ich mich den ganzen Abend über unglücklich und ging sehr niedergeschlagen fort, nachdem ich noch Prudence, den Grafen und Marguerite in den wartenden Wagen hatte steigen sehen.

Dessenungeachtet fand ich mich eine Viertelstunde später bei Prudence ein. Sie war soeben heimgekommen.

XIII

»Sie sind ja fast so schnell da wie wir«, sagte Prudence.

»Ja«, antwortete ich gedankenlos. »Wo ist Marguerite?«

»Zu Hause.«

»Allein?«

»Mit Herrn von G.«

Ich ging mit großen Schritten im Salon auf und ab.

»Nanu, was haben Sie?«

»Denken Sie denn, daß es mir Spaß macht, hier zu warten, bis Herr von G. sich von Marguerite verabschiedet?«

»Sie sind wirklich ganz unvernünftig. Begreifen Sie doch, daß Marguerite den Grafen nicht einfach vor die Tür setzen kann. Herr von G. war lange mit ihr zusammen und hat ihr stets viel Geld gegeben. Er gibt ihr noch. Marguerite verzehrt jährlich über 100 000 Franken; auch hat sie viel Schulden. Der Herzog läßt ihr zukommen, was sie verlangt, aber sie möchte doch nicht alles von ihm verlangen, was sie braucht. Wozu soll sie sich mit dem Grafen überwerfen, der ihr mindestens 12 000 Franken jährlich zuwendet. Marguerite liebt Sie sehr, mein lieber Freund, doch sollte Ihr Verhältnis, im beiderseitigen Interesse, nicht ernst werden. Ihre sieben- oder achttausend Franken Rente reichen für den Luxus einer solchen Frau nicht aus, sie reichen nicht einmal für den Unterhalt des Gespanns. Nehmen Sie Marguerite für das gute, kluge und hübsche Kind, das sie ist. Seien Sie auf ein, zwei Monate ihr Liebhaber, schenken Sie ihr Blumen, Süßigkeiten, und besorgen Sie ihr Theaterkarten. Aber versteifen Sie sich nicht auf mehr und machen Sie ihr keine lächerlichen Eifersuchtsszenen. Sie wissen zu gut, mit wem Sie es zu tun haben. Marguerite ist keine Heilige. Sie gefallen ihr, lieben Sie sie, das Weitere sollte Sie nicht kümmern. Ich finde es wirklich großartig, wie Sie den Empfindlichen spielen. Sie haben die liebenswürdigste Mätresse von ganz Paris, sie empfängt Sie in einer prunkvollen Wohnung, sie strotzt von Diamanten, sie kostet Sie, wenn Sie wollen, nicht einen Sou, und dennoch sind Sie nicht zufrieden. Zum Teufel, Sie verlangen denn doch zu viel!«

»Sie haben zwar recht, aber es liegt außer meiner Macht; der Gedanke, daß dieser Mann ihr Liebhaber ist, bereitet mir unsagbare Qualen.«

»Ja, ist er denn noch ihr Liebhaber«, erwiderte Prudence. »Er ist ein Mann, auf den sie Rücksicht nehmen muß, weiter nichts.

Zwei Tage schon läßt sie ihn von der Tür weisen; diesen Morgen kam er von neuem, und sie konnte einfach nicht anders, als seine Loge anzunehmen und sich begleiten zu lassen. Er bringt sie nach Hause, geht einen Augenblick mit zu ihr, bleibt jedoch nicht, da Sie ja hier warten. Alles das kommt mir ganz selbstverständlich vor. Den Herzog dagegen wollen Sie in Kauf nehmen?«

»Wohl, denn er ist ein alter Mann, und ich weiß, daß Marguerite nicht seine Geliebte ist. Außerdem läßt sich vielleicht eine Beziehung ertragen, jedoch nicht zwei. Ein Einverständnis damit sähe nach Berechnung aus und stellte den Mann, selbst wenn er aus Liebe einwilligte, in die Nähe derer, die, auf einer tieferen Stufe, aus ihrer Zustimmung ein Geschäft machen und Vorteil ziehen.«

»Ach, mein Lieber, Sie leben wohl hinter dem Mond! Wie oft habe ich nicht, und zwar sehr vornehme, elegante und reiche Männer, das, was ich Ihnen rate, tun sehen, und dies unbedenklich, ohne Erröten und Gewissen. Das kommt doch alle Tage vor. Ja, wie sollen es denn die ausgehaltenen Frauen von Paris anfangen, ihren großen Aufwand zu bestreiten, wenn sie nicht drei oder vier Liebhaber zu gleicher Zeit hätten? Ein so beträchtliches Vermögen, daß sich von ihm allein der Luxus einer Frau wie Marguerite bestreiten ließe, gibt es gar nicht. Der Verschwendungssucht Marguerites ist der Reichtum eines einzelnen gar nicht gewachsen, sei er noch so bedeutend. Ein Vermögen, das 500000 Franken abwirft, ist in Frankreich außergewöhnlich. Und doch, mein lieber Freund, würden 500000 Franken Rente noch nicht einmal ausreichen, und zwar dieserhalb: Ein Mann mit solchen Einkünften führt ein großes Haus, hat Pferde, Diener, Wagen, Jagden, Freunde. Oft ist er verheiratet und hat Kinder, läßt Rennpferde laufen, spielt, reist und was weiß ich noch alles. Der ganze Aufwand hat einen solchen Zuschnitt, daß er ihn nicht herabsetzen kann, ohne für ruiniert zu gelten und Aufsehen zu erregen. Zählt man das alles zusammen, so kann er mit seinen jährlichen 500000 Franken einer Frau nicht mehr als 40000 bis 50000 Franken während eines Jahres aussetzen, und das ist noch viel. Also müssen noch andere Liebhaber zum Unterhalt dieser Frau beitragen. Bei Marguerite liegt der Fall viel einfacher. Ein wunderliches Schicksal hat ihr den alten zehnfachen Millionär beschert, dessen Frau und dessen Tochter gestorben, dessen Neffen selber reich sind und der ihr alles, was sie wünscht, schenkt, ohne etwas dafür zu fordern. Doch mag sie mehr als 70 000 Franken im Jahr auch nicht verlangen, und ich bin sicher, daß er, wenn sie mehr verlangte, es ihr trotz seines Reichtums und seiner Neigung abschlagen würde.

Alle diese jungen Leute in Paris, die 20 000 oder 30 000 Pfund Rente beziehen, das heißt kaum genug, um in der Welt überhaupt leben zu können, zu der sie sich rechnen, wissen, wenn sie der Liebhaber einer Frau wie Marguerite sind, gut genug, daß sie noch nicht einmal ihre Wohnung und die Dienstboten von dem bezahlen kann, was sie ihr geben. Sie gestehen das natürlich nicht ein und tun, als ob dem nicht so wäre, und wenn sie es schließlich satt haben, gehen sie wieder. Will aber einer in seiner Eitelkeit für alles aufkommen, so ruiniert sich der Dummkopf und läßt sich zuletzt in Afrika totschießen, nachdem er in Paris 100 000 Franken Schulden zurückgelassen hat. Glauben Sie, daß die Frau ihm das dankt? Sie denkt nicht daran. Im Gegenteil, sie erklärt, sie habe ihm ihre Stellung geopfert und in der Zeit, da sie ihm angehörte, noch Geld zugesetzt. Ach, Sie finden diese ganze Sache schändlich, ja? Aber sie ist wahr. Sie sind ein lieber Mensch, den ich herzlich gern habe. Ich lebe nun schon zwanzig Jahre unter Kurtisanen und weiß, wie sie sind und was sie taugen, und würde nicht gerne sehen, daß Sie die flüchtige Liebe einer schönen Frau für ernst nehmen.

Einmal den Fall gesetzt«, fuhr Prudence fort, »daß der Herzog ihr Verhältnis entdeckte und sie vor die Wahl zwischen ihm und Ihnen stellen würde und daß Marguerite Sie so sehr liebte, daß sie auf Graf und Herzog verzichtete, so wäre das Opfer, das sie Ihnen brächte, unter allen Umständen ganz ungeheuer. Welches gleichwertige Opfer können Sie ihr bringen? Und wie wollen Sie sie für das entschädigen, was sie Ihretwegen aufgegeben hat, wenn Sie einmal genug von ihr haben und sie zuletzt nicht mehr wollen? Mit nichts! Sie hätten sie von der Welt getrennt, die ihr Reichtum und Zukunft bot, ihre schönsten Jahre hätte sie Ihnen geschenkt, und dann soll sie vergessen sein? Sind Sie ein gewöhnlicher Mann, so werfen Sie ihr ihre Vergangenheit vor und sagen ihr beim Abschied, daß Sie nur handeln, wie ihre anderen Liebhaber auch handelten, und überlassen sie dem sicheren Elend. Oder Sie sind ein Ehrenmann und glauben sie bei sich behalten zu müssen, dann stürzen Sie sich selbst unvermeidlich ins Unglück, denn ein solches Verhältnis ist bei einem jungen Mann entschuldbar, aber nicht mehr bei einem gereiften. Überall ist sie Ihnen im Wege, verhindert die Gründung einer Familie und untergräbt den Ehrgeiz, die zweite und die letzte Leidenschaft des Mannes. Glauben Sie mir endlich, mein Freund, schätzen Sie die Dinge so ein, wie sie es verdienen, nehmen Sie die Frauen so, wie sie sind, und räumen Sie nie einer käuflichen Frau das Recht ein, sich als Ihr Schuldner zu betrachten, in welchem Punkt es auch sei.«

Das war so klug und folgerichtig vorgebracht, wie ich es Prudence nie zugetraut hätte. Auch fand ich nichts zu erwidern, denn sie hatte recht. So gab ich ihr die Hand und bedankte mich für die Ratschläge.

»Aber nun«, sagte sie, »müssen Sie diese Gedanken zum Teufel jagen und lachen. Das Leben ist schön, mein Lieber, man muß es nur durch die richtige Brille betrachten. Fragen Sie einmal Ihren Freund Gaston. Ich glaube, er nimmt die

Liebe so wie ich. Wenn Sie nicht abgeschmackt sein wollen, müssen Sie einsehen, daß drüben eine schöne Frau mit Ungeduld darauf wartet, daß der Mann, der jetzt bei ihr ist, geht, daß sie an Sie denkt, daß die Nacht Ihnen gehören wird und daß sie Sie liebt, wie ich überzeugt bin. Kommen Sie gleich mit mir ans Fenster, wir wollen zusehen, wie uns der Graf das Feld räumt.«

Prudence öffnete ein Fenster, und wir lehnten uns beide über das Geländer.

Sie folgte den wenigen Fußgängern mit den Augen, ich aber hing meinen Gedanken nach.

Mir ging, was Prudence gesagt hatte, im Kopf herum, und ich mußte mir eingestehen, daß sie recht habe. Aber die Liebe, die ich wirklich für Marguerite fühlte, wollte sich dieser Einsicht nicht fügen. So ließ ich ab und zu einen Seufzer fallen, worauf sich Prudence mir zukehrte und mit den Schultern zuckte wie ein Arzt, der einen Kranken aufgibt.

Wie man doch an dem raschen Wechsel der Gefühle spürt, daß das Leben dahinrast. Marguerite kannte ich erst zwei Tage; gestern abend war sie meine Geliebte geworden, und schon hatte sie sich meines Verstandes, meines Herzens, meines ganzen Seins derartig bemächtigt, daß der Besuch des Grafen G. mir wie ein Unheil vorkam.

Endlich verließ der Graf das Haus, stieg in seinen Wagen und fuhr weg. Prudence schloß das Fenster.

In demselben Augenblick rief uns Marguerite.

»Kommt rasch«, rief sie, »der Tisch wird gedeckt, wir wollen essen.«

Als ich in ihre Wohnung kam, lief sie mir entgegen, fiel mir um den Hals und küßte mich heftig.

»Na, sind wir noch immer garstig?« fragte sie.

»Nein, das ist vorbei«, erwiderte Prudence, »er hat

eine Strafpredigt zu hören bekommen und versprochen, vernünftig zu sein.«

»So ist's recht.«

Unwillkürlich warf ich einen Blick auf das Bett, das unberührt war. Marguerite trug schon ihren weißen Morgenrock.

Wir setzten uns zu Tisch.

Marguerite war ungemein reizend, anmutig, unterhaltsam, und öfter mußte ich mir eingestehen, daß ich kein Recht habe, noch mehr zu verlangen. Wie viele Männer wären an meiner Stelle glücklich gewesen, und ich brauchte ja nur, wie Virgils Hirte, die Freuden zu genießen, die ein Gott, oder vielmehr eine Göttin, mir bescherte.

Ich versuchte, Prudences Weisheiten in die Tat umzusetzen und so heiter zu sein wie meine beiden Tischgenossinnen. Was aber bei ihnen Natur war, war bei mir erzwungen, und mein krampfhaftes Lachen, durch das sie sich täuschen ließen, war eher dem Weinen nahe.

Das Mahl war endlich überstanden, und ich blieb mit Marguerite allein. Sie setzte sich, wie sie das am liebsten tat, auf den Teppich vor das Kaminfeuer und schaute nachdenklich in die Flammen.

Sie träumte, und ich wußte nicht wovon. Ich betrachtete sie voller Liebe, und Furcht wollte mich beschleichen, als ich daran dachte, was ich für sie zu ertragen entschlossen war.

»Weißt du, woran ich denke?«

»Nein.«

»An eine Lösung, die ich sehe.«

»Und wie sieht sie aus?«

»Ich kann sie dir noch nicht nennen, aber ich kann dir sagen, was sie zur Folge hätte. Sie würde mich nach Verlauf von vier Wochen frei machen, ich wäre meine Schulden los, und wir könnten den Sommer auf dem Lande verbringen.«

»Können Sie mir nicht sagen, auf welche Weise Sie das erreichen?«

»Nein, du brauchst mich nur zu lieben, wie ich dich liebe, dann gelingt alles.«

»Und Sie haben sich die Lösung allein ausgedacht?«

»Ja.«

»Und werden sie allein herbeiführen?«

»Die Schwierigkeiten will ich allein durchfechten«, erklärte Marguerite mit einem Lächeln, das mir unvergeßlich bleibt, »in den Gewinn aber teilen wir uns.«

Bei dem Wort Gewinn stieg mir die Röte ins Gesicht. Ich dachte daran, wie Manon Lescaut mit Des Grieux zusammen das Geld des Herrn von B. verzehrte.

Ich stand auf und erwiderte ziemlich barsch: »Sie werden mir erlauben, liebe Marguerite, daß ich auf den Gewinn und die Unternehmung, die ihn mir bringen soll, verzichte und für mich selbst sorge.«

»Was soll das heißen?«

»Ich will damit sagen, daß ich den Grafen G. stark im Verdacht habe, bei dieser glücklichen Lösung mit Ihnen im Bunde zu sein, und daß ich mich weder mit der Sache noch mit ihren Vorteilen einverstanden erkläre.«

»Sie sind ein Kind. Ich meinte, Sie lieben mich, aber ich sehe, daß ich mich täusche.«

Alsbald stand sie auf, schlug den Klavierdeckel hoch und begann die Aufforderung zum Tanz bis zu der erwähnten Stelle in Dur zu spielen, wo sie jedesmal steckenblieb.

Tat sie es aus reiner Gewohnheit, oder um mir den Tag ins Gedächtnis zu rufen, an dem wir uns kennengelernt hatten? Ich weiß nur noch, daß mit dieser Melodie die Erinnerung wieder auftauchte und ich zu ihr ging, ihren Kopf in die Hände nahm und sie küßte.

»Verzeihen Sie mir?« fragte ich.

»Das sehen Sie ja«, erwiderte sie. »Aber wir haben nun erst den zweiten Tag, und schon muß ich Ihnen etwas verzeihen. Den blinden Gehorsam, den Sie versprachen, halten Sie recht schlecht.«

»Was soll ich tun, Marguerite? Ich liebe Sie zu sehr, und Ihre Einfälle wecken meine Eifersucht. Was Sie mir soeben vorschlugen, möchte mich toll vor Freude machen, aber die Heimlichkeit, mit der Sie die Ausführung betreiben, bringt mich um.«

»Wollen wir doch vernünftig sein«, antwortete sie, während sie mich bei den Händen faßte und zärtlich lächelnd ansah, so daß ich unmöglich widerstehen konnte. »Sie lieben mich, nicht wahr, und wären glücklich, drei, vier Monate mit mir allein auf dem Lande zu verbringen. Auch mich würde eine solche Einsamkeit zu zweien glücklich machen, und nicht nur das, es wäre auch für meine Gesundheit gut. Auf so lange Frist kann ich jedoch Paris nicht verlassen, ohne zuvor meine Angelegenheiten in Ordnung zu bringen, und die Wirtschaft einer Frau wie ich ist immer etwas verzwickt. Nachdem ich jetzt einen Weg gefunden habe, der meinen Dingen und meiner Liebe zu Ihnen, ja zu Ihnen, gleichzeitig dient – lachen Sie nicht, ich bin töricht genug, Sie zu lieben –, werfen Sie sich in die Brust und reden große Worte. Sie Kind, Sie dreifaches Kind, denken Sie doch daran, daß ich Sie liebe, und lassen Sie sich durch nichts irre machen. – Soll es dabei bleiben?«

»Alles, was Sie wollen, gilt, das wissen Sie genau.«

»Dann werden wir, bevor vier Wochen vergangen sind, in irgendeinem Dorf sein, am Ufer eines Gewässers spazierengehen und Milch trinken. Wundert Sie, daß ich, Marguerite Gautier, so rede? Das kommt daher, daß dieses Pariser Leben, das mich nur scheinbar glücklich macht, mich vielmehr anödet, sobald es mich nicht mehr aufpeitscht; und dann packt mich jäh das Verlangen nach einem ruhigeren Dasein, wie ich es als Kind hatte. Jeder hat eine Kindheit gehabt, was auch später aus ihm geworden sein mag. Seien Sie unbesorgt, ich habe nicht vor zu erzählen, daß ich die Tochter eines pensionierten Obersten und in St. Denis erzogen worden sei. Ich bin nur ein armes Mädchen vom Lande, vor sechs Jahren konnte ich noch nicht einmal meinen Namen schreiben. Das beruhigt Sie, nicht wahr? Wie kommt es nur, daß Sie der einzige sind, mit dem ich diese meine frohe Sehnsucht teilen möchte? Sicherlich weil ich spüre, daß Sie mich um meinetwillen und nicht aus Eigennutz lieben, wie es die anderen stets taten.

Ich bin schon oft auf dem Lande gewesen, aber nie so recht, wie ich's mir wünsche. Sie sollen mir dieses Glück zu erreichen helfen, darum seien Sie nicht garstig und gönnen Sie es mir. Halten Sie sich vor Augen: Sie wird nicht lange leben, und ich müßte mir eines Tages Vorwürfe machen, wenn ich ihr den ersten Wunsch, den sie aussprach, nicht erfüllt hätte, der doch so leicht zu erfüllen ist.«

Was hätte ich, noch benommen von der Erinnerung an die erste Liebesnacht und in Erwartung der zweiten, auf diese Worte sagen sollen?

Eine Stunde später lag Marguerite in meinen Armen, und hätte sie verlangt, daß ich ein Verbrechen begehe, so würde ich ihr gehorcht haben.

Um sechs Uhr des Morgens verließ ich sie, nachdem ich sie noch gefragt hatte: »Auf heut abend?«

Sie umarmte mich heftiger, gab aber keine Antwort.

Im Laufe des Tages erhielt ich einen Brief folgenden Inhalts:

Mein lieber Junge, ich bin nicht recht wohl, und der Arzt verordnet mir Ruhe. Ich gehe darum zeitig schlafen und sehe Sie also heut abend nicht. Dafür erwarte ich Sie morgen mittag. Ich liebe Sie.

Mein erster Gedanke war: sie betrügt mich!

Kalter Schweiß trat mir auf die Stirne, denn ich liebte diese Frau bereits so sehr, daß ein solcher Verdacht mich vernichtete.

Gleichwohl hätte ich bei Marguerite auf dergleichen jederzeit gefaßt sein müssen, und bei anderen Mätressen war es mir auch schon widerfahren, ohne daß es mich besonders erschüttert hätte. Woher rührte die Macht, die diese Frau über mich gewann?

Darauf kam mir der Gedanke, sie wie gewöhnlich zu besuchen, da ich ja den Schlüssel hatte. Auf diese Weise erführe ich rasch die Wahrheit, und sollte ich einen Mann antreffen, so würde ich ihn ohrfeigen.

Zunächst ging ich in die Champs-Elysées. Vier Stunden blieb ich dort. Sie war nicht zu finden. Abends schaute ich in alle Theater, die sie zu besuchen pflegte. Sie war in keinem.

Um elf Uhr ging ich nach der Rue d'Antin.

Marguerites Fenster waren dunkel.

Der Pförtner fragte, zu wem ich wolle.

»Zu Fräulein Gautier«, sagte ich.

»Die ist noch nicht zurück.«

»Ich warte oben auf sie.«

»Es ist gar niemand da.«

Offenbar handelte er auf Anweisung, was mich nicht hätte aufzuhalten brauchen, weil ich ja den Schlüssel besaß. Doch wollte ich kein Aufsehen erregen und ging.

Nach Hause mochte ich nicht, es hielt mich in der Straße, und ich ließ Marguerites Haus nicht aus den Augen. Ich meinte, daß ich noch etwas herausbekommen oder zumindest meinen Verdacht bestärkt finden werde.

Um Mitternacht fuhr ein mir wohlbekanntes Coupé an der Nummer 9 vor.

Graf G. stieg aus und ging ins Haus, nachdem er den Wagen fortgeschickt hatte.

Eine Weile gab ich mich der Hoffnung hin, daß man ihm wie schon mir sagen werde, Marguerite sei nicht zu Hause, und er wieder herauskommen werde. Aber um vier Uhr des Morgens wartete ich immer noch.

Ich habe in den vergangenen Wochen gewiß viel gelitten, aber im Vergleich zu dem, was ich in jener Nacht litt, ist es nichts.

XIV

Zu Hause begann ich zu weinen wie ein Kind. Jeder Mann ist wenigstens einmal in seinem Leben betrogen worden und weiß also, wie man da leidet.

In einem Fieberzustand, in dem man tausend Entschlüsse faßt und die Kraft in sich fühlt, sie auch auszuführen, sagte ich mir, daß ich mit dieser Liebe sofort Schluß machen müsse, und erwartete mit Ungeduld den Anbruch des Tages, um einen Platz in der Postkutsche zu nehmen und zu meinem Vater und meiner Schwester heimzufahren, auf deren unwandelbare Liebe ich bauen konnte.

Dennoch wollte ich nicht abreisen, ohne Marguerite wissen zu lassen, warum ich es tue. Denn nur der Mann verläßt seine Geliebte wortlos, der sie wirklich nicht mehr liebt.

Zwanzig Briefe dachte ich mir nacheinander aus.

Ich hatte es also mit einer Frau zu tun, die eben wie eine ausgehaltene Frau war, nur daß ich viel zu viel in sie hineingelegt hatte, und nun behandelte sie mich wie einen dummen Jungen und betrog mich mit einer Falschheit von geradezu kränkender Einfalt. Es war offensichtlich. Dagegen empörte sich mein Stolz. Diese Frau mußte ich verlassen, ohne ihr die Genugtuung zu verschaffen, daß der Bruch mich schmerze, und so schrieb ich, Tränen der Empörung und des Leids in den Augen, so schön ich immer schreiben konnte, das Folgende an sie:

Liebe Marguerite!
Ich hoffe, daß Ihre gestrige Unpäßlichkeit nicht zu schlimm war. Abends elf Uhr erkundigte ich mich, man sagte mir, Sie seien noch nicht zurück. Herr von G. hatte allerdings mehr Glück als ich, denn er kam kurz nach mir und war um vier Uhr noch bei Ihnen.

Verzeihen Sie mir, wenn ich Ihnen ein paar langweilige Stunden bereitet habe, und seien Sie versichert, daß ich die glücklichen Augenblicke, die ich Ihnen verdanke, niemals vergesse.

Gern würde ich Sie heute noch einmal aufsuchen, doch bin ich auf dem Sprung, zu meinem Vater zu reisen.

Leben Sie wohl, liebe Marguerite. Leider bin ich nicht reich genug, Sie lieben zu können, wie ich es wünsche, doch auch nicht so arm, daß ich Sie lieben mag, wie Sie es wollen. Darum wollen wir lieber vergessen: Sie einen Namen, der Ihnen schwerlich etwas bedeutet, ich ein unmögliches

Glück. Ihren Schlüssel, den ich nicht benutzt habe, den Sie aber vielleicht brauchen, falls Sie öfter so krank sind wie gestern, schicke ich zurück. –

Sie sehen, ich brachte es nicht über mich, den Brief ohne ironische Ausfälligkeit zu schließen, ein Beweis, wie sehr ich noch liebte.

Zehnmal nacheinander las ich diese Zeilen. Der Gedanke, daß sie Marguerite Schmerz bereiten werden, machte mich ein wenig ruhiger. Ich versuchte mich selbst in den Empfindungen zu bestärken, die der Brief vortäuschte, und als mein Diener um acht Uhr bei mir erschien, schickte ich ihn sofort mit dem Brief weg.

»Soll ich auf Antwort warten?« fragte Josef (wie alle Dienstboten hieß er Josef).

»Wenn man Sie fragt, ob Antwort nötig ist, sagen Sie, Sie wüßten es nicht, warten aber.«

Ich klammerte mich an die Hoffnung, daß sie mir antworten werde.

Was sind wir doch für arme Schwächlinge!

Die ganze Zeit, da mein Diener unterwegs war, befand ich mich in höchster Aufregung. Sobald ich daran dachte, daß Marguerite sich mir geschenkt hatte, fragte ich mich, mit welchem Recht ich ihr diesen ungezogenen Brief schreiben durfte, denn sie konnte mir ja entgegenhalten, daß nicht Herr von G. mich, sondern ich Herrn von G. hintergehe. So reden sich viele Frauen heraus, die mehrere Liebhaber haben. Wenn ich aber an Marguerites Beteuerungen dachte, sagte ich mir, mein Brief sei noch zu mild gewesen, kein Wort könne scharf genug sein, eine Frau zu verdammen, die eine so aufrichtige Liebe wie die meine verhöhnt. Dann wieder meinte ich, ich hätte besser getan, nicht zu schreiben, vielmehr sie tagsüber aufzusuchen, damit ich mich an den Tränen hätte weiden können, zu denen sie gezwungen gewesen wäre.

Schließlich fragte ich mich, was sie mir wohl antworten werde, und war bereits entschlossen, die Entschuldigungen anzunehmen, die sie vorbringen würde.

Josef kam zurück.

»Nun?« fragte ich.

»Ja Herr«, antwortete er, »Madame lag noch zu Bett und schlief, aber sobald sie klingelt, gibt man ihr den Brief, und wenn Antwort gegeben wird, schickt man sie her.«

Sie schlief!

Zwanzigmal war ich versucht, den Brief zurückholen zu lassen, aber jedesmal sagte ich mir: Vielleicht hat man ihn ihr schon gebracht, und dann hätte es den Anschein, als empfände ich Reue.

Je näher die Zeit rückte, zu der sie mir voraussichtlich Antwort schicken würde, desto mehr bereute ich geschrieben zu haben.

Es schlug zehn Uhr, elf Uhr, zwölf.

Mittags war ich nahe daran, zu ihr zu gehen, als ob nichts geschehen sei. Zuletzt wußte ich nicht mehr, wie ich dem Kreislauf der Gedanken entkommen sollte, der mich gefangen hielt.

Dann dachte ich, abergläubisch wie wartende Menschen sind, wenn ich eine Weile ausginge, werde ich bei der Rückkehr Antwort vorfinden. Mit Ungeduld erwartete Antworten treffen stets ein, wenn man nicht daheim ist. Also ging ich aus, angeblich um zu frühstücken.

Statt, wie es meine Gewohnheit war, im Café Foy an der Ecke des Boulevards zu frühstücken, ging ich lieber durch die Rue d'Antin nach dem Palais Royal. Jedesmal, wenn ich von weitem eine Frauengestalt sah, glaubte ich, es sei Nanine, die mir Antwort brächte. Ich ging durch die ganze Rue d'Antin, ohne auch nur einem Dienstmann zu begegnen. Am Palais Royal angekommen, kehrte ich bei Very ein. Der Kellner brachte mir zu essen oder vielmehr legte mir vor, was ihm beliebte, denn ich aß nicht.

Unbewußt starrten meine Augen die ganze Zeit auf die Wanduhr.

In der Gewißheit, daß ich nunmehr einen Brief von Marguerite vorfinde, ging ich nach Hause.

Der Pförtner hatte nichts. Noch setzte ich meine Hoffnung auf den Diener. Er hatte während meiner Abwesenheit niemand zu Gesicht bekommen.

Wenn Marguerite für nötig hielte, mir zu antworten, hätte sie längst geantwortet.

Nun begann ich die Ausdrucksweise meines Briefes zu bereuen. Ich hätte mich einfach in Schweigen hüllen sollen, was sie sicherlich vor Unruhe zu irgendeinem Schritt bewogen hätte. Denn da ich nicht zu dem vereinbarten Besuch erschienen wäre, hätte sie mich nach dem Grund meiner Abwesenheit gefragt, und dann hätte ich ihn ihr erklärt. Auf diese Weise wäre sie gezwungen gewesen, sich zu rechtfertigen, und ich wollte ja gerade, daß sie ihre Unschuld beweise. Ich wußte voraus, daß ich ihr auch geglaubt hätte, welche Erklärungen sie immer vorbringen würde, und hätte alles andere lieber in Kauf genommen, als sie zu verlieren.

Ich verstieg mich sogar zu der Erwartung, daß sie selber zu mir kommen werde. Aber die Stunden verrannen, und sie kam nicht.

Marguerite war, das stand fest, anders als Frauen sonst sind, denn es mag wenige geben, die, wenn sie einen Brief wie den meinen erhalten, die Antwort schuldig bleiben.

Um fünf eilte ich in die Champs-Elysées.

Wenn ich ihr begegne, nahm ich mir vor, so spiele ich den Gleichgültigen, und sie wird glauben, daß ich schon nicht mehr an sie denke.

Am Knie der Rue Royal sah ich sie in ihrem Wagen vorbeifahren. Die Begegnung kam so überraschend, daß ich bleich wurde. Ob sie meine Erregung bemerkte, weiß ich nicht; jedenfalls war ich so bestürzt, daß ich nur den Wagen sah.

Den Spaziergang nach den Champs-Elysées setzte ich nun nicht fort, sondern sah mir die Theaterplakate an, denn ich hoffte Marguerite doch noch zu sehen.

Im Palais-Royal war eine Erstaufführung. Die würde sie sich höchstwahrscheinlich ansehen.

Um sieben Uhr befand ich mich im Theater.

Die Logen füllten sich, aber Marguerite war nicht dabei.

Darauf verließ ich das Palais-Royal und suchte alle Theater auf, in denen sie häufiger gewesen war, das Vaudeville, die Variétés, die Komische Oper.

Nirgends sah ich sie.

Entweder hatte ihr mein Brief den Theaterbesuch verleidet, oder sie hatte Angst, mir zu begegnen, und wollte einer Erklärung aus dem Wege gehn.

Dergleichen gab mir meine Eitelkeit ein, als ich Gaston auf dem Boulevard begegnete, der mich fragte, woher ich käme.

»Vom Palais-Royal.«

»Ich aus der Oper«, sagte er. »Ich dachte Sie dort zu treffen.«

»Warum?«

»Weil Marguerite dort war.«

»Ah, war sie da?«

»Ja.«

»Allein?«

»Nein, mit einer Freundin.«

»Weiter niemand?«

»Graf G. war einen Augenblick in ihrer Loge, aber sie ging mit dem Herzog weg. Jeden Augenblick glaubte ich, Sie müßten kommen. Der Sessel neben mir war den ganzen Abend leer, ich nahm an, es sei Ihr Platz.«

»Warum soll ich da sein, wo Marguerite ist?«

»Mein Gott, weil Sie ihr Geliebter sind.«

»Wer sagt Ihnen das?«

»Prudence, ich traf sie gestern. Ich beglückwünsche Sie, mein Lieber. Marguerite ist ein entzückendes Kind, das nicht jeder haben kann. Behalten Sie sie, das wird Ihr Ansehen erhöhen.«

Gastons einfältige Bemerkung enthüllte mir, wie lächerlich meine Empfindlichkeit war.

Wäre ich ihm gestern abend begegnet und er hätte so zu mir gesprochen, würde ich den albernen Brief von heute morgen niemals geschrieben haben.

Ich war drauf und dran, Prudence aufzusuchen und durch sie Marguerite bestellen zu lassen, daß ich mit ihr sprechen müsse. Doch dann befürchtete ich, sie werde mir, um sich zu rächen, sagen lassen, daß sie mich nicht empfangen könne, und begab mich lieber nach Hause, wobei ich den Weg durch die Rue d'Antin nahm.

Wiederum fragte ich meinen Pförtner, ob ein Brief an mich gekommen sei.

Nichts!

Sie wartet ab, was ich weiterhin unternehme und ob ich den heutigen Brief widerrufe, sagte ich mir beim Schlafengehen; wenn sie aber merkt, daß ich ihr nicht schreibe, wird sie morgen schreiben.

An diesem Abend bereute ich bitterlich, was ich getan hatte. Ich war mit mir allein und konnte vor lauter Unruhe und Eifersucht nicht einschlafen, während ich, hätte ich nur den Dingen einfach ihren Lauf gelassen, bei Marguerite sein und ihre zärtlichen Worte hätte vernehmen können, wie ich sie schon zweimal gehört hatte und die mich Einsamen jetzt in den Ohren schmerzten.

Das Verzweifelte an meiner Lage war, daß alle Überlegung mir unrecht gab. Alles sprach dafür, daß Marguerite mich wirklich liebte. Zunächst der Plan, mit mir allein den Sommer auf dem Lande zu verbringen, sodann die Überzeugung, daß nichts sie zwinge, mir ihre Liebe zu schenken, da ja mein Vermögen nicht zur Befriedigung ihres Unterhalts, nicht einmal zur Befriedigung ihrer Launen ausreicht. Allein die Erwartung, bei mir eine aufrichtige Neigung zu finden, die sie von der Käuflichkeit ihrer Welt zu erlösen vermag, kann sie bewogen haben. Und da zerschlug ich ihr bereits am zweiten Tage diese Hoffnung und vergalt die in zwei Nächten empfangene Liebe mit Spott und Hohn. Ich betrug mich also nicht nur lächerlich, sondern sogar ungezogen. Woher nahm ich die Berechtigung, dieser Frau Vorwürfe wegen ihres Lebens zu machen? Und mußte ich nicht auch, da ich mich am zweiten Tage zurückzog, wie ein Schmarotzer erscheinen, der fürchtet, daß man ihm den Preis für die Mahlzeit abverlangt? Wie denn, es waren jetzt sechsunddreißig Stunden vergangen, seitdem ich Marguerite kennenlernte, vierundzwanzig, daß ich ihr Liebhaber gewesen, und ich spielte den Empfindsamen? Anstatt höchst erfreut darüber zu sein, daß sie meine Liebe erwiderte, wollte ich sie für mich allein haben und sie zwingen, mit einem Schlage alle ihre bisherigen Beziehungen abzubrechen, auf die sie ja in Zukunft angewiesen war. Was hatte ich ihr vorzuwerfen?

Nichts. Sie hatte mir geschrieben, daß sie sich nicht wohl befinde, obwohl sie mir geradeheraus, mit der ekligen Unverblümtheit gewisser Frauen hätte erklären können, daß sie einen Liebhaber erwarte. Aber anstatt ihrem Brief zu glauben, anstatt durch alle Pariser Straßen zu spazieren, nur nicht durch die Rue d'Antin, anstatt den Abend unter Freunden zu verbringen und mich anderntags zur festgesetzten Stunde einzufinden, spielte ich die Rolle des Othello, spionierte herum und meinte sie damit zu strafen, daß ich sie nicht besuchte. Sie dagegen mußte ja über dieses Wegbleiben eher froh sein, mußte mich höchst albern finden, und ihr Schweigen war nicht einmal Zorn, es war bloß Verachtung.

Ich hätte Marguerite ein Geschenk schicken können, das keinen Zweifel an meiner Freigebigkeit offengelassen und mir erlaubt hätte, die Rechnung, wie einer ausgehaltenen Frau gegenüber, als beglichen zu betrachten. Doch fürchtete ich durch den geringsten Anschein geschäftsmäßiger Behandlung, wenn nicht ihre Liebe zu mir, so jedenfalls meine Liebe zu ihr zu erniedrigen, und da diese Liebe so rein war, daß sie mit niemand teilen konnte, hätte ich auch mit dem herrlichsten Geschenk das gewährte Glück niemald vergolten, so kurz es gewesen war.

Das alles ging mir nachts durch den Kopf, und ich hätte es Marguerite am liebsten auf der Stelle erklärt.

Als der Tag nach einer schlaflosen Nacht anbrach, lag ich wie im Fieber. Ich vermochte an nichts außer Marguerite zu denken.

Sie begreifen, daß ich etwas Entscheidendes tun, entweder mit der Frau oder mit meinen Skrupeln Schluß machen mußte, sofern sie mich überhaupt noch empfangen sollte.

Doch schiebt man folgenschwere Entscheidungen immer wieder hinaus, wie Sie wissen, und da ich es zu Hause nicht mehr aushielt, mich aber auch bei Marguerite nicht zu zeigen wagte, versuchte ich mich ihr auf einem Umweg zu nähern, den meine Eitelkeit, wenn er zum Ziele führen sollte, dem Zufall in die Schuhe schieben konnte.

Es war neun Uhr. Ich stürzte zu Prudence, die mich mit der Frage empfing, welchem Umstand sie den frühen Besuch verdanke.

Ihr ohne Umschweif zu sagen, was mich herführte, getraute ich mich nicht. Ich antwortete, ich sei zeitig aufgestanden, um mir einen Platz in der Postkutsche nach C. zu sichern, wo mein Vater wohnt.

»Haben Sie ein Glück«, sagte sie, »daß Sie bei diesem schönen Wetter aus Paris herauskommen.«

Ich musterte Prudence, weil ich vermutete, sie mache sich über mich lustig. Doch blickte sie ganz ernst drein.

»Wollen Sie sich von Marguerite verabschieden?« erwiderte sie immer noch ernst.

»Nein.«

»Das ist recht.«

»Meinen Sie?«

»Natürlich. Wozu sie noch einmal besuchen, nachdem Sie mit ihr gebrochen haben.«

»So wissen Sie von unserm Zerwürfnis?«

»Sie hat mir Ihren Brief gezeigt.«

»Und was sagte sie dazu?«

»Sie sagte: Liebe Prudence, Ihr Schützling ist nicht gerade höflich. Solche Briefe denkt man sich aus, aber man schreibt sie nicht.«

»Und in welchem Tone sagte sie das?«

»Lachend, und sie fügte noch hinzu: Zweimal hat er bei

mir zu Abend gegessen und erkundigt sich nicht einmal, wie es mir bekommen ist.«

Das also war der Erfolg meines Briefes, meiner Eifersucht. Meine Liebeseitelkeit fühlte sich grausam gedemütigt.

»Was tat sie gestern abend?«

»Sie ging in die Oper.«

»Ich weiß. Und danach?«

»Speiste sie zu Hause.«

»Allein?«

»Wenn ich nicht irre, mit dem Grafen G.«

Also hatte das Zerwürfnis nichts an Marguerites Lebensgewohnheit verändert.

Aus derartigen Erfahrungen raten einem gewisse Leute: An eine Frau, von der man nicht mehr geliebt wird, soll man nicht denken.

»Nun, ich bin doch froh, daß Marguerite sich meinetwegen keinen Kummer macht«, entgegnete ich mit einem gezwungenen Lächeln.

»Damit hat sie durchaus recht. Sie haben gehandelt, wie Sie mußten, und Sie waren verständiger als sie, denn das Kind liebte Sie wirklich, sprach von niemand als von Ihnen und wäre imstande gewesen, eine Dummheit zu begehen.«

»Warum hat sie denn nicht geantwortet, wenn sie mich liebt?«

»Weil sie einsah, daß sie unrecht tat, Sie zu lieben. Und dann sind Frauen unter Umständen nachsichtig, wenn man sie in der Liebe betrügt, doch niemals, wenn man ihren Stolz beleidigt, und der Stolz einer Frau wird unter allen Umständen verletzt, wenn man sie aufgibt, nachdem man zwei Tage ihr Geliebter war. Die Gründe, die man dafür anführt, mögen heißen wie sie wollen. Ich kenne doch Marguerite. Lieber würde sie sterben, als Ihnen antworten.«

»Was soll ich nur tun?«

»Nichts. Sie vergißt Sie, Sie vergessen sie, und keiner hat dem andern etwas vorzuwerfen.«

»Wenn ich ihr aber schreibe und um Verzeihung bitte?«

»Unterstehen Sie sich! Sie würde Ihnen natürlich vergeben.«

Ich war nahe daran, Prudence um den Hals zu fallen.

Eine Viertelstunde später war ich daheim und schrieb an Marguerite:

Jemand, der einen Brief, den er gestern schrieb, bereut und morgen abreist, wenn Sie ihm nicht verzeihen, fragt an, zu welcher Stunde er seine Reue zu Ihren Füßen legen darf.

Wann treffe ich Sie allein an? Denn wie Sie wissen, darf eine Beichte nicht vor Zeugen abgelegt werden.

Ich faltete dieses Prosa-Madrigal zusammen und schickte Josef damit weg. Er übergab den Brief an Marguerite persönlich, die ihm sagte, sie werde später antworten.

Auch ging ich nur einen Augenblick außer Haus, um zu essen.

Aber um elf abends war noch keine Antwort da.

Nunmehr war ich entschlossen, den Qualen ein Ende zu setzen und am nächsten Tag abzureisen.

Und da ich gewiß war, daß mich dieser Entschluß doch nicht schlafen lassen würde, wenn ich zu Bett ging, fing ich an meine Koffer zu packen.

XV

Josef und ich mochten etwa eine Stunde dabeigewesen sein, alles für meine Abreise herzurichten, als es heftig an meiner Tür läutete.

»Soll man öffnen?« fragte Josef.

»Mach auf«, sagte ich, im Zweifel, wer in dieser Stunde zu mir kommen könne. Daß es Marguerite sei, wagte ich nicht zu vermuten.

»Es sind zwei Damen, Herr«, sagte Josef, als er zurückkam.

»Wir sind es, Armand«, rief eine Stimme, an der ich Prudence erkannte.

Ich ging ins andere Zimmer.

Prudence stand da und beschaute die paar Wertstücke meines Salons. Marguerite saß nachdenklich auf dem Sofa.

Ich trat ein, ging auf sie zu, warf mich auf die Knie, faßte ihre beiden Hände und sagte tief bewegt:

»Verzeihung!«

Sie küßte mich auf die Stirn und sagte:

»Nun vergebe ich Ihnen das dritte Mal.«

»Ich hatte vor, morgen abzureisen.«

»Weshalb soll mein Besuch Ihren Vorsatz ändern? Ich will Sie keineswegs von Ihrer Reise abhalten. Ich komme nur, weil ich den Tag über keine Zeit hatte, Ihnen zu antworten, und weil ich Sie nicht in dem Glauben lassen wollte, daß ich Ihnen zürne. Prudence allerdings wollte nicht, daß ich komme; sie meinte, ich würde Sie wahrscheinlich stören.«

»Sie mich stören, Marguerite! Sie! Wieso?«

»Ei, Sie könnten ja eine Frau bei sich haben«, antwortete Prudence, »und die wäre gewiß nicht entzückt, wenn zwei andere kämen.«

Während Prudence dies bemerkte, sah mich Marguerite forschend an.

»Liebe Prudence«, entgegnete ich, »Sie wissen nicht, was Sie sagen.«

»Ihre Wohnung ist sehr hübsch«, sagte darauf Prudence. »Darf ich einmal das Schlafzimmer ansehen?«

Sie ging in mein Schlafzimmer, weniger um es sich anzusehen, als um die eben geäußerte Albernheit wieder gutzumachen und uns beide allein zu lassen.

»Warum bringen Sie Prudence mit?« fragte ich sofort.

»Weil wir zusammen im Theater waren und ich jemand brauche, der mich nachher heimbegleitet.«

»Bin denn ich nicht da?«

»Ja, aber abgesehen davon, daß ich Sie nicht stören wollte, war ich sicher, daß Sie mich, vor meiner Haustür angelangt, bitten würden, hinaufkommen zu dürfen, und da ich nicht einwilligen kann, mochte ich Sie nicht mit dem berechtigten Vorwurf abreisen lassen, daß ich Ihnen etwas abgeschlagen habe.«

»Und weshalb können Sie mich nicht empfangen?«

»Weil ich dauernd überwacht werde und der geringste Verdacht mir großen Schaden zufügt.«

»Ist das wirklich der einzige Grund?«

»Gäbe es einen anderen, würden Sie ihn erfahren. Wir sollten wohl keine Geheimnisse mehr voreinander haben.«

»Nun denn, Marguerite, ich möchte ganz ohne Umschweife zu Ihnen sprechen. Haben Sie mich, offen und ehrlich, ein wenig lieb?«

»Überaus.«

»Warum haben Sie mich dann hintergangen?«

»Lieber Freund, wenn ich die Herzogin Soundso wäre und 200 000 Pfund Rente bezöge und als Ihre Geliebte dennoch einen zweiten Liebhaber hätte, dann dürften Sie mich mit Recht fragen, warum ich Sie hintergehe. Aber ich bin nur Fräulein Gautier, habe 40000 Franken Schulden, keinen Pfennig Vermögen und gebe im Lauf eines Jahres 100000 Franken aus, und deshalb ist Ihre Frage so müßig wie meine Antwort überflüssig.«

»Das mag richtig sein«, sagte ich und ließ den Kopf auf Marguerites Knie sinken. »Aber ich liebe Sie ja bis zum Wahnsinn.«

»Nun gut, mein Freund, dann müssen Sie mich etwas weniger lieben oder etwas besser begreifen. Wäre ich unabhängig, so hätte ich vorgestern den Grafen nicht empfangen, oder hätte ich ihn empfangen, so würde ich Sie um Verzeihung bitten, wie Sie jetzt mich um Verzeihung bitten, und künftig nur noch Sie allein lieben. Ich bildete mir einmal ein, ich könne dies Glück ein halbes Jahr lang genießen. Sie wollten es nicht, Sie verlangten die Mittel und Wege kennenzulernen, mein Gott, die waren leicht zu erraten. Mich ihrer zu bedienen bedeutete aber für mich ein größeres Opfer, als Sie sich vorstellen können. Ich hätte natürlich zu Ihnen sagen können, daß ich 20000 Franken brauche, und da Sie in mich verliebt waren, hätten Sie sie beschafft, wobei ich freilich Gefahr gelaufen wäre, daß Sie es mir später einmal vorgeworfen hätten. Ich wollte lieber nicht in Ihrer Schuld stehen. Diese Rücksichtnahme, denn das war es, haben Sie nicht verstanden. Wenn unsereins noch Herz hat, dann nimmt man Worte und Taten ernster und wichtiger, als es andere Frauen vermögen. Ich sage noch einmal: das Mittel, das ich zur Bezahlung meiner Schulden fand, ohne das erforderliche Geld von Ihnen selbst zu verlangen, war eine Rücksicht meinerseits, die Sie stillschweigend annehmen durften. Hätten Sie mich erst heute kennengelernt, so wären Sie über ein solches Versprechen mehr als glücklich und würden nicht nachfragen, was ich vorgestern tat. Es bleibt einem manchmal nichts anderes übrig, als das Verlangen unseres Herzens mit dem Leibe zu bezahlen, wenn aber hinterher die Erfüllung ausbleibt, leiden wir desto mehr.«

Hingerissen von Marguerites Anblick hörte ich zu. Da indes dieses herrliche Geschöpf, dem ich die Füße schon immer hätte küssen mögen, mir in ihrem Denken, in ihrem ganzen Leben eine solche Rolle eingeräumt und ich mich mit dem, was sie mir schenkte, doch nicht zufriedengegeben hatte, fragte ich mich, ob die Begierde des Mannes überhaupt Grenzen kennt. Denn selbst wenn sie so völlig gestillt ist wie die meine, verlangt sie ja immer nach Neuem.

»Das ist nun so«, fuhr Marguerite fort. »Glücksspielerinnen wie wir haben seltsame Wünsche und sind unbegreiflich in Liebesdingen. Wir verschenken uns bald für dies, bald für das. Manche Männer richten sich zugrunde, ohne etwas bei uns zu erreichen, andere haben uns für einen Blumenstrauß. Unser Herz gehorcht seinen Launen, das ist sein einziges Vergnügen und seine einzige Entschuldigung. Dir habe ich mich, das schwöre ich, rascher ergeben als je einem Manne. Und warum? Weil du meine Hand nahmst, als du mich Blut spucken sahst, und mich beweint hast, weil du die einzige menschliche Seele gewesen bist, die mich von Herzen bedauerte. Mag ich dir eine Albernheit erzählen? Ich besaß früher ein Hündchen, das mich ganz traurig ansah, wenn ich hustete. Es ist das einzige Wesen gewesen, das ich je liebte.

Als es starb, weinte ich mehr als beim Tod meiner Mutter. Allerdings hatte sie mich bei ihren Lebzeiten auch zwölf Jahre hindurch geprügelt. Siehst du, dich liebte ich gleich wie jenes Hündchen. Wüßten die Männer, was durch eine einzige Träne zu erreichen ist, so würden sie mehr geliebt werden, und wir wären weniger dem Verderben preisgegeben.

Dein Brief hat gegen dich gezeugt. Er entdeckte mir, daß du nicht genug Herzensbildung besitzst. Er hat meiner Liebe zu dir mehr Abbruch getan als alles andere, das du mir hättest zufügen können. Natürlich handeltest du aus Eifersucht, aber aus einer beißenden, boshaften Eifersucht. Als der Brief kam, wurde ich traurig. Ich hatte damit gerechnet, dich mittags zu sehen, mit dir zu speisen und durch deine Gegenwart einen Gedanken, der mich schon vor unserer Bekanntschaft unablässig verfolgt hat, endlich zu verjagen.

Und dann«, fuhr Marguerite fort, »warst du der einzige Mensch, vor dem ich sofort meinte, offen und ehrlich reden zu können. Wer mit Mädchen meiner Art umgeht, sucht etwas hinter den harmlosesten Worten und zieht Folgerungen aus den gleichgültigsten Handlungen. Denn wir haben selbstverständlich keine Freunde. Wir haben nur Liebhaber, Egoisten, die ihr Geld nicht, wie sie sagen, unsertwegen verschwenden, sondern der eigenen Eitelkeit zuliebe.

Für solche Menschen, die an allem zweifeln, müssen wir ausgelassen sein, wenn sie in Laune sind, und bei Wohlbefinden sein, wenn sie speisen wollen. Aber Herz dürfen wir nicht zeigen, sonst werden wir verhöhnt und verlieren unser Ansehen.

Wir gehören uns selber nicht mehr an. Für sie sind wir keine Menschen, sondern Sachen. In ihrer Eigenliebe nehmen wir den ersten Platz ein, in ihrer Achtung den letzten. Zwar haben wir Freundinnen, doch sind das solche wie Prudence, die sich als ehemals ausgehaltene Frauen an Verschwendungen gewöhnt haben, denen sie in ihrem Alter nicht mehr frönen können. So werden sie unsere Freundinnen oder besser unsere Zehrgäste. Ihre Freundschaft ist jeder Unterwürfigkeit fähig, aber nie uneigennützig. Ihre Ratschläge zielen stets auf einen Vorteil ab. Ob wir zehn Liebhaber mehr haben, kümmert sie wenig, sofern nur Kleider oder Armbänder dabei herausspringen und sie hie und da in unserem Wagen spazierenfahren und in unserer Theaterloge sitzen können. Die gestern eingetroffenen Blumensträuße wandern zu ihnen, und ihre Kaschmirschals sind uns abgeborgt. Nicht den kleinsten Dienst erweisen sie, ohne sich über Gebühr bezahlen zu lassen. Du hast selbst gesehen, wie Prudence an dem Abend, als sie die 6000 Franken brachte, um die sie auf meinen Wunsch den Herzog anging, sich 500 Franken lieh, die sie nie oder in Hüten zurückzahlen wird, die nicht aus ihren Schachteln herauskommen.

So gibt es für uns oder vielmehr für mich, traurig, wie ich es oft, und leidend, wie ich es immer bin, nur ein einziges Glück, nämlich einem Mann zu begegnen, der großzügig genug ist, mir keine Rechenschaft über mein Leben abzuverlangen, und mich selbst mehr liebt als meinen Leib. In dem Herzog hatte ich einen solchen Mann gefunden, aber der Herzog ist alt, und ein Greis kann weder schützen noch trösten. Ich glaubte das Leben annehmen zu dürfen, das sich mir bot. Aber siehst du, ich kam um vor Langeweile, und wenn man auf diese Weise dahinsiechen soll, kann man ebensogut ins Feuer springen oder sich mit Kohlengas ums Leben bringen.

Dann aber begegnetest du mir, jung, feurig, anziehend, und ich versuchte aus dir den Mann zu machen, den ich in meiner lärmerfüllten Einsamkeit ersehnt hatte. Ich liebte in dir nicht den, der du warst, sondern den, der du werden solltest. Du wolltest diese Rolle nicht spielen, du verschmähtest sie als deiner unwürdig. Du bist wie alle Liebhaber. So handle auch wie diese, bezahle mich, und kein Wort mehr davon!« Von dem langen Bekenntnis erschöpft, sank Marguerite in das Sofa zurück und fuhr, um einen leichten Hustenanfall zu verbergen, mit dem Taschentuch nach Mund und Augen.

»Vergib mir, vergib«, stammelte ich. »Gewußt habe ich das alles, aber ich wollte es aus deinem Munde hören, Marguerite, Angebetete. Laß uns all das vergessen und nur noch an das eine denken: daß wir einander gehören, daß wir noch jung sind und uns lieben.

Mach mit mir, was du willst, ich bin dein Sklave, dein Hund. Aber zerreiß um des Himmels willen den Brief, den ich schrieb, und laß mich morgen nicht reisen! Es wäre mein Tod!«

Marguerite zog den Brief aus dem Ausschnitt ihres Kleides, hielt ihn mir hin und sagte mit einem unvorstellbar lieblichen Lächeln: »Schau an, ich brachte ihn dir gleich mit.«

Ich zerriß den Brief, und weinend küßte ich die Hand, die ihn mir gegeben.

In diesem Augenblick erschien Prudence.

»Was denken Sie, Prudence, worum er bittet?« sagte Marguerite.

»Er bittet um Verzeihung.«

»Richtig.«

»Und Sie verzeihen auch?«

»Das natürlich, aber er verlangt noch etwas.«

»Was denn?«

»Er will mit uns zu Abend essen.«

»Und Sie sagen zu?«

»Was meinen Sie?«

»Ich meine, ihr seid zwei Kinder, die beide nicht bei Troste sind. Außerdem meine ich, daß ich sehr hungrig bin, und je schneller Sie ja sagen, desto früher können wir speisen.«

»Dann rasch«, sagte Marguerite, »wir gehen zu dritt in den Wagen. Ach so«, fuhr sie zu mir gewandt fort, »Nanine wird schon schlafen, Sie müssen also die Tür aufschließen. Hier ist mein Schlüssel, und daß Sie ihn mir ja nicht verlieren.«

Ich zerdrückte Marguerite beinahe in meinen Armen.

Unterdessen kam Josef herein.

»Herr«, erklärte er mit selbstzufriedener Miene, »die Koffer sind gepackt.«

»Alles drin?«

»Ja, Herr.«

»Gut, dann pack wieder aus, ich reise nicht.«

XVI

Ich habe Ihnen die Vorgeschichte unseres Liebesverhältnisses ausführlicher erzählt, weil Sie deutlich sehen sollten, wie sich die Dinge entwickelten und wie wir schrittweise dahin gelangten, daß ich mit allem und jedem einverstanden war, was Marguerite wollte, und Marguerite nicht mehr ohne mich leben konnte.

Damals, den Tag nach jenem Abend, da sie mich aufgesucht hatte, schickte ich ihr ›Manon Lescaut‹.

Weil ich das Leben meiner Geliebten nicht zu ändern vermochte, änderte ich von nun an das meine. Vor allem durfte mir keine Zeit bleiben, über die Rolle nachzudenken, die ich übernommen hatte, denn wider Willen wäre ich sonst einer tiefen Traurigkeit verfallen. In mein bisher so stilles Leben brach jetzt mit einem Schlage Lärm und Unruhe ein. Glauben Sie ja nicht, daß eine solche Frau, auch wenn sie uneigennützig ist, einen nichts koste. Wie teuer sind doch die vielen Aufmerksamkeiten: Blumen, Theaterplätze, Tafeleien, Ausflüge, die man seiner Geliebten ja nicht abschlagen kann.

Wie schon gesagt, besaß ich kein Vermögen. Mein Vater war und ist jetzt noch Generaleinnehmer in C. Dem Rufe seiner Zuverlässigkeit hatte er es zu verdanken, daß er die Kaution, die bei seinem Amtsantritt zu hinterlegen war, geborgt bekam. Das Amt trägt jährlich 40000 Franken ein, und während der zehn Jahre, die er es nun innehat, zahlte er die Kautionsschuld zurück und legte etwas für die Mitgift meiner Schwester beiseite. Mein Vater ist der achtbarste Mann, den es gibt. Als meine Mutter starb, hinterließ sie eine Rente von 6000 Franken. Die überließ er meiner Schwester und mir ungesäumt, sobald er die erstrebte Stellung bekommen hatte. Als ich dann einundzwanzig Jahre zählte, erhöhte er dieses kleine Einkommen um eine weitere Zuwendung von jährlich 5000 Franken unter der Versicherung, daß ich mit 8000 Franken in Paris sehr gut auskommen könne, wenn ich mir dazu noch eine Existenz etwa als Anwalt oder Arzt schaffen werde. So kam ich denn hierher nach Paris, studierte die Rechte, erwarb die Zulassung als Advokat, steckte wie so mancher junge Mann mein Diplom in die Tasche und überließ mich ein wenig dem sorglosen Pariser Leben. Meine Aufwendungen blieben in Grenzen. Ich verbrauchte lediglich meine Jahreseinkünfte in acht Monaten und hielt mich im Sommer vier Monate bei meinem Vater auf, was alles in allem einer Rente von 12000 Pfund gleichkam und mir den Ruf eines braven Sohnes eintrug. Dabei nicht einen Heller Schulden.

So stand es mit mir, als ich Marguerite begegnete.

Sie begreifen, daß mein Aufwand sich ohne mein Zutun erhöhte. Marguerite war kapriziös veranlagt und gehörte zu den Frauen, die nie daran denken, wie kostspielig die tausend Vergnügungen sind, die ihren Tag füllen. So geschah es, da sie so oft wie möglich mit mir zusammen sein wollte, daß sie mir vormittags schrieb, sie wolle mit mir speisen, nicht zu Hause bei ihr, sondern in irgendeinem Lokal in der Stadt oder auf dem Lande. Ich holte sie ab, wir speisten zusammen, gingen ins Theater, speisten auch oft noch abends zusammen, und schon hatte ich vier, fünf Goldstücke verausgabt, was im Monat zweieinhalb bis dreitausend Franken ausmachte, so daß mein Jahreseinkommen in dreieinhalb Monaten verzehrt war und ich vor der Frage stand, entweder Schulden zu machen oder Marguerite aufzugeben.

Zu allem war ich bereit, nur das zweite durfte nicht sein. Entschuldigen Sie, wenn ich Sie mit all diesen Weitläufigkeiten behellige, Sie werden gleich erkennen, daß hier die Wurzeln der kommenden Geschehnisse liegen. Ich erzähle Ihnen die Geschichte wahr und ungeschminkt und ändere nichts an den Einzelheiten und nichts an dem natürlichen Verlauf.

Ich machte mir also klar, daß, da ich durch nichts auf der Welt von meiner Geliebten abzubringen war, ich einen Weg finden mußte, den Aufwand, den sie mich kostete, zu bestreiten. – Überdies verzehrte mich diese Liebschaft derart, daß mir die Minuten, die ich von Marguerite getrennt war, zu Jahren wurden und ich danach verlangte, diese Zeit durch irgendeine Leidenschaft zu betäuben und so rasch zu vertreiben, daß sie mir überhaupt nicht bewußt werden konnte.

Ich lieh mir fünf-, sechstausend Franken auf mein kleines Kapital und begann zu spielen, denn seitdem die Spielhäuser aufgehoben sind, spielt man erst recht. Wenn man früher zu Frascati ging, hatte man immerhin eine Aussicht auf Gewinn: es wurde um Geld gespielt, und wer Pech hatte, konnte sich mit dem Gedanken trösten, daß er ebenso hätte Glück haben können. Heutzutage dagegen, wenn man von geschlossenen Gesellschaften absieht, wo man es mit der Auszahlung noch einigermaßen genau nimmt, kann man, wenn man eine große Summe gewinnt, beinahe sicher darauf rechnen, daß man sie nicht erhält. Der Grund liegt auf der Hand.

Am Spiele beteiligen sich nur junge Leute, die große Ansprüche stellen und nicht die notwendigen Mittel zu dem Leben besitzen, das sie führen. Also spielen sie, und das Ergebnis ist: die einen gewinnen, und die anderen, die Verlierer, sollen dann die Pferde und Mätressen dieser Herren bezahlen, was ihnen höchst widerstrebt. Es entstehen Verpflichtungen, und Beziehungen, die sich am Spieltisch geknüpft haben, enden oft mit Händeln, bei denen Ehre und Leben stets ein bißchen Schaden nehmen. So sieht sich ein rechtschaffener Mensch auf einmal durch drei ebenfalls sehr rechtschaffene junge Leute, die den einzigen Fehler haben, daß sie nicht über eine Rente aus 200000 Pfund Besitz verfügen, zum Bettler gemacht.

Von den Falschspielern, von deren eiligem Verschwinden und späterer Bestrafung man manchmal erfährt, brauche ich Ihnen nicht zu erzählen.

In dieses unruhige, wilde, verzehrende Treiben, das mich früher abstieß, wenn ich es mir nur vorstellte, stürzte ich mich nun hinein. Es wurde der unentbehrliche Ausgleich meiner Liebe zu Marguerite. Was hätte ich anderes tun sollen?

In den Nächten, die ich nicht in der Rue d'Antin verbrachte, hätte ich zu Hause doch nicht schlafen können. Die Eifersucht würde mich wachgehalten und verzehrt haben. Das Spiel indessen lenkte eine Zeitlang von dem Aufruhr ab, der mein Herz zu zersprengen drohte, und wurde zur zweiten Leidenschaft, die mich unwillkürlich so lange in Bann schlug, bis die Stunde kam, da ich meine Geliebte aufsuchte. Dann, ob ich nun gewonnen hatte oder verloren, und daran erkannte ich die Macht meiner Liebe, verließ ich unweigerlich den Spieltisch und bemitleidete die Zurückbleibenden, welche kein solches Glück erwartete wie jetzt mich. Die meisten Menschen frönen dem Spiel in einer Art Sucht, für mich war es eine Arznei.

Von Marguerite geheilt, wäre ich auch vom Spiel geheilt gewesen.

Daher bewahrte ich bei alledem eine ziemliche Kaltblütigkeit. Ich ging nur bis zu Verlusten, die ich bezahlen konnte, und ich gewann nicht mehr, als ich auch hätte verlieren dürfen.

Im übrigen lächelte mir das Glück. Ich machte keine Schulden und konnte doch dreimal so viel ausgeben, als wenn ich nicht gespielt hätte. Wie hätte ich auch einem Leben entsagen sollen, das mir erlaubte, die zahllosen Launen Marguerites ungehindert zu befriedigen. Sie dagegen liebte mich unvermindert und womöglich noch mehr.

Wie schon gesagt, konnte ich anfangs nur von zwölf Uhr abends bis sechs Uhr früh bei ihr bleiben. Dann durfte ich ab und zu in ihre Loge kommen, dann speiste sie manchmal mit mir. Eines Morgens schied ich um acht Uhr, und es kam der Tag, wo ich erst zu Mittag wegging.

Als Vorbote ihrer seelischen Wandlung vollzog sich an Marguerite eine körperliche. Ich hatte mir vorgenommen, sie zu heilen; das arme Kind erriet meine Absicht und fügte sich aus lauter Dankbarkeit. Ohne Härte und Zwang brachte ich sie allmählich von ihrer bisherigen Lebensweise ab. Mein Arzt, mit dem ich sie besuchte, hatte mir erklärt, daß nur Ruhe und Erholung sie gesund erhalten könnte, worauf ich an Stelle der Gelage und durchwachten Nächte eine natürliche Lebensweise und regelmäßigen Schlaf einführte. Trotz Widerstrebens gewöhnte sich Marguerite an dieses neue Leben und verspürte seine heilsame Wirkung. Öfters verbrachte sie einen Abend zu Hause, oder sie hüllte sich bei schönem Wetter in einen Kaschmirschal, nahm einen Schleier über, und wir gingen dann nachts wie zwei Kinder durch die dunklen Wege der Champs-Elysées. Ermüdet kam sie heim, aß etwas Leichtes und legte sich schlafen, nachdem sie noch ein wenig musiziert oder gelesen hatte, was sie früher nie tat. Die Hustenanfälle, die mir jedesmal, wenn ich zugegen war, das Herz zerrissen, waren beinahe völlig verschwunden.

Nach sechs Wochen war von dem endgültig abgetanen Grafen keine Rede mehr. Nur des Herzogs wegen mußte ich mein Verhältnis zu Marguerite geheimhalten. Oft wurde er, wenn ich da war, unter dem Vorwand abgewiesen, daß Marguerite schlafe und verboten habe, sie zu wecken.

Die Gewohnheit, Marguerite auf ihr dringendes Verlangen häufiger zu besuchen, führte dazu, daß ich das Spiel just in dem Augenblick aufgab, in dem ein geschickter Spieler aufhört. Alles in allem gerechnet konnte ich infolge meiner Gewinne über rund 10000 Franken verfügen, was mir als eine unerschöpfliche Summe vorkam.

Inzwischen rückte die Zeit näher, zu der ich gewöhnlich Vater und Schwester besuchte, aber ich fuhr nicht. Darauf schrieben mir alle beide zahlreiche Briefe mit der Bitte, ich möchte doch kommen.

Auf alle Aufforderungen antwortete ich, so gut es anging, und versicherte stets, daß ich mich wohl befinde und kein Geld brauche, zwei Umstände, die, so meinte ich, meinen Vater ein wenig über das Hinausschieben meines alljährlichen Besuches trösten sollten.

Überdem begab es sich, daß Marguerite eines Morgens, von strahlendem Sonnenschein geweckt, aus dem Bett sprang und mir vorschlug, einen ganzen Tag mit ihr aufs Land zu gehen.

Prudence wurde geholt, und nachdem Marguerite Nanine angewiesen hatte, dem Herzog zu sagen, daß sie das schöne Wetter nützen wolle und mit Madame Duvernoy aufs Land gefahren sei, brachen wir zu dritt auf.

Abgesehen davon, daß die Duvernoy dabei sein mußte, damit der alte Herzog beruhigt sei, war Prudence für eine solche Lustfahrt wie geschaffen. Mit ihrer unverwüstlichen Lustigkeit und ihrem ewigen Hunger ließ sie in der Gesellschaft nie Langeweile aufkommen, und sie verstand es wunderbar, Eier, Kirschen, Milch, gebratene Kaninchen und all das aufzutreiben, was die Gegend um Paris an landesüblichen Speisen aufzuweisen hat.

Wir wußten nur noch nicht, wohin wir fahren sollten.

Auch dieser Verlegenheit enthob uns Prudence.

»Wollt ihr richtig aufs Land gehen?« fragte sie.

»Gewiß.«

»Gut, dann fahren wir nach Bougival, zum Point-du-Jour, zur Witwe Arnould. Armand, Sie besorgen wohl den Wagen.«

Anderthalb Stunden später waren wir bei der Witwe Arnould.

Vielleicht kennen Sie das Wirtshaus, in der Woche Herberge, am Sonntag Trinkstube. Vom Garten aus, der etwa so hoch wie ein erstes Stockwerk liegt, hat man eine herrliche Sicht. Links begrenzt der Aquädukt von Marly den Horizont, rechts schweift der Blick über zahllose Hügel. Der Fluß, an dieser Stelle fast ohne Strömung, wie in Schlaf gewiegt durch das dauernde Rascheln seiner hohen Pappeln und das Säuseln der Weiden, windet sich als ein breites Silberband zwischen der Ebene von Gabillons und der Insel Croissy dahin.

Im Hintergrund tauchen in der Sonnenflut kleine weiße Häuser mit roten Dächern auf, und etliche Fabriken, die aus der Entfernung nichts mehr von der industriellen Nüchternheit an sich haben, runden die Landschaft wunderbar ab.

Im Dunste dahinter Paris!

Wir waren, wie Prudence versprochen hatte, richtig auf dem Lande, und ich muß gestehen, wir bekamen auch ein richtiges Frühstück.

Ich sage das nicht, weil ich dankbar an das Glück zurückdenke, das ich dort fand, sondern Bougival ist trotz seines abscheulichen Namens die reizendste Gegend, die sich denken läßt. Ich bin viel gereist und habe bedeutendere Landschaften gesehen, jedoch keine von der Anmut dieses sich so heiter an den Fuß des schützenden Hügels schmiegenden Dörfchens.

Madame Arnould schlug uns eine Bootsfahrt vor, Marguerite und Prudence stimmten mit Freuden zu.

Von jeher, und mit Recht, sind ländliches Leben und Liebe miteinander verknüpft worden. Und nichts paßt besser zu der geliebten Frau als blauer Himmel, Düfte, Blumen, ein Windhauch und die schimmernden Wälder und Fluren mit ihrer Einsamkeit. Wenn man eine Frau noch so sehr liebt, ihr noch so sehr vertraut, wenn man noch so zuversichtlich auf das bauend, was sie bisher getan, in die Zukunft blickt, so bleibt dennoch stets ein Mehr oder Minder an Eifersucht bestehen. Haben Sie schon einmal geliebt, wirklich geliebt, dann kennen Sie gewiß das Verlangen, das Geschöpf, in dem man aufgehen will, von der Welt abzusondern. Ich glaube, die geliebte Frau, auch wenn sie der Umwelt keinerlei Beachtung schenkt, verliert bei der Berührung mit den Menschen und den Dingen an Duft und Eigenheit. Ich jedenfalls empfand das überaus deutlich. Meine Liebe war nicht jedermanns Liebe. Zwar liebte ich, wie auch ein anderer lieben mag, aber ich liebte eine Marguerite Gautier, und das bedeutete, daß ich in Paris auf Schritt und Tritt einem Manne begegnen konnte, der ihr Liebhaber gewesen war oder es morgen sein wollte. Auf dem Lande hingegen, unter Menschen, die wir noch nie gesehen hatten und die sich nicht um uns kümmerten, im Schoße der Natur, die zum Zeichen der alljährlichen Verjüngung ihr Frühlingskleid angezogen hatte, fern vom Lärme der Stadt, durfte sich meine Liebe ungestört und geborgen fühlen.

Das Kurtisanenhafte an Marguerite verlor sich hier. Ich hatte eine junge schöne Frau neben mir, die ich liebte und die mich wiederliebte. Das Vergangene sank in die Vergessenheit, keine Wolke trübte die Zukunft. In der Flut des Sonnenlichtes glich meine Geliebte einer keuschen Braut. Wir wandelten zusammen durch diese herrliche Gegend, die einen unwillkürlich an Lamartines Verse oder Scudos Melodien erinnerte. Marguerite trug ein weißes Kleid, sie schmiegte sich in meinen Arm, abends, unter dem Sternenhimmel, sagte sie mir die gleichen Worte wieder, die sie in der vergangenen Nacht geflüstert hatte, und weit weg von uns ging das Leben seinen Gang, ohne einen Schatten auf unseren jugendlichen Frohsinn und unsere Liebe zu werfen.

Dieses Traumbild sandte mir an jenem Tage die glühende

Sonne durch das Laubwerk herab, und lang hingestreckt ins Gras der Insel, an der wir angelegt hatten, und ledig der Fesseln, die mich bisher gefangengehalten hatten, ließ ich meiner Phantasie freien Lauf und baute Luftschlösser.

Überdies sah ich von dieser Stelle aus jenseits des Flusses ein hübsches zweigeschossiges Häuschen mit einem halbkreisförmigen Gitterzaun, zwischen Zaun und Haus einen geschorenen Rasenplatz und hinter dem Haus ein Wäldchen voller heimlicher Schlupfwinkel, wo die heute ins Moos getretenen Pfade morgen nicht wiederzufinden sein mußten.

Kletterpflanzen verdeckten die Freitreppe des unbewohnten Hauses und hüllten es bis zum ersten Stock ein.

So sehr überließ ich mich der Betrachtung des Hauses, daß ich zuletzt, da es meinen Traumvorstellungen vollkommen entsprach, mir einbildete, es sei mein eigen. Ich sah mich schon mit Marguerite tagsüber in dem Wäldchen weilen, das sich den Hügel hinaufzog, abends auf dem Rasen sitzen, und ich fragte mich, ob je sterbliche Wesen ebenso glücklich sein könnten wie wir.

»Was für ein schönes Haus!« sagte Marguerite, die meinen Blicken gefolgt war und vielleicht den gleichen Gedanken hatte.

»Wo?« fragte Prudence.

»Da drüben.« Marguerite deutete mit der Hand auf das gemeinte Häuschen.

»Ah, das ist reizend«, erwiderte Prudence, »gefällt es euch?«

»Ausnehmend.«

»Na dann laßt es euch doch vom Herzog mieten. Ich bin sicher, daß er es mietet. Wenn Sie wollen, werde ich das in die Wege leiten.«

Marguerite sah mich an, als wolle sie hören, was ich zu dem Vorschlag meine.

Mein Traum war bei Prudences letzter Äußerung zerstoben, und ich fand mich so grausam in die Wirklichkeit zurückgeschleudert, daß ich wie von einem Sturz betäubt war.

»Wirklich ein ausgezeichneter Gedanke«, stotterte ich, ohne recht zu wissen, was ich sagte.

»Gut, ich bringe das in Ordnung«, sagte Marguerite, die meine Antwort in ihrem Sinn verstand und mir die Hand drückte.

»Wir wollen doch gleich nachsehen, ob es zu vermieten ist.«

Das Haus war unbewohnt und konnte für zweitausend Franken gemietet werden.

»Werden Sie sich hier wohlfühlen?« fragte sie mich.

»Wer weiß, ob ich überhaupt kommen darf.«

»Für wen verkrieche ich mich denn hierher, wenn nicht für Sie?«

»Nun gut, Marguerite, lassen Sie mich selber das Haus mieten.«

»Sind Sie toll? Das ist nicht allein unnötig, sondern obendrein gefährlich. Sie wissen doch, daß ich nur von einem einzigen Manne dergleichen annehmen darf. Lassen Sie mich nur tun, Sie großes Kind, und schweigen Sie still.«

»Und wenn ich einmal auf zwei Tage freikomme, verbringe ich sie hier bei euch«, sagte Prudence.

Wir verließen das Haus und unterhielten uns während der ganzen Rückfahrt nach Paris über den neuen Plan. Marguerite lag dabei in meinem Arm, und als ich aus dem Wagen stieg, betrachtete ich das Vorhaben meiner Geliebten bereits ohne viel Bedenklichkeiten.

XVII

Den anderen Morgen verließ ich Marguerite zu früher Stunde, weil der Herzog sehr zeitig kommen wollte, und sie versprach mir, gleich wenn er gegangen sei, zu schreiben und das allabendliche Rendezvous zu vereinbaren.

So empfing ich denn tagsüber folgende Zeilen:

Ich fahre mit dem Herzog nach Bougival. Kommen Sie abends acht Uhr zu Prudence.

Zur angekündigten Zeit war Marguerite zurück und suchte mich bei Madame Duvernoy auf.

»Alles ist schon in Ordnung«, sagte sie beim Eintreten.

»Ist das Haus gemietet?« fragte Prudence.

»Ja, er war sofort einverstanden.«

Ich kannte den Herzog nicht, aber daß ich ihn auf diese Weise betrog, machte mich erröten.

»Das ist noch nicht alles«, fuhr Marguerite fort.

»Ja was denn?«

»Ich habe auch Armand eine Unterkunft besorgt.«

»In demselben Haus?« fragte Prudence lachend.

»Nein, aber im Point-du-Jour, wo der Hezog mit mir frühstückte. Während er die Aussicht genoß, fragte ich Madame Arnould – so heißt sie doch wohl –, fragte ich, ob sie eine annehmbare Wohnung habe. Sie hatte tatsächlich eine, Wohnzimmer, Vorzimmer, Schlafzimmer. Ich denke, mehr ist nicht nötig. Sechzig Franken monatlich. So eingerichtet, daß auch ein Hypochonder in Laune geraten muß. Ich habe die Wohnung gleich genommen. Ist es so recht?«

Ich fiel Marguerite um den Hals.

»Es wird herrlich sein«, fuhr sie fort. »Sie bekommen einen Schlüssel zum Pförtchen. Einen zum Gittertor hab' ich dem Herzog versprochen; er braucht ihn gar nicht, weil er nur tagsüber kommt. Unter uns: ich glaube, mein Einfall ist ihm lieb, weil ich dadurch auf etliche Zeit aus Paris verschwinde und seine Familie beschwichtigt wird. Trotzdem fragte er, wie ich, die Paris so liebt, dazukomme, mich aufs Land zu verkriechen. Ich sagte ihm, daß ich meines Leidens wegen Erholung suche. Er schien es nicht recht zu glauben. Der arme Alte ist verzweifelt mißtrauisch. Wir wollen darum auf der Hut sein, lieber Armand; er kann mir auch dort nachspüren lassen. Und daß er mir das Haus mietet, ist nicht einmal alles, er soll auch noch meine Schulden bezahlen, leider habe ich etliche. Ist es Ihnen so recht?«

»Ja«, erwiderte ich und versuchte die Gewissensbisse zu unterdrücken, die eine solche Lebensauffassung immer wieder in mir weckte.

»Wir haben uns das Haus von außen und innen angesehen, es wird dort herrlich sein. Der Herzog bemüht sich um alles. Ach mein Lieber«, setzte sie übermütig hinzu und umarmte mich, »Sie haben es nicht schlecht, ein Millionär macht Ihnen das Bett.«

»Und wann ziehen Sie ein?« fragte Prudence.

»Je früher, je besser.«

»Wagen und Pferde nehmen Sie mit?«

»Den ganzen Haushalt. Während ich weg bin, kümmern Sie sich wohl um meine Wohnung.«

Eine Woche danach hatte Marguerite sich in dem Landhaus eingerichtet, und ich wohnte im Point-du-Jour.

Das Leben, das nun begann, kann ich Ihnen gar nicht beschreiben.

Anfangs konnte Marguerite in Bougival ihre bisherigen Gewohnheiten nicht sogleich aufgeben, und da es stets hoch herging, kamen alle ihre Freundinnen zu Besuch. Wochen hintereinander verging kein Tag, an dem Marguerite nicht acht bis zehn Personen zu bewirten hatte. Dazu brachte Prudence alle ihre Bekannten an und gastierte mit ihnen, als ob es im eigenen Hause wäre.

Das alles wurde mit des Herzogs Geld bestritten, wie Sie sich denken können. Gleichwohl kam es des öfteren vor, daß sich Prudence, gewissermaßen in Marguerites Namen, einen Tausendfrankenschein von mir geben ließ. Sie entsinnen sich, daß ich im Spiel einiges gewonnen hatte; so gab ich Prudence bereitwillig, was sie für Marguerite erbat, und in der Befürchtung, daß sie mehr brauchen könne, als ich hatte, borgte ich mir in Paris dieselbe Summe wieder, die ich schon einmal entliehen und pünktlich zurückbezahlt hatte.

So verfügte ich wiederum über 10000 Franken, meine Rente nicht mit eingerechnet.

Indessen wurde das Vergnügen Marguerites an der Bewirtung ihrer Freundinnen ein wenig gedämpft durch die Kosten, die es verursachte und besonders dadurch, daß sie mehrmals gezwungen war, mich um Geld anzugehen. Der Herzog, der ja das Haus zu Marguerites Erholung gemietet hatte und nun befürchten mußte, jedesmal eine große, ausgelassene Gesellschaft vorzufinden, der er lieber aus dem Wege ging, erschien nicht mehr. Das war vor allem darauf zurückzuführen, daß, als er einmal gekommen war, mit Marguerite allein zu speisen, er eine Frühstückstafel von fünfzehn Personen vorfand, die zu der Stunde noch nicht beendet war, zu welcher er beabsichtigt hatte, das Abendessen einzunehmen. Und zwar hatte, als er nichtsahnend die Tür des Speisezimmers öffnete, sein Erscheinen ein allgemeines Gelächter ausgelöst und er sich gezwungen gesehen, vor dem frechen Mutwillen der Mädchen sich unvermittelt zurückzuziehen.

Marguerite hatte sich von der Tafel erhoben, den Herzog im Nebenzimmer gefunden und versucht, ihn den Vorfall so gut wie möglich vergessen zu lassen. Aber der in seinem Selbstgefühl verletzte Greis hatte seinen Groll nicht aufgegeben, sondern dem armen Kind unverblümt erklärt, daß er es satt habe, die Torheiten einer Frau zu bezahlen, die ihm nicht einmal in ihrem eigenen Hause Respekt zu verschaffen wüßte. Und er war wütend abgefahren.

Von Stund an hörte man nichts mehr von ihm. Marguerite mochte auf ihre Gefährtinnen verzichten, ihre Lebensweise ändern: der Herzog ließ nichts mehr von sich hören. Ich gewann dabei insofern, als mir meine Geliebte nun ganz gehörte und mein Traum jetzt endlich in Erfüllung ging. Marguerite konnte nicht mehr ohne mich sein. Sie verheimlichte unser Verhältnis nicht länger vor der Öffentlichkeit, ohne sich Gedanken über die möglichen Folgen zu machen, und bald ließ ich sie überhaupt nicht mehr allein. Die Dienstboten nannten mich den gnädigen Herrn und betrachteten mich als ihren rechtmäßigen Gebieter.

Prudence redete natürlich Marguerite wegen ihrer neuen Aufführung heftig ins Gewissen, aber diese entgegnete, daß sie mich liebe, daß sie nicht ohne mich leben könne und auf das Glück, mich ständig bei sich zu wissen, nicht verzichten werde, möge daraus folgen was wolle, und wem das nicht passe, dem sei unbenommen wegzubleiben.

Ich hatte das gehört, als Prudence eines Tages Marguerite erklärte, sie habe ihr etwas äußerst Wichtiges mitzuteilen; an der Tür des Zimmers, in das sie sich einschlossen, hatte ich es erlauscht.

Etliche Zeit danach erschien Prudence wieder.

Ich befand mich hinten im Garten, als sie kam, so daß sie mich nicht sah. Aus der Art, wie Marguerite Prudence empfing, schloß ich, daß es nochmals zu einer solchen Unterredung wie der schon belauschten kommen werde, und ich wollte wiederum Zeuge sein.

Die beiden Frauen schlossen sich in einem Boudoir ein, und ich horchte.

»Nun?« fragte Marguerite.

»Nun, ich war beim Herzog.«

»Was sagte er?«

»Daß er den neulichen Vorfall verzeihe, indessen habe er gehört, daß Sie vor aller Augen mit Herrn Armand Duval zusammen leben, und das verzeihe er Ihnen nicht. Marguerite soll den jungen Mann aufgeben, sagte er, dann gebe ich ihr wie früher alles, was sie will. Im anderen Falle darf sie nichts mehr von mir erwarten.«

»Was haben Sie geantwortet?«

»Daß ich Ihnen seinen Entschluß mitteilen will. Auch versprach ich ihm, Sie zur Vernunft zu bringen. Denken Sie doch über die Stellung nach, liebes Kind, die Sie aufgeben und die Ihnen Armand niemals ersetzen kann. Er liebt sie zwar von Herzen, aber er ist nicht vermögend genug, alle Ihre Bedürfnisse zu befriedigen, und muß eines Tages ja doch auf Sie verzichten. Dann aber ist es zu spät, und der Herzog tut nichts mehr für Sie. Soll ich mit Armand darüber sprechen?«

Marguerite schien zu überlegen, denn sie antwortete nicht. Mein Herz pochte, während ich auf die Antwort spannte.

»Nein«, entgegnete sie, »von Armand lasse ich nicht, und ich will auch nicht heimlich mit ihm leben. Das mag eine Verrücktheit sein, aber ich liebe ihn, daran ist nichts zu ändern. Und dann ist er jetzt daran gewöhnt, mich ohne Scheu zu lieben. Wie würde es ihn schmerzen, wenn er mich auch nur eine Stunde am Tag entbehren sollte. Überdies ist die Zeit, die ich noch zu leben habe, zu kurz bemessen, als daß ich sie nach dem Willen eines Greises, dessen Anblick bereits mich älter macht, mit Trübsalblasen hinbringen will. Mag er sein Geld behalten, ich muß mich dreinfinden.«

»Aber wie das?«

»Ich weiß selbst nicht.«

Prudence hatte sicher eine Antwort darauf, indessen stürzte ich ins Zimmer, warf mich Marguerite zu Füßen und bedeckte ihre Hände mit Tränen, die mir die Freude über eine solche Gegenliebe entlockte.

»Mein Leben gehört dir, Marguerite, du brauchst diesen Mann nicht mehr. Bin nicht ich da? Wie sollte ich dich je lassen, wie kann ich je das Glück vergelten, das du mir schenkst? Nichts zwingt uns mehr, meine Marguerite. Wir lieben einander, was kümmert uns das andere?«

»Ach ja, du mein Armand, ich liebe dich«, flüsterte sie und schlang beide Arme um meinen Hals. »Ich liebe dich, wie ich es nie für möglich gehalten. Wir wollen glücklich sein, in der Stille leben, und ich will jenem Leben, das mir jetzt die Röte ins Gesicht treibt, ein für allemal entsagen. Nicht wahr, du wirst mir niemals meine Vergangenheit vorwerfen?«

Die Tränen erstickten meine Stimme.

Ich wußte keine andere Antwort, als Marguerite an mein Herz zu pressen.

»Berichten Sie dem Herzog«, sagte sie zu Prudence gewandt mit bewegter Stimme, »was Sie soeben gesehen, und setzen Sie hinzu, daß wir nicht auf ihn angewiesen sind.«

Von diesem Tag an wurde nicht mehr über den Herzog gesprochen. Marguerite war nicht mehr dasselbe Mädchen wie früher. Sie vermied alles, was mich an das Leben hätte erinnern können, in dem sie mir begegnet war. Keine Gattin, keine Schwester konnte für den Mann, den Bruder mehr Liebe, mehr Aufmerksamkeit haben als Marguerite für mich. Dieses zarte Geschöpf war allen Eindrücken offen, aller Empfindung fähig. Mit ihren Freundinnen, mit ihren Gewohnheiten hatte sie gebrochen, ihre Sprache geändert, ihre frühere Verschwendungssucht abgelegt. Wer uns aus dem Haus kommen und eine Lustfahrt in dem hübschen Kahn hätte unternehmen sehen, den ich ihr gekauft hatte, würde nie auf den Gedanken gekommen sein, daß diese weißgekleidete Frau mit dem breiten Strohhut auf dem Kopf und der schlichten Seidenjacke über dem Arm, die sie gegen die Kühle des Wassers schützen sollte, dieselbe Marguerite Gautier war, die noch vor wenigen Monaten wegen ihres Aufwands und ihrer Skandale in aller Mund gewesen.

Ach, wir klammerten uns an unser Glück, als ob wir geahnt hätten, daß es nicht lange dauern kann.

Während zweier Monate waren wir nicht einmal nach Paris gekommen. Niemand besuchte uns, Prudence und jene Julie Duprat ausgenommen, von der ich Ihnen erzählte, daß Marguerite ihr später die erschütternden Aufzeichnungen übergab, die ich hier habe.

Ganze Tage konnte ich meiner Geliebten zu Füßen sitzen. Wir öffneten die Fenster nach dem Garten und sahen, wie der Sommer die Blumen hervorlockte, und im Schatten der Bäume sogen wir aneinandergeschmiegt dieses natürliche Leben in uns ein, das weder Marguerite noch ich früher gefühlt hatten.

Diese Frau konnte wie ein Kind über die nichtigsten Dinge staunen. An manchen Tagen lief sie wie ein zehnjähriges Mädchen einem Schmetterling oder einer Libelle nach. Die Kurtisane, die für Blumen mehr Geld vergeudet hatte, als eine ganze Familie zu einem sorglosen Leben benötigt, saß mitunter stundenlang auf dem Rasen, nur um die bescheidene Blume zu betrachten, deren Namen sie trug.

Zu dieser Zeit las sie sehr viel in ›Manon Lescaut‹. Mehrmals überraschte ich sie, wie sie etwas an den Rand schrieb. Sie behauptete, wenn eine Frau wirklich liebe, könne sie niemals wie Manon handeln.

Zwei- oder dreimal schrieb ihr der Herzog noch. Sie erkannte die Handschrift und gab mir die Briefe ungeöffnet. Bei manchen Wendungen dieser Briefe stiegen mir die Tränen in die Augen.

Der Herzog hatte geglaubt, wenn er das Geld sperre, werde Marguerite zu ihm zurückkehren. Als er aber das Nutzlose seines Beginnens einsah, bat er wie früher schon einmal um die Erlaubnis, zu ihr zurückkehren zu dürfen, welche Bedingungen sie ihm auch stelle. So las ich denn diese wiederholten dringenden Schreiben und zerriß sie danach, ohne Marguerite zu erzählen, was sie enthielten, und ohne ihr eine Begegnung mit dem alten Mann nahezulegen, obwohl mich das Mitleid mit dem Kummer des Unglücklichen dazu drängte. Auch fürchtete ich, sie werde, wenn ich den Wunsch äußerte, die Besuche des Herzogs wie früher anzunehmen, vermuten, daß ich ihm unsere Haushaltskosten wieder aufladen wolle. Um keinen Preis sollte sie glauben, daß ich zögere, die Verantwortung für ihr Leben samt allen Weiterungen, die mir aus ihrer Liebe erwachsen könnten, zu übernehmen.

Die Folge war, daß der Herzog, da er keine Antwort erhielt, nicht mehr schrieb, und wir lebten zusammen weiter, ohne uns um die Zukunft zu sorgen.

XVIII

Ich kann Ihnen über unser neues Leben schwerlich alle Einzelheiten berichten. Es bestand in einer Menge Kindereien, die für uns wonnig waren, aber niemandem etwas sagen, wenn ich sie schildere. Sie wissen, wie das ist, wenn man eine Frau liebt. Sie wissen, wie die Zeit verfliegt und mit welcher verliebten Untätigkeit man dem Morgen entgegentreibt. Auch ist Ihnen diese Weltvergessenheit nicht unbekannt, die eine leidenschaftliche, vertrauensvolle gegenseitige Liebe erzeugt. Außer der geliebten Frau scheint einem jedes Geschöpf auf der Welt nutzlos zu sein. Man bedauert, sein Herz schon einmal an andere Frauen verzettelt zu haben, und begreift nicht, wie man jemals eine andere Hand, als die man jetzt in der seinen hält, hat umklammern können. Der Kopf will weder arbeiten noch erinnert werden, will überhaupt nichts, was ihn von dem einzigen Gedanken ablenkt, der ihn ununterbrochen beherrscht. Jeder Tag läßt einen an der Geliebten einen neuen Reiz entdecken, eine noch unbekannte Wonne erleben.

Das Dasein besteht nur noch in der immer wiederholten Erfüllung eines fortdauernden Verlangens, und die Seele ist nur mehr die Priesterin, die die heilige Flamme der Liebe zu unterhalten hat.

Wenn die Nacht anbrach, ließen wir uns oft in dem Wäldchen nieder, das sich hinter dem Haus erhob. Dort lauschten wir dem heiteren Abendfrieden und dachten beide an die nahe Stunde, die uns bis zum Morgen einander in die Arme legen werde. Ein andermal blieben wir den ganzen Tag im Bett, ohne einen Sonnenstrahl ins Zimmer einzulassen. Die Vorhänge blieben dicht geschlossen, und die Welt da draußen stand solange für uns still. Nanine allein war erlaubt einzutreten, und auch nur, um das Essen zu bringen. Wir nahmen es ohne aufzustehen unter fortwährendem Lachen und vielen Narreteien zu uns. Dann schlummerten wir ein Weilchen, denn wir glichen in unserer Liebe zwei besessenen Tauchern, die nur auftauchen, um einmal Luft zu schöpfen.

Dennoch gewahrte ich zu Zeiten Anwandlungen von Traurigkeit und einige Male sogar Tränen an Marguerite. Ich fragte sie, woher der plötzliche Kummer rühre, und sie gab zur Antwort:

»Unsere Liebe ist nicht alltäglich, mein lieber Armand. Du liebst mich, als ob ich nie einem anderen gehört hätte, und ich bange, daß du später deine Liebe bereuen, mir meine Vergangenheit als eine schlimme Schuld anrechnen und mich in das Leben zurückstoßen könntest, aus dem du mich herausgeholt hast. Bedenke, daß ich, nachdem ich jetzt ein neues Leben schätzen gelernt habe, sterben würde, wenn ich das alte wieder aufnehmen sollte. Sage mir doch, daß du mich nie verläßt.«

»Ich schwöre es.«

Sie sah mich an, als wolle sie in meinen Augen lesen, ob mein Schwur wahr sei, warf sich mir in die Arme, und während sie ihr Haupt an meiner Brust barg, sagte sie: »Du weißt gar nicht, wie sehr ich dich liebe.«

Eines Abends, als wir, auf die Fensterbank gestützt, den Mond betrachteten, der mit Mühe durch eine Wolkenbank drang, und den Wind durch die Bäume rauschen hörten, faßten wir uns bei der Hand, und nach einer Viertelstunde des Schweigens sagte Marguerite: »Nun kommt der Winter. Meinst du nicht, daß wir abreisen sollen?«

»Ja wohin?«

»Nach Italien.«

»Wird es dir denn langweilig?«

»Ich fürchte mich vor dem Winter und mehr noch vor der Rückkehr nach Paris.«

»Weshalb?«

»Aus vielen Gründen.«

Und ohne mir die Gründe ihrer Furcht zu nennen, wiederholte sie hastig: »Willst du mitkommen? Ich verkaufe alles, was mir gehört. Wir leben dort unten. Von dem, was ich war, bleibt nichts an mir, und niemand weiß, wer ich bin. Willst du nicht?«

»Wenn es dein Wunsch ist, Marguerite, wollen wir weggehen. Ja, wir machen eine Reise«, sagte ich zu ihr. »Aber was zwingt dich, deine Sachen zu verkaufen? Du wirst froh sein, sie bei der Rückkehr wiederzufinden. Ich besitze nicht so wenig, daß ich ein derartiges Opfer annehmen dürfte, aber genug, daß wir fünf oder sechs Monate lang gemächlich reisen können, wenn es dir Freude macht.«

»Wirklich? Ach nein«, erwiderte sie, während sie vom Fenster wegtrat und sich in der finsteren Zimmerecke auf das Sofa setzte, »wozu da unten das Geld vergeuden? Ich komme dich hier schon teuer zu stehen.«

»Hältst du mir das vor, Marguerite? Das ist nicht recht.«

»Vergib, mein Freund«, sagte sie und streckte mir die Hand entgegen, »das schlechte Wetter zehrt an meinen Nerven. Ich sage es nicht so, wie ich's meine.«

Und nachdem sie mich geküßt hatte, versank sie in ein tiefes Nachdenken.

Ähnliche Vorfälle ereigneten sich öfter, und obwohl ich nicht wußte, woher sie rührten, konnte ich an Marguerite doch ein Gefühl der Unruhe über die Zukunft wahrnehmen. An meiner Liebe konnte sie nicht zweifeln, denn die wuchs noch mit jedem Tag, und dennoch sah ich sie oft traurig, ohne daß sie dies je mit etwas anderem als körperlichen Zuständen erklärt hätte.

In der Befürchtung, sie sei eines so einförmigen Lebens müde, schlug ich ihr vor, nach Paris zurückzufahren. Aber sie weigerte sich jedesmal und erwiderte mir, sie könne nirgends so glücklich sein, wie sie es hier auf dem Lande wäre.

Prudence erschien nur noch selten, dafür schrieb sie Briefe, die zu sehen ich nie verlangte, obwohl sie Marguerite jedesmal in langes Nachdenken versetzten. Ich wußte es mir nicht zu erklären.

Eines Tages war Marguerite in ihrem Zimmer geblieben. Als ich hineinkam, schrieb sie.

»An wen schreibst du?« fragte ich.

»An Prudence. Soll ich es dir vorlesen?«

Alles, was nach Argwohn hätte aussehen können, war mir in der Seele verhaßt; darum antwortete ich Marguerite, ich wolle nicht wissen, was sie geschrieben habe. Dennoch war ich sicher, daß ich aus dem Brief die wahre Ursache ihres Kummers erfahren hätte.

Am andern Tag war das Wetter herrlich. Marguerite brachte eine Bootsfahrt in Vorschlag, und wir sollten dabei die Insel Croissy aufsuchen. Sie schien sehr fröhlich zu sein. Um fünf Uhr kamen wir zurück.

»Madame Duvernoy war da«, sagte Nanine, als wir ins Haus traten.

»Ist sie wieder weg?« fragte Marguerite.

»Ja, in Ihrem Wagen. Sie sagte, das sei abgesprochen.«

»Ausgezeichnet!« rief Marguerite lebhaft. »Wollen Sie uns das Essen bringen?«

Zwei Tage danach kam ein Brief von Prudence, und in

den nächsten vierzehn Tagen schien Marguerite ihre merkwürdigen Bedrückungen überwunden zu haben, wegen der, nun sie gewichen waren, sie mich wiederholt um Verzeihung bat.

Das Gespann indessen kam nicht wieder.

»Warum schickt dir Prudence deinen Wagen nicht zurück?« fragte ich einmal.

»Das eine Pferd ist krank, und der Wagen muß in Ordnung gebracht werden. Es ist besser, wenn das geschieht, solange wir hier sind, wo wir ja den Wagen nicht brauchen, statt bis zu unserer Rückkehr zu warten.«

Etliche Tage später besuchte uns Prudence und bestätigte Marguerites Worte.

Die beiden Frauen spazierten allein im Garten herum und wechselten jedesmal das Gespräch, wenn ich mich dazugesellte.

Als Prudence abends aufbrach, erklärte sie zu frieren und bat Marguerite, ihr einen Kaschmirschal zu leihen.

So verfloß ein Monat, währenddessen Marguerite fröhlicher und liebevoller war als je zuvor.

Der Wagen indessen war nicht zurückgekommen, und der Kaschmirschal nicht zurückgeschickt worden. Das schien mir nicht mit rechten Dingen zuzugehen, und da mir bekannt war, in welcher Schublade Marguerite Prudences Briefe aufbewahrte, wartete ich eine Zeit ab, da sie im Garten war, eilte zu dem Schrank und versuchte, den Schub zu öffnen. Vergebens, das Schloß war zweimal umgedreht.

Darauf durchsuchte ich die Schübe, in denen gewöhnlich die Schmuckstücke und Juwelen aufbewahrt waren. Sie gingen ohne weiteres auf, aber die Kästchen samt Inhalt waren verschwunden.

Es gab mir einen Stich ins Herz.

Hätte ich von Marguerite Aufklärung verlangt, wohin der Schmuck verschwunden, so hätte sie mir gewiß nicht die Wahrheit gestanden.

Darum sagte ich: »Liebe Marguerite, ist es dir recht, daß ich einmal nach Paris gehe? Ich habe nicht hinterlassen, wo ich bin, und es können Briefe von meinem Vater angekommen sein. Er wird sich beunruhigen, wenn ich nicht antworte.«

»Geh nur, mein Lieber«, antwortete sie, »aber sei rechtzeitig wieder da.«

Ich fuhr.

Sogleich eilte ich zu Prudence.

»Sagen Sie mir offen und ehrlich«, erklärte ich ihr ohne Umschweif, »wo ist Marguerites Gespann?«

»Verkauft.«

»Der Schal?«

»Verkauft.«

»Die Diamanten?«

»Verpfändet.«

»Wer hat das verkauft und verpfändet?«

»Ich.«

»Warum haben Sie mich davon nicht in Kenntnis gesetzt?«

»Weil Marguerite es mir verboten hat.«

»Und warum haben Sie mich nicht um Geld angegangen?«

»Weil sie es nicht wollte.«

»Und wozu wurde das Geld gebraucht?«

»Um Schulden zu bezahlen.«

»Schuldet sie denn viel?«

»Noch etwa 30000 Franken. Ach, mein Lieber, ich habe es Ihnen gleich gestanden. Sie wollten mir nicht glauben.

Nun, jetzt sehen Sie es wohl ein. Der Teppichhändler, dem der Herzog gutgesagt hatte, wurde vor die Tür gesetzt, als er bei diesem vorsprach. Der Herzog schrieb ihm am nächsten Tag, daß er für Fräulein Gautier nicht mehr aufkomme. Der Mann verlangte sein Geld, er erhielt eine Anzahlung, nämlich die paar tausend Franken, um die ich Sie damals bat. Dann wurde ihm von gutmeinenden Menschen zugetragen, daß seine vom Herzog aufgegebene Schuldnerin mit einem jungen Mann ohne Vermögen lebe. Die anderen Gläubiger erfuhren es ebenfalls, sie verlangten Geld und ließen pfänden. Marguerite wollte alles verkaufen, doch war es schon zu spät, ich hätte auch Einspruch erhoben. Bezahlt mußte jedenfalls werden, und um Sie nicht um Geld bitten zu müssen, verkaufte sie die Pferde, die Kaschmirschals und verpfändete ihren Schmuck. Soll ich Ihnen die Quittungen und die Pfandscheine zeigen?«

Prudence schloß eine Schublade auf und zeigte mir die Papiere.

»Ach, Sie glauben wohl«, fuhr sie mit der Hartnäckigkeit einer Frau fort, die sich in ihrem Recht weiß, »Sie glauben wohl, man brauche weiter nichts zu tun, als einander zu lieben, aufs Land zu gehen und ein Schäferspiel zu spielen. Nein, mein Lieber, nein. Außer dem Ideal gibt es noch das wirkliche Leben, und die reinsten Vorsätze sind durch lächerliche, aber eiserne Bande an die Erde gekettet, und die lassen sich nicht so leicht zerbrechen. Wäre Marguerite kein so ungewöhnlicher Charakter, so hätte sie Sie schon hundertmal betrogen. Ich habe ihr jedenfalls oft genug zugeredet, denn es tat mir weh zu sehen, wie das arme Kind ihr Letztes hergab. Sie hörte nicht auf mich. Sie erwiderte, sie liebe Sie und werde Sie um keinen Preis der Welt betrügen. Das ist sehr schön, sehr romantisch, aber mit solcher Münze kann man die Gläubiger nicht befriedigen. Und jetzt kommt sie, wie gesagt, unter 30000 Franken nicht mehr los.«

»Nun gut, ich bringe das Geld auf.«

»Wollen Sie es borgen?«

»Mein Gott, ja.«

»Sie halsen sich da etwas Schönes auf, überwerfen sich mit Ihrem Vater und verbauen sich Ihr Fortkommen. Außerdem findet man 30000 Franken nicht einfach von heut auf morgen. Glauben Sie mir, lieber Armand, ich kenne die Frauen besser als Sie. Lassen Sie diese Torheit, Sie würden es doch bald bereuen. Nehmen Sie Vernunft an. Ich erwarte nicht, daß Sie Marguerite aufgeben, aber führen Sie doch das Leben so mit ihr wie zu Anfang des Sommers. Lassen Sie es ihre Sache sein, die Mittel aufzutreiben, um aus der Klemme zu kommen. Der Herzog wird mit der Zeit zu ihr zurückfinden. Graf N. sagte noch gestern zu mir, er wolle alle ihre Schulden bezahlen und ihr 4- oder 5000 Franken im Monat geben, wenn sie ihn will. Er bezieht 200000 Pfund Rente. Das ist etwas Gewisses für sie, da Sie doch einmal mit ihr Schluß machen müssen. Ziehen Sie das nicht so lange hinaus, bis Sie sich zugrunde gerichtet haben, um so mehr, als Graf N. ein Blödling ist und nichts Sie hindern wird, Marguerites Liebhaber zu bleiben. Zuerst heult sie natürlich ein wenig, aber dann findet sie sich drein und wird Ihnen noch einmal dankbar dafür sein, daß Sie so gehandelt haben. Bilden Sie sich ein, Marguerite sei verheiratet, und Sie setzten ihrem Manne Hörner auf. Weiter nichts.

Das alles habe ich Ihnen schon einmal gesagt. Damals war es nur ein guter Rat, aber heute gibt es beinahe keinen anderen Weg mehr.«

Prudence sagte die bittere Wahrheit.

»So ist es nun einmal«, fuhr sie fort, während sie die

Papiere wegschloß, die sie mir gezeigt hatte, »ausgehaltene Frauen rechnen zwar stets damit, daß sie geliebt werden, doch nicht, daß sie selber lieben, sonst würden sie Geld zur Seite legen und könnten sich dann mit dreißig Jahren den Luxus eines nicht zahlenden Liebhabers leisten. Hätte ich nur gewußt, was ich nun weiß! Kurz und gut, sprechen Sie nicht mit Marguerite darüber, und bringen Sie sie wieder nach Paris. Sie haben vier, fünf Monate allein mit ihr gelebt, das ist doch etwas. Drücken Sie nun ein Auge zu, mehr ist nicht nötig. In vierzehn Tagen geht sie auf den Grafen N. ein, den Winter über wird sie etwas ersparen, und im nächsten Sommer halten Sie es wie diesmal. So muß man es machen, mein Lieber.«

Und Prudence war begeistert von ihrem Vorschlag, den ich voll Empörung verwarf.

Nicht nur Liebe und Stolz verboten mir derart zu handeln, sondern ich war auch fest überzeugt, daß, wie die Dinge jetzt lagen, Marguerite lieber gestorben wäre, als in diesen Handel eingewilligt hätte.

»Genug gescherzt«, sagte ich zu Prudence. »Wieviel braucht Marguerite wirklich?«

»Ich sagte es ja, 30000 Franken.«

»Und wann braucht sie die?«

»In spätestens zwei Monaten.«

»Sie bekommt sie.«

Prudence zuckte mit den Achseln.

»Ich werde das Geld Ihnen bringen«, sagte ich weiter, »aber Sie schwören mir, Marguerite nichts davon zu sagen, daß es von mir kommt.«

»Seien Sie unbesorgt.«

»Und verständigen Sie mich, wenn sie wieder etwas verkaufen oder verpfänden will.«

»Da besteht keine Gefahr, denn sie hat nichts mehr.«

Von Prudence ging ich gleich in meine Wohnung, um nach Briefen meines Vaters zu sehen.

Es lagen vier da.

XIX

In den ersten drei Briefen äußerte sich mein Vater beunruhigt über mein Schweigen und fragte nach dem Grund. In dem letzten ließ er durchblicken, daß er über die Veränderung in meinem Lebenswandel unterrichtet sei, und kündigte seinen baldigen Besuch an.

Ich habe für meinen Vater stets große Achtung und aufrichtige Zuneigung gehegt. Ich antwortete ihm daher, eine kurze Reise sei an meinem Schweigen schuld, und bat ihn, mir den Tag seiner Ankunft rechtzeitig mitzuteilen, damit ich ihn abholen könne.

Ich gab meinem Diener die Adresse meiner Wohnung auf dem Lande, schärfte ihm ein, den ersten Brief, der den Stempel von C. trage, zu bringen, und kehrte unverzüglich nach Bougival zurück.

Marguerite erwartete mich an der Gartentür.

Auf ihrem Gesicht lag Unruhe. Sie flog mir an den Hals und konnte die Frage nicht unterdrücken: »Hast du Prudence gesehen?«

»Nein.«

»Du warst doch lange in Paris.«

»Es lagen Briefe meines Vaters da, die ich gleich beantworten mußte.«

Einen Augenblick danach kam Nanine ganz atemlos herein.

Marguerite stand auf und sprach leise mit ihr.

Als Nanine weggegangen war, setzte sich Marguerite neben mich, faßte mich bei der Hand und sagte: »Weshalb hintergehst du mich? Du bist bei Prudence gewesen.«

»Wer sagt das?«

»Nanine.«

»Woher weiß sie das?«

»Sie war dir gefolgt.«

»Du hast sie mir also nachgeschickt?«

»Ja. Ich sagte mir gleich, daß ein zwingender Grund vorliegen muß, wenn du nach Paris gehst, du, der vier Monate nicht von mir gewichen ist. Ich fürchtete, es sei dir ein Unglück widerfahren, oder du gingest vielleicht zu einer anderen Frau.«

»Du Kind!«

»Jetzt bin ich beruhigt, denn ich weiß, was du getan hast. Nur was man dir erzählt hat, weiß ich noch nicht.«

Ich zeigte ihr die Briefe meines Vaters.

»Die meine ich nicht. Ich möchte wissen, weshalb du zu Prudence gingst.«

»Sie einmal besuchen.«

»Liebster, du sagst nicht die Wahrheit.«

»Nun denn, ich fragte nach, ob es mit dem Pferd besser geht, und ob sie deinen Kaschmirschal und deinen Schmuck noch nötig hat.«

Marguerite errötete, antwortete jedoch nicht.

»Und so erfuhr ich«, sagte ich weiter, »was du mit deinen Pferden, Schals und Diamanten gemacht hast.«

»Bist du nun böse?«

»Ich bin bös, daß du dir nicht einfallen ließest, was du brauchst, von mir zu verlangen.«

»In einem Bund wie unserm muß die Frau, wenn sie noch

einen Funken Stolz besitzt, lieber jedes erdenkliche Opfer bringen, als den Geliebten um Geld zu bitten und ihre Liebe mit Geschäftlichem zu verquicken. Deiner Liebe bin ich gewiß, aber du hast keine Ahnung, wie leicht der Faden zerreißen kann, der das Herz eines Mannes an eine Frau meinesgleichen bindet. Wer weiß, ob du nicht an einem Tage der Bedrängnis oder des Überdrusses eine schlaue Berechnung in unserem Verhältnis zu erkennen glaubst. Prudence redet in den Tag hinein. Wozu brauche ich die Pferde? Nach dem Verkauf werde ich sparsamer wirtschaften. Ich kann sie entbehren und habe keine Unterhaltungskosten mehr. Die Hauptsache, daß du mich liebst, mehr verlange ich nicht. Und du liebst mich doch wohl ohne Gespann, ohne Kaschmirschals, ohne Diamanten nicht minder?«

Das alles sagte sie so unbefangen, daß mir bei ihren Worten Tränen in die Augen kamen.

»Aber meine beste Marguerite«, erwiderte ich und drückte meiner Geliebten zärtlich beide Hände, »du müßtest dir doch sagen, daß ich eines Tages erfahre, was du für Opfer bringst, und daß ich dann nicht einverstanden sein werde.«

»Weshalb denn?«

»Weil ich nicht zugebe, du liebes Kind, daß deine Neigung zu mir dich auch nur ein einziges Schmuckstück kostet. Ich will ebensowenig, daß du in einer Stunde der Bedrängnis und des Überdrusses auf den Gedanken kommst, daß diese Lage nicht entstanden wäre, wenn du mit einem anderen Mann gelebt hättest, und daß du dann auch nur einen Augenblick bereust, bei mir zu sein. In ein paar Tagen wirst du deine Pferde, deinen Schmuck und deine Kaschmirs wiederhaben. Sie sind für dich so wichtig wie die Luft zum Atmen. Und mag es lächerlich erscheinen, ich sehe dich lieber mit Luxus umgeben als ohne.«

»So liebst du mich nicht mehr?«

»Närrin!«

»Wenn du mich liebtest, würdest du zulassen, daß ich dich auf meine Weise liebe. Statt dessen siehst du in mir immer noch eine Dirne, die keinen Luxus entbehren kann, und glaubst, sie fortwährend bezahlen zu müssen. Du errötest, wenn du Beweise der Liebe von mir annehmen sollst. Ohne es dir einzugestehen, denkst du daran, dich eines Tages von mir zu trennen, und möchtest deine Anständigkeit nicht in Gefahr bringen. Du hast recht, mein Freund, aber ich hatte etwas anderes erwartet.«

Marguerite wollte aufstehen.

Ich hielt sie zurück und sagte: »Ich möchte dich glücklich wissen und daß du mir nichts vorwerfen sollst, weiter nichts.«

»Und so trennen wir uns?«

»Wieso, Marguerite? Wer vermag uns zu trennen?« rief ich.

»Du, weil du mir nicht erlauben willst, mich nach deinen Verhältnissen zu richten, und dir einbildest, du müßtest mich in den meinen belassen. Weil du die sittliche Kluft, die uns trennt, dadurch erhalten willst, daß du mich in dem Luxus läßt, in dem ich bisher lebte. Und weil du im Grunde meine Neigung nicht für so uneigennützig hältst, daß du dein Vermögen, von dem wir glücklich miteinander leben würden, mit mir zu teilen wagst, sondern dich, einem lächerlichen Vorurteil gehorsam, lieber ruinierst. Glaubst du denn, Wagen und Schmuckstücke könnten mir deine Liebe aufwiegen? Glaubst du, das Glück hänge für mich von Eitelkeiten ab, die einen befriedigen, wenn man nicht liebt, aber ihre Armseligkeit enthüllen, wenn man liebt. Du bezahlst meine Schulden, bringst dein Vermögen durch, und das heißt, du hältst mich aus. Wie lange wird das dauern? Zwei, drei Monate, und dann ist es zu spät, so zu leben, wie ich dir vorschlage; denn dann würdest du ganz und gar von mir abhängig sein, was ein Mann von Ehre nicht erträgt. Jetzt dagegen beziehst du acht- bis zehntausend Franken Rente, wovon wir leben können. Ich verkaufe, was ich nicht brauche, und allein aus dem Erlös ziehe ich zweitausend Pfund jährlich. Dann mieten wir für uns beide eine hübsche kleine Wohnung. Im Sommer gehen wir aufs Land, nicht in solch ein Haus wie dieses hier, sondern in ein kleines, das gerade für zwei Leute genügt. Du bist unabhängig, ich bin frei, und wir sind noch jung. Armand, stoß mich um des Himmels willen nicht in das Leben zurück, das ich früher zu führen genötigt war!«

Ich vermochte nicht zu antworten, Tränen der Dankbarkeit und der Liebe füllten meine Augen, und ich schlang meine Arme um Marguerite.

»Ich wollte das«, fuhr sie fort, »in Ordnung bringen, ohne dir etwas davon zu sagen, alle meine Schulden bezahlen und mich nach einer neuen Wohnung umsehen. Im Oktober wären wir nach Paris zurückgekehrt, und die Sache wäre abgetan gewesen. Nachdem dir aber Prudence alles erzählt hat, mußt du zum voraus einwilligen statt hinterher. Liebst du mich so sehr, daß du es tust?«

Wer hätte eine solche Aufopferung zurückweisen können? Ich küßte Marguerites Hände innig und sagte: »Ich tue, was du nur willst.«

Und so blieb es bei ihrem Entschluß.

Jetzt bemächtigte sich ihrer eine ausgelassene Fröhlichkeit: Sie tanzte, sie sang, sie schwärmte von der Schlichtheit der neuen Wohnung, von dem Stadtviertel und beriet schon mit mir die Einrichtung.

Sie war glücklich und stolz über diesen Entschluß, der uns endgültig zu vereinen versprach.

Auch ich wollte nicht hinter ihr zurückstehen.

In diesem Augenblick entschied sich mein Leben. Ich machte einen Überschlag über mein Vermögen und vermachte Marguerite den Genuß der Rente, die ich von meiner Mutter hatte und mir freilich durchaus nicht ausreichend erschien, ihr Opfer auszugleichen.

Mir blieben die 5000 Franken Jahrgeld, die mir mein Vater ausgesetzt hatte, und mit dieser Summe besaß ich, mochte kommen was will, genug zum Leben.

Marguerite sagte ich nicht, was ich beschlossen hatte, da ich überzeugt war, daß sie die Schenkung anzunehmen sich weigern würde.

Diese Rente war der Ertrag einer Hypothek von 60 000 Franken auf ein Haus, das ich noch nicht einmal gesehen. Ich war nur insofern im Bilde, als der Notar meines Vaters, ein alter Freund unserer Familie, mir jedes Vierteljahr 750 Franken gegen eine einfache Quittung aushändigte.

An dem lag, da Marguerite mit mir wegen der Wohnungssuche nach Paris reiste, begab ich mich zu diesem Notar und erkundigte mich, wie ich es anfangen müsse, die Rente auf eine andere Person zu übertragen.

Der gute Mann hielt mich für ruiniert und fragte, was mich zu diesem Schritt bewege. Da ich ihm nun früher oder später doch erklären mußte, wem ich die Rente vermache, zog ich vor, ihm gleich die Wahrheit zu sagen.

Er erhob keinen Einspruch, obwohl er als Notar und Freund der Familie dazu berechtigt war, und versprach, alles aufs beste zu erledigen.

Ich nahm ihm natürlich das Versprechen größter Verschwiegenheit meinem Vater gegenüber ab. Danach suchte ich Marguerite wieder auf, die mich bei Julie Duprat erwartete, bei der sie, um Prudences Vorhaltungen zu entgehen, geblieben war.

Wir gingen auf die Wohnungssuche. Was wir zu sehen bekamen, fand Marguerite viel zu teuer, ich dagegen zu bescheiden. Schließlich einigten wir uns und entschieden uns für ein abseits vom Hauptgebäude liegendes kleines Gartenhaus in einem der ruhigsten Viertel von Paris.

Zu dem Gartenhäuschen gehörte ein angenehmer Garten, der sich dahinter erstreckte und den eine Mauer einfriedigte, hoch genug, um die Nachbarn zu verdecken, und niedrig genug, um die Aussicht nicht zu versperren.

Es übertraf unsere Erwartungen.

Während ich nach Hause ging, um meine Wohnung zu kündigen, begab sich Marguerite zu einem Geschäftsmann, der, wie sie sagte, für ihre Freundinnen bereits getan hatte, worum sie ihn jetzt bitten wollte.

Befriedigt holte sie mich in der Rue de Provence ab. Der Mann hatte ihr versprochen, alle Schulden zu begleichen, Rechnung zu legen und ihr 20000 Franken für die Übereignung sämtlicher Möbel auszuzahlen.

An dem Ergebnis der Versteigerung können Sie ermessen, daß dieser Biedermann seine Auftraggeberin um mehr als 30000 Franken übervorteilt hätte.

Frohgelaunt fuhren wir zurück nach Bougival und unterhielten uns dabei fortwährend über unsere Zukunft, die wir in unserer Sorglosigkeit und Verliebtheit uns in den rosigsten Farben ausmalten.

Wir saßen acht Tage später gerade beim Frühstück, als Nanine mir meldete, daß mein Diener mich zu sprechen verlange.

Ich ließ ihn hereinkommen.

»Herr Duval«, sagte er, »Ihr Vater ist nach Paris gekommen und bittet, Sie möchten ihn gleich in Ihrer Wohnung aufsuchen, wo er auf Sie wartet.«

Diese Nachricht besagte etwas ganz Selbstverständliches, und doch blickten Marguerite und ich einander an, als wir sie vernahmen.

Wir ahnten, daß uns daraus Unheil drohe.

Darum faßte ich, obwohl sie nicht mitteilte, was ich doch mit ihr zugleich fühlte, ihre Hand und sagte: »Du mußt keine Furcht haben.«

»Komm sobald als möglich zurück«, flüsterte sie, während sie mich umarmte. »Ich warte am Fenster auf dich.«

Ich beauftragte Josef, meinem Vater zu sagen, daß ich sofort komme.

Zwei Stunden danach war ich in der Rue de Provence.

XX

Mein Vater saß im Schlafrock in meinem Wohnzimmer und schrieb.

An der Art, wie er bei meinem Eintreten die Augen auf mich richtete, erkannte ich sofort, daß es sich um etwas Ernstes handeln werde.

Doch ging ich auf ihn zu, als hätte ich nichts aus seiner Miene gelesen, und umarmte ihn.

»Wann sind Sie angekommen, Vater?«

»Gestern abend.«

»Und sind wie stets bei mir abgestiegen?«

»Ja.«

»Es tut mir leid, daß ich nicht hier war, um Sie abzuholen.«

Ich war darauf gefaßt, daß auf diese Worte hin die Strafpredigt losbrechen würde, die das ernste Gesicht meines Vaters verhieß, aber er antwortete gar nicht, versiegelte den Brief, den er gesehrieben hatte, und übergab ihn Josef, damit er ihn bei der Post einwerfe.

Als wir allein waren, erhob sich mein Vater und sagte, indem er sich an den Kamin lehnte:

»Mein lieber Armand, wir müssen ein ernstes Wort miteinander reden.«

»Ich höre, Vater.«

»Versprichst du offen zu sein?«

»Ich pflege es zu sein.«

»Ist es wahr, daß du mit einer Frau namens Marguerite Gautier lebst?«

»Ja.«

»Weißt du, was die Frau gewesen ist?«

»Eine Mätresse.«

»Und ihretwegen hattest du dieses Jahr keine Zeit, uns zu besuchen, deine Schwester und mich?«

»Ja, Vater, das geb' ich zu.«

»Liebst du denn diese Frau wirklich?«

»Wie Sie sehen, Vater; denn sie hat mich eine teure Pflicht vernachlässigen lassen, was zu verzeihen ich Sie jetzt beschämt bitte.«

Auf eine so bestimmte Antwort war mein Vater offenbar nicht gefaßt. Er dachte einen Augenblick nach und sagte dann: »Du wirst dir klar darüber sein, daß du so nicht immer leben kannst?«

»Ich habe das schon befürchtet, Vater, doch bin ich mir darüber noch nicht klar geworden.«

»Du hättest dir jedenfalls sagen sollen«, fuhr mein Vater in nüchternem Ton fort, »daß ich das nicht dulden werde.«

»Ich dachte, solange ich die Achtung nicht verletze, die ich Ihrem Namen und unserer Familienehre schulde, könne ich leben, wie ich wolle, und das zerstreute die Befürchtungen ein wenig, die ich hegte.«

Leidenschaften sind stärker als Gesinnungen. Um bei Marguerite zu bleiben, war ich zu jedem Kampf entschlossen, sogar gegen meinen Vater.

»Dann ist der Augenblick gekommen, dein Leben zu ändern.«

»Ja weshalb, Vater?«

»Weil ihr im Begriff seid, Dinge zu tun, die die Achtung verletzen, die du unserer Familie zollst, wie du sagst.«

»Ich verstehe Sie nicht recht.«

»Das will ich dir erklären. Daß du eine Geliebte hast, dagegen ist nichts zu sagen. Daß du sie bezahlst, wie ein Mann von Welt die Liebe einer käuflichen Frau bezahlt, ist durchaus in der Ordnung. Daß du aber ihretwegen die heiligsten Pflichten hintansetzt, daß ihr das Gerücht über euer schandbares Leben bis in unsere Provinz dringen laßt und den ehrlichen Namen, den ich dir gab, mit Schmutz besudelt, das geht unter keinen Umständen an und darf nicht sein.«

»Lieber Vater, darf ich Ihnen sagen, daß diejenigen schlecht unterrichtet sind, die Sie über meine Lebensführung belehrt haben. Ich bin Fräulein Gautiers Geliebter, und ich lebe mit ihr, das ist etwas ganz Alltägliches. Den Namen, den ich Ihnen verdanke, gebe ich Fräulein Gautier nicht. Ich wende für sie auf, was meine Mittel mir erlauben, Schulden habe ich nicht gemacht, und also sehe ich mich durchaus nicht in einer Lage, in welcher ein Vater dem Sohn das vorzuhalten berechtigt ist, was Sie mir vorgehalten haben.«

»Ein Vater hat jederzeit das Recht, seinen Sohn von dem schlechten Weg, den er ihn einschlagen sieht, zurückzuholen. Noch hast du nichts Unrechtes getan, aber du wirst es tun.«

»Vater!«

»Ich kenne das Leben besser als du. Vollkommen reiner Gefühle sind auch nur vollkommen reine Frauen fähig. Jede Manon formt sich ihren Des Grieux. Aber die Zeiten und Sitten haben sich geändert. Wozu sollte die Menschheit weiterleben, wenn sie sich nicht besserte. Du wirst dich von deiner Geliebten trennen.«

»Es tut mir leid, daß ich Ihnen nicht gehorchen kann, Vater. Es ist ausgeschlossen.«

»Ich werde dich zwingen.«

»Zum Glück gibt es keine Saint-Marguerite-Inseln mehr, auf die man die Kurtisanen verschickt; gäbe es sie aber noch, so würde ich Fräulein Gautier folgen, wenn Ihnen gelänge, sie deportieren zu lassen. Vielleicht handle ich falsch, doch kann ich ohne diese Frau nie und nimmer glücklich sein.«

»Bleib doch bei Vernunft, Armand, sieh doch in mir deinen Vater, der dich allzeit liebt und nur dein Bestes will. Verträgt es sich mit deiner Ehre, daß du mit einer Dirne, die alle Welt besessen hat, in wilder Ehe lebst?«

»Das kümmert mich nicht, Vater, da sie niemand mehr besitzen wird. Das kümmert mich nicht, wenn mich diese Frau liebt und durch die Liebe, die ich zu ihr hege, wieder gesundet. Kurzum, das kümmert mich nicht, weil sie sich bekehrt hat.«

»Ha, du glaubst demnach, Gott habe einen so verschrobenen Lebenszweck gesetzt, und dein Herz dürfe sich für nichts anderes mehr begeistern? Was wird das Ende dieser Wunderkur sein, und wie wirst du über deine heutige Anschauung denken, wenn du einmal vierzig Jahre alt bist? Lachen wirst du über deine Verliebtheit, wenn du dann überhaupt noch lachen kannst, wenn deine Vergangenheit nicht zu große Narben bekommen hat. Was wärst du heute, wenn dein Vater solche Einfälle gehabt und jeder verliebten Anwandlung nachgegeben hätte, anstatt sein Leben unbeirrbar auf den Begriff der Ehre und der Rechtlichkeit zu gründen. Bedenke dich, Armand, und rede kein so törichtes Zeug mehr.

Nicht wahr, du gibst die Frau auf? Dein Vater fleht dich darum an.«

Ich antwortete nicht.

»Armand«, fuhr mein Vater fort, »hör auf mich, beim Andenken deiner seligen Mutter, und gib dieses Leben auf. Du wirst es rascher vergessen, als du glaubst, denn nur eine unhaltbare Theorie läßt dich daran festhalten. Du bist erst vierundzwanzig, denk an die Zukunft! Du kannst diese Frau nicht auf die Dauer lieben, wie sie dich nicht auf die Dauer lieben wird. Ihr überschätzt alle beide eure Neigung. Du verbaust dir deine Zukunft. Noch einen Schritt weiter, und es gibt keine Umkehr mehr auf dem Wege, den du eingeschlagen hast, und dein ganzes Leben lang wirst du das bereuen. Verreise, verbringe ein oder zwei Monate bei deiner Schwester. In der Ruhe, der Traulichkeit des Vaterhauses gesundest du rasch von diesem Fieber, denn weiter ist es nichts.

Unterdessen tröstet sich deine Geliebte, nimmt sich einen anderen Liebhaber, und wenn du dann siehst, wessentwegen du in die Gefahr geraten bist, dich mit deinem Vater zu überwerfen und seine Zuneigung zu verlieren, wirst du zugeben, daß ich gut daran tat, dich aufzusuchen, und du wirst mich dafür segnen.

Nicht wahr, Armand, du kommst doch mit?«

Ich sah ein, daß mein Vater in bezug auf andere Frauen

wohl recht hatte, war jedoch fest überzeugt, daß er Marguerite gegenüber sich irrte. Aber er hatte die letzten Worte so zärtlich und flehend gesprochen, daß ich nicht zu antworten wagte.

»Nun?« fragte er mit bewegter Stimme.

»Ja, Vater«, sagte ich endlich, »versprechen kann ich Ihnen nichts. Was Sie von mir verlangen, geht über meine Kraft. Glauben Sie mir«, fuhr ich fort, als ich ihn eine ungeduldige Gebärde machen sah, »Sie sehen die Folgen, die unsere Verbindung hat, in einem zu düsteren Licht. Marguerite ist nicht die Dirne, die Sie in ihr sehen. Diese Liebe führt mich keineswegs auf einen schlechten Weg, sondern ist vielmehr imstande, die achtbarsten Gefühle in mir zu wekken. Echte Liebe, welche Frau sie auch in uns hervorruft, bessert stets. Wenn Sie Marguerite kennen würden, würden Sie verstehen, daß mir keinerlei Gefahr droht. Sie ist großmütig wie nur irgendeine Frau und uneigennützig, wo andere an ihren Vorteil denken.«

»Was sie indessen nicht hindert, sich dein ganzes Vermögen schenken zu lassen, denn die 60000 Franken, die du von deiner Mutter bekommen hast und die du ihr gibst, sind, das merke dir wohl, dein einziges Vermögen.«

Diese Drohung hatte sich mein Vater wahrscheinlich als seinen letzten Trumpf aufgespart.

Aber gegen seine Drohungen fühlte ich mich besser gewappnet als gegen seine Bitten.

»Wer hat Ihnen erzählt, daß ich ihr diese Summe überlassen will?« entgegnete ich.

»Mein Notar. Dürfte wohl ein Ehrenmann dergleichen vornehmen, ohne mich zu unterrichten? Eben deswegen bin ich nach Paris gekommen, ich will verhindern, daß du dich einer Dirne wegen zugrunde richtest. Deine Mutter hat dir bei ihrem Tode das Geld vermacht, damit du in Ehren leben sollst, aber nicht, damit du es an deine Mätresse vergeudest.«

»Vater, ich schwöre, daß Marguerite keine Ahnung von der Schenkung hat.«

»Ja wozu willst du sie dann vornehmen?«

»Weil Marguerite, eben die Frau, die Sie schmähen und die ich preisgeben soll, alles was sie besitzt opfert, um mit mir zu leben.«

»Und dieses Opfer nimmst du an? Ja was für ein Mann bist du denn, daß du einem Fräulein Marguerite erlaubst, dir etwas zu opfern? Das ist allerhand. Du sagst dich von dieser Frau los! Vorhin bat ich dich darum, jetzt verlange ich es. Solche Schmutzigkeiten dulde ich nicht in meiner Familie. Packe deine Koffer und halte dich bereit, mit mir abzureisen.«

»Verzeihung, Vater«, sagte ich nunmehr, »aber ich komme nicht mit.«

»Weshalb?«

»Weil ich in einem Alter bin, in dem man nicht mehr blind gehorcht.«

Bei dieser Antwort erblaßte mein Vater.

»Nun gut«, entgegnete er, »ich weiß, welche Schritte ich zu tun habe.«

Er läutete.

Josef erschien.

»Lassen Sie meine Koffer ins Hotel de Paris bringen«, sagte er dem Diener.

Damit ging er in sein Zimmer, wo er sich fertig machte. Als er herauskam, trat ich ihm entgegen.

»Lieber Vater«, sagte ich, »wollen Sie mir versprechen, nichts zu unternehmen, was Marguerite weh tun könnte?«

Mein Vater blieb stehen, sah mich verächtlich an und antwortete bloß:

»Ich glaube, du bist verrückt.«

Danach ging er weg und schlug die Tür heftig hinter sich zu.

Ich ging ebenfalls hinunter, nahm eine Droschke und fuhr nach Bougival.

Marguerite wartete am Fenster auf mich.

XXI

»Endlich!« rief sie und flog mir an den Hals. »Da bist du ja! Du siehst blaß aus.«

Ich erzählte ihr von dem Auftritt mit meinem Vater.

»Gott«, sagte sie, »ich habe es geahnt. Als Josef die Ankunft deines Vaters meldete, erschrak ich wie bei einer Hiobsbotschaft. Armer Freund! Und an dem ganzen Kummer bin ich schuld. Vielleicht ist es doch besser, du trennst dich von mir, anstatt dich mit deinem Vater zu entzweien. Freilich habe ich ihm nichts getan. Wir haben in der Stille gelebt und haben vor, noch eingezogener zu leben. Er muß doch begreifen, daß du eine Geliebte brauchst, und sollte froh sein, daß ich es bin, denn ich liebe dich und verlange nicht, über deine Verhältnisse zu leben. Hast du ihm nicht erzählt, wie wir uns die Zukunft gedacht haben?«

»Gewiß. Aber das hat ihn am meisten aufgebracht. Denn eben dieser Vorsatz erschien ihm als der Beweis, daß wir einander wirklich lieben.«

»Was nun?«

»Wir halten zueinander, meine liebe Marguerite, bis das Gewitter vorüber ist.«

»Geht es vorüber?«

»Es muß ja.«

»Wird es dein Vater dabei bewenden lassen?«

»Was denkst du, daß er tun könnte?«

»Was weiß ich? Alles was ein Vater tun kann, seinen Sohn zum Gehorsam zu zwingen. Er wird dir meine Vergangenheit vor Augen halten und mir womöglich die Ehre erzeigen, noch irgend etwas hinzuzuerfinden, um dich von mir abzuwenden.«

»Du weißt ja, wie ich dich liebe.«

»Ja, aber ich weiß auch, daß man seinem Vater früher oder später gehorchen muß. Eines Tages läßt du dich vielleicht doch bekehren.«

»Niemals, Marguerite, sondern ich werde ihn bekehren. Ihn haben die Zuträgereien gewisser Freunde in Wut gebracht. Aber weil er gut und gerecht ist, wird er sich wiederfinden. Was soll mich das jetzt kümmern.«

»Sage das nicht, Armand. Mir wäre alles andere lieber, als daß du das Gefühl hast, ich entfremde dich deiner Familie. Warte einen Tag ab und geh morgen nach Paris zurück. Dein Vater wird es sich genauso überlegt haben wie du, vielleicht versteht ihr einander besser. Stoß ihn nicht vor den Kopf, laß erkennen, daß du seinen Wünschen entgegenkommen willst. Du mußt dir den Anschein geben, als ob du nicht unbedingt an mir festhältst, dann wird er die Dinge auf sich beruhen lassen. Sei zuversichtlich, mein Freund, und des einen darfst du, komme was wolle, gewiß sein: Marguerite bleibt dein.«

»Schwörst du das!«

»Muß ich noch schwören?«

Wie süß ist es, wenn man sich von jemand überreden läßt, den man liebt. Wir brachten den Tag damit zu, unsere Pläne durchzusprechen, als ob wir eingesehen hätten, daß sie nun schneller verwirklicht werden müssen. Wir waren jede Minute darauf gefaßt, daß etwas geschehen könne; doch verging der Tag zum Glück, ohne etwas Neues zu bringen.

Am folgenden Tag fuhr ich um zehn Uhr ab und war gegen Mittag im Hotel. Mein Vater war schon ausgegangen.

Ich begab mich in meine Wohnung, wo ich ihn anzutreffen hoffte. Es war niemand dagewesen. Ich ging zum Notar. Niemand da.

Ich kehrte ins Hotel zurück und wartete bis sechs. Herr Duval erschien nicht.

Nun kehrte ich nach Bougival zurück.

Marguerite wartete nicht auf mich wie am Tage zuvor, sondern saß am Kaminfeuer, das man zu dieser Jahreszeit schon brauchte.

Sie war so tief in Gedanken, daß sie mich nicht hörte und sich nicht umdrehte, als ich mich hinter ihren Sessel stellte. Sowie ich die Lippen auf ihre Stirne drückte, zuckte sie zusammen, als ob der Kuß sie aus tiefen Träumen aufwecke.

»Hast du mich erschreckt«, sagte sie. »Und dein Vater?«

»Ich habe ihn nicht angetroffen. Ich weiß nicht, was das bedeuten soll. Er war weder im Hotel noch anderwärts, wo man ihn vermuten konnte.«

»Dann mußt du es morgen noch einmal versuchen.«

»Ich möchte lieber warten, bis er mich auffordert. Was er von mir erwarten kann, habe ich getan.«

»Nein, mein Freund, noch nicht alles. Du mußt deinen Vater noch einmal aufsuchen, und zwar morgen.«

»Weshalb ausgerechnet morgen.«

»Weil«, und dabei schien mir Marguerite zu erröten, »weil er dann sieht, wieviel dir daran liegt, und er uns desto lieber verzeihen wird.«

Den ganzen Tag über war Marguerite in sich gekehrt, zerstreut, betrübt. Ich mußte meine Worte jedesmal wiederholen, wenn ich Antwort haben wollte. Sie erklärte ihre Zerstreutheit mit der Sorge um die Zukunft, in der die unerwartete Wendung sie schon zwei Tage lang erhalte.

Die ganze Nacht redete ich ihr gut zu. Am Morgen drängte sie mit einer steigenden Unruhe, die ich mir nicht erklären konnte, zum Aufbruch.

Wiederum traf ich meinen Vater nicht an. Doch hatte er beim Weggehen folgenden Brief hinterlassen:

Solltest Du mich heute besuchen, so warte bis vier Uhr. Bin ich dann noch nicht zurück, so speise morgen mit mir; ich muß Dich sprechen.

Ich wartete bis zur angegebenen Stunde. Mein Vater kam nicht. Also fuhr ich zurück.

Hatte ich Marguerite gestern betrübt angetroffen, so fand ich sie jetzt in fieberhafter Erregung. Als ich ins Zimmer trat, fiel sie mir um den Hals und weinte lange in meinen Armen.

Ich verlangte die Ursache des plötzlichen Anfalls zu erfahren, der mich wegen seiner Heftigkeit bestürzte. Indem sie all das vorbrachte, was eine Frau vorbringt, wenn sie die Wahrheit verschweigen will, sagte sie doch nichts Stichhaltiges.

Als sie etwas ruhiger geworden war, erzählte ich, wie mein Besuch verlaufen war. Und um ihr anzukündigen, daß wir auf einen erfreulichen Ausgang rechnen könnten, gab ich ihr meines Vaters Brief zu lesen.

Aber der Anblick des Briefes, die Vermutung, die ich aussprach, riefen ein derart heftiges Schluchzen hervor, daß ich Nanine zu Hilfe rufen mußte. Und da ich einen Nervenzusammenbruch fürchtete, brachten wir das arme Kind, das wortlos fortweinte und dabei meine Hände umklammerte und immer wieder küßte, zu Bett.

Ich fragte Nanine, ob ihre Herrin während meiner Abwesenheit einen Brief oder einen Besuch empfangen habe, aus dem der Zustand zu erklären sei, in dem ich sie vorgefunden. Aber Nanine sagte, es sei niemand dagewesen und nichts gebracht worden.

Und doch mußte während des letzten Tages etwas Unheildrohendes vorgefallen sein, das Marguerite mir verbarg.

Abends schien sie ein wenig ruhiger zu sein. Sie hieß mich auf das Fußende des Bettes sitzen und beteuerte mir mit vielen Worten ihre Liebe. Schließlich lächelte sie mir sogar wieder zu, obschon gezwungen, denn Tränen verschleierten ihre Augen. Ich ließ nichts unversucht, ihr den eigentlichen Grund ihres Kummers zu entlocken, aber sie beharrte immer wieder bei den nichtssagenden Erklärungen, die ich schon erwähnte.

Endlich übermannte sie der Schlaf in meinen Armen, aber es war ein Schlaf, der den Menschen mehr schwächt als stärkt. Ab und zu schrie sie auf oder fuhr wach werdend hoch, und wenn sie sich dann vergewissert hatte, daß ja ich bei ihr war, mußte ich schwören, sie ewig zu lieben.

Ich konnte mir ihre Angstanfälle, die bis zum Morgen anhielten, nicht erklären. Zuletzt fiel Marguerite in eine Art Betäubung. Sie hatte zwei Nächte nicht geschlafen.

Lange dauerte die Ruhe nicht.

Gegen elf Uhr wachte Marguerite auf, und als sie merkte, daß ich aufgestanden war, blickte sie im Zimmer umher und rief: »Gehst du denn schon?«

»Nein«, sagte ich und ergriff ihre Hände, »ich wollte dich nur nicht aufwecken. Es ist noch früh.«

»Wann gehst du nach Paris?«

»Um vier.«

»So bald schon? Bis dahin bleibst du bei mir, nicht wahr?«

»Aber gewiß, tue ich es nicht immer?«

»Ich bin glücklich darüber. Wollen wir frühstücken?« fügte sie etwas zerstreut hinzu.

»Wenn du willst.«

»Und dann nimmst du mich in deine Arme, bis du gehst.«

»Gern, und ich komme so bald als möglich zurück.«

»Kommst du zurück?« sagte sie und schaute mich verstört an.

»Selbstverständlich.«

»Ja ja, heute abend kommst du zurück, und ich warte auf dich wie stets, und du liebst mich, und wir sind wieder so glücklich, wie wir es vom ersten Tag an waren.«

All ihre Worte kamen stoßweise heraus. Ein ungeheuer schmerzlicher Gedanke schien sich hinter ihnen zu verbergen, so daß ich jeden Augenblick befürchtete, Marguerite werde wahnsinnig.

»Ich glaube, du bist krank«, sagte ich, »in diesem Zustand kann ich dich nicht allein lassen. Ich schreibe meinem Vater, daß er nicht auf mich warten soll.«

»Nein, nein«, rief sie heftig, »das darfst du nicht tun. Dein Vater könnte mir auch noch vorwerfen, daß ich dich abhalte, wenn er dich sehen will. Nein, nein, du mußt gehen, du mußt es! Auch bin ich gar nicht krank, ich fühle mich ganz wohl. Ich habe nur schlecht geträumt und bin mit dem verkehrten Fuß aufgestanden.«

Von diesem Augenblick an gab sich Marguerite ein heiteres Aussehen. Sie weinte nicht mehr.

Als es Zeit zum Aufbrechen war, umarmte ich sie und fragte, ob sie mich nicht zum Bahnhof bringen wolle. Ich hoffte, der Weg werde sie ablenken und die Luft ihr gut tun.

Auch trachtete ich, möglichst lange mit ihr zusammenzubleiben.

Sie war einverstanden, zog ihren Mantel an und hieß Nanine mitgehen, damit sie auf dem Rückweg nicht allein sei.

Zwanzigmal war ich im Begriff, die Fahrt zu verschieben. Aber die Erwartung, daß ich rasch zurückkommen könne, und die Befürchtung, meinen Vater aufs neue gegen mich aufzubringen, gaben den Ausschlag, und ich fuhr ab.

»Bis heut abend«, sagte ich zu Marguerite beim Abschied. Sie gab keine Antwort.

Einmal schon hatte sie dasselbe Abschiedswort unbeantwortet gelassen, Sie entsinnen sich, als Graf G. die Nacht bei ihr war.

Aber die Zeit lag so weit zurück, daß sie meinem Gedächtnis fast entschwunden war, und wenn ich mich schon ängstigte, so gewiß nicht deswegen, daß Marguerite mich betrügen könne.

In Paris eilte ich sofort zu Prudence, um sie zu bitten, daß sie Marguerite besuchen möchte, denn ich dachte mir, ihre Lebhaftigkeit und Fröhlichkeit könne diese zerstreuen.

Ohne mich anmelden zu lassen, trat ich bei Prudence ein und traf sie beim Ankleiden.

»Oh«, sagte sie mit einer gewissen Unruhe. »Haben Sie Marguerite mitgebracht?«

»Nein.«

»Wie geht es ihr?«

»Sie ist unpäßlich.«

»Wird sie noch kommen?«

»Wollte sie denn kommen?«

Madame Duvernoy wurde rot und erwiderte ziemlich verlegen: »Ich meinte, ob sie Ihnen nicht nachkommen wird, wenn Sie hier in Paris sind.«

»Nein.«

Ich blickte Prudence an. Sie schlug die Augen nieder, und ich glaubte in ihren Mienen die Befürchtung zu erkennen, daß ich noch eine Weile zu bleiben gedächte.

»Ich wollte Sie sogar bitten, liebe Prudence, Marguerite heut abend aufzusuchen, wenn Sie nichts anderes vorhaben, und ihr Gesellschaft zu leisten. Sie können draußen übernachten. In einem solchen Zustand wie heute habe ich sie überhaupt noch nicht gesehen, und ich habe Angst, daß sie krank wird.«

»Heute abend kann ich Marguerite nicht besuchen, weil ich an einem Essen in der Stadt teilnehme«, erwiderte Prudence. »Ich besuche sie morgen.«

Ich verabschiedete mich von Madame Duvernoy, die ähnlich verstört zu sein schien wie Marguerite, und begab mich zu meinem Vater, der mich sofort aufmerksam musterte.

Er reichte mir die Hand.

»Ich freue mich, daß du mich zweimal aufgesucht hast, Armand«, sagte er. »Ich schöpfe daraus die Hoffnung, daß du dir die Sache von deiner Seite überlegt hast, wie ich es jedenfalls von der meinen getan habe.«

»Darf ich wohl fragen, Vater, zu welchen Folgerungen Sie gelangt sind?«

»Zu der, mein Lieber, daß ich das Gerede, das mir zu Ohren kam, zu tragisch genommen habe, und daß ich nicht zu streng mit dir verfahren will.«

»Ist das wahr, lieber Vater?« rief ich freudig aus.

»Ich denke, mein liebes Kind, daß jeder junge Mann eine

Geliebte haben muß, und es ist mir, nach dem, was ich inzwischen erfahren habe, lieber, du bist Fräulein Gautiers Liebhaber als der einer anderen.«

»Sie sind großartig, Vater. Und wie glücklich machen Sie mich!«

Wir unterhielten uns noch eine Weile und gingen dann zu Tisch. Während der ganzen Mahlzeit war mein Vater die Liebenswürdigkeit selbst.

Ich war begierig, nach Bougival zurückzufahren und Marguerite von der glücklichen Wendung zu berichten, und sah alle Augenblicke nach der Uhr.

»Brennst du so darauf, von mir fortzukommen, weil du dauernd nach der Uhr schaust?« sagte mein Vater. »O die Jugend! Müßt ihr denn durchaus die echte Liebe hinter die zweifelhafte zurückstellen?«

»Sagen Sie das nicht, Vater. Daß Marguerite mich liebt, steht außer Zweifel.«

Mein Vater sagte hierzu nichts. Es sah aus, als ob er weder daran glaube, noch daran zweifle.

Er drang in mich, ich möchte den ganzen Abend bei ihm bleiben und erst den anderen Tag zurückgehen. Aber ich erklärte ihm, daß Marguerite unpäßlich gewesen sei, und bat ihn um die Erlaubnis, sie beizeiten aufzusuchen, wofür ich ihm versprach, morgen wiederzukommen.

Das Wetter war schön. Er begleitete mich zum Bahnhof. Ich war nie glücklicher gewesen. Die Zukunft lag so rosig vor mir, wie ich es mir seit langem schon ersehnte.

Und ich liebte meinen Vater mehr als je zuvor.

Im letzten Augenblick redete er mir noch einmal zu, zu bleiben.

Ich schlug ab.

»Liebst du sie denn wirklich?« fragte er.

»Über alle Maßen.«

»Nun dann fahre.« Und er fuhr mit der Hand über die Stirn, als wolle er einen Gedanken verjagen, und öffnete den Mund, als wolle er mir noch etwas sagen. Aber er begnügte sich dann damit, mir die Hand zu drücken, und wandte sich rasch ab, während er rief: »Also auf morgen!«

XXII

Mir kam es vor, als rücke der Zug überhaupt nicht von der Stelle.

Um elf war ich in Bougival.

Kein einziges Fenster war erleuchtet, und niemand kam, als ich läutete.

So etwas war mir noch nicht widerfahren. Endlich erschien der Gärtner und ließ mich ein.

Nanine kam mir mit einem Licht entgegen. Ich ging in Marguerites Zimmer.

»Wo ist Madame?«

»Madame ist in die Stadt gefahren«, erwiderte Nanine.

»Nach Paris?«

»Ja, Herr.«

»Wann?«

»Eine Stunde nach Ihrer Abfahrt.«

»Hat sie keine Nachricht hinterlassen?«

»Nichts.«

Nanine entfernte sich.

Ich traue ihr zu, dachte ich, daß sie Argwohn hegte und nach Paris gegangen ist, um sich Gewißheit zu verschaffen, ob der Besuch bei meinem Vater nicht etwa ein Vorwand sei, eigene Wege zu gehen.

Vielleicht hat ihr auch Prudence wegen irgendwelcher wichtigen Sachen geschrieben, sagte ich mir, als ich allein war. Aber ich hatte ja Prudence gleich nach meiner Ankunft besucht, und dem, was sie erzählt hat, konnte ich nicht entnehmen, daß sie an Marguerite geschrieben habe.

Auf einmal ging mir durch den Kopf, daß Madame Duvernoy, als ich ihr erzählt hatte, Marguerite sei krank, mich fragte: Kommt sie denn heute nicht? Und gleichzeitig fiel mir Prudences Verlegenheit ein, als ich sie bei diesen Worten, hinter denen eine Verlegenheit zu stecken schien, ansah. Diese Überlegung verknüpfte sich mit der anderen, daß Marguerite fast den ganzen Tag Tränen vergossen hatte, Tränen, die ich über der guten Aufnahme bei meinem Vater ein wenig vergessen hatte.

Alsbald erregten die Vorfälle des vergangenen Tages meinen alten Argwohn aufs neue, und er setzte sich derart in mir fest, daß alles ihn erhärtete, auch die Nachgiebigkeit meines Vaters.

Marguerite hatte mich geradezu genötigt, nach Paris zu fahren. Sie hatte vorgetäuscht, ruhig zu sein, als ich den Vorschlag machte, bei ihr zu bleiben. War ich auf den Leim gegangen? Betrog mich Marguerite? Hatte sie geglaubt, so rechtzeitig zurück zu sein, daß ich ihre Abwesenheit nicht bemerke, und hatte nur ein Zufall sie abgehalten? Warum aber sagte sie Nanine nichts? Warum schrieb sie mir nichts? Was bedeuteten diese Tränen, diese Verstörtheit, dieses Versteckspiel?

In dem verwaisten Zimmer stehend, die Augen auf die Wanduhr geheftet, welche die Mitternacht anzeigte und gleichsam bestätigte, daß ich zu so später Stunde nicht mehr auf die Rückkehr meiner Geliebten rechnen könne, wälzte ich diese Gedanken hin und her.

Bestand aber, nach den Plänen, die wir geschmiedet hatten, nach dem dargebrachten und von mir angenommenen Opfer, wirklich die Wahrscheinlichkeit, daß sie mich betrügt? Nein. Ich unterdrückte meinen erwachten Zweifel.

Das arme Kind hat einen Käufer für ihre Möbel gefunden und ist nach Paris gegangen, um abzuschließen. Mich wollte sie nicht verständigen, denn sie wußte gut, wie bitter mich der Verkauf ankam, obwohl er um unserer Zukunft willen nicht zu umgehen war und ich eingewilligt hatte. Und sie fürchtete sich, darüber zu sprechen, weil sie meinen Stolz, mein Ehrgefühl nicht verletzen wollte. Sie wollte lieber erst dann zurückkehren, wenn alles erledigt war. Allem Anschein nach hatte Prudence sie aus diesem Anlaß erwartet und sich dabei verraten. Marguerite hat den Verkauf heute nicht mehr abschließen können, nun bleibt sie bei Prudence über Nacht. Oder vielleicht trifft sie auch gleich ein, denn sie kann sich natürlich meine Unruhe vorstellen und will mich gewiß nicht darin lassen.

Aber warum dann diese Tränen? Zweifellos hat das arme Kind, trotz seiner Liebe zu mir, dem Luxus doch nicht so leicht entsagen können, in dem sie seither so glücklich und vielbeneidet gelebt hat.

Diesen Kummer wollte ich Marguerite herzlich gern verzeihen. Und voller Ungeduld wartete ich darauf, ihr unter tausend Küssen sagen zu können, daß ich den Grund ihrer geheimnisvollen Abwesenheit erraten habe.

Indessen rückte die Nacht vor, und keine Marguerite erschien.

Unruhe erfüllte immer mehr mein Herz. Vielleicht war ihr etwas zugestoßen! Vielleicht war sie verletzt, krank, tot! Ich mußte gewärtig sein, daß ein Bote erschien und mir von einem schrecklichen Unfall berichtete! Sollte mich denn der erwachende Tag immer noch in dieser Ungewißheit, dieser Angst vorfinden?

Den Gedanken, daß Marguerite mich in derselben Stunde, da mich ihre Abwesenheit in eine unsagbare Angst versetzte, betrügen könnte, hatte ich verscheucht. Nur ein Grund, der außerhalb ihrer Macht lag, konnte sie zurückhalten, und je länger ich nachdachte, desto mehr kam ich zu der Überzeugung, daß nur irgendein Unglücksfall schuld haben könne. O männliche Eitelkeit, wozu bist du nicht fähig!

Es schlug ein Uhr. Ich nahm mir vor, noch eine Stunde zu warten, und wenn dann um zwei Uhr Marguerite noch nicht gekommen sei, nach Paris zu fahren.

Wie ich so wartete, griff ich, um meinen Gedanken zu entfliehen, nach einem Buch.

Auf dem Tisch lag aufgeschlagen ›Manon Lescaut‹. Es kam mir vor, als seien die Seiten hie und da feucht gewesen, wie von Tränen. Ich blätterte in dem Buch, aber ich war so betäubt, daß die Worte keinen Sinn annahmen, und ich schlug es wieder zu.

Langsam verrann die Zeit. Der Himmel war bewölkt. Herbstregen prasselte an die Fenster. Das leere Bett kam mir bisweilen wie ein Grab vor. Furcht beschlich mich.

Ich öffnete die Tür und horchte, hörte aber nichts als das Rauschen des Windes in den Bäumen. Auf der Straße fuhr kein einziger Wagen. Vom Kirchturm tönte klagend die halbe Stunde.

Jetzt fürchtete ich mich bereits davor, daß jemand kommen könne, denn zu dieser Zeit, bei diesem trüben Wetter würde sich nur Unglück nahen.

Es schlug zwei. Ich wartete noch ein wenig. Die Standuhr allein unterbrach die Stille mit ihrem eintönigen Ticken.

Endlich verließ ich das Zimmer, in dem über jedem Gegenstand jene Traurigkeit lagerte, die ein unruhiges, verlassenes Herz um sich verbreitet.

Im Nebenzimmer fand ich Nanine über ihrer Handarbeit eingeschlafen. Bei dem Geräusch der Tür erwachte sie und fragte, ob ihre Herrin zurückgekommen sei.

»Nein. Sollte sie aber kommen, so sagen Sie ihr, daß ich es vor Unruhe nicht mehr aushielt und nach Paris gegangen bin.«

»Jetzt?«

»Ja.«

»Wie wollen Sie hinkommen? Sie bekommen keinen Wagen.«

»Ich gehe zu Fuß.«

»Es regnet ja.«

»Das kümmert mich nicht.«

»Madame wird noch kommen. Und sollte sie nicht kommen, so ist am Tage immer noch Zeit nachzuforschen, was sie abhält. Man kann Sie auf der Landstraße ermorden.«

»Das ist ungefährlich, liebe Nanine. Auf morgen!«

Das gute Mädchen holte mir den Mantel, half mir hinein und erbot sich, Mutter Arnould zu wecken und zu fragen, ob wohl ein Wagen aufzutreiben wäre. Aber ich ließ es nicht zu, denn ich befürchtete, bei diesem wahrscheinlich fruchtlosen Beginnen bereits die halbe Zeit zu verlieren, die ich zum Gehen brauchte.

Auch verlangte mich nach frischer Luft und Körperbewegung, um meine Überreizung zu dämpfen.

Ich nahm den Schlüssel zu der Wohnung in der Rue d'Antin, und nachdem ich Nanine, die mich zum Gartentor begleitete, gute Nacht gewünscht hatte, machte ich mich auf den Weg.

Anfangs geriet ich ins Laufen, aber der vom Regen aufgeweichte Boden ermüdete mich rasch. Nach einer halben Stunde des Hastens mußte ich anhalten, so war ich in Schweiß geraten. Ich verschnaufte ein wenig und setzte dann meinen Weg fort. Es war stockfinster, und ich lief fortwährend Gefahr, an einen der Chausseebäume anzurennen, die wie auf mich zustürmende riesige Gespenster plötzlich vor mir auftauchten.

Ich begegnete einem oder zwei Frachtwagen, die ich schnell überholte.

Eine Kutsche fuhr in scharfem Trab in Richtung Bougival. In dem Augenblick, als sie an mir vorbeifuhr, flackerte die Hoffnung in mir auf, Marguerite könne darin sitzen.

Ich blieb stehen und rief: »Marguerite! Marguerite!«

Aber niemand antwortete, und die Kutsche fuhr weiter. Ich sah ihr nach, dann setzte ich meinen Weg fort.

Bis zum Schlagbaum des Etoile brauchte ich zwei Stunden.

Der Anblick von Paris gab mir neue Kraft, ich eilte nun die lange Allee hinab, durch die ich so manches liebe Mal gegangen war.

In dieser Nacht war niemand auf ihr zu sehen.

Man hätte meinen können, es sei die Promenade einer ausgestorbenen Stadt.

Der Morgen begann zu grauen.

Als ich die Rue d'Antin erreichte, kündigte sich das Erwachen der großen Stadt schon in einzelnen Geräuschen an.

Von der Kirche Saint-Roch schlug es eben fünf Uhr, als ich Marguerites Haus erreicht hatte.

Ich rief dem Pförtner, dem ich schon manches Zwanzigfrankenstück in die Hand gedrückt hatte und der wußte, daß ich auch um fünf Uhr zu Fräulein Gautier kommen dürfe, meinen Namen zu. Er ließ mich ohne weiteres ein.

Ich hätte ihn zwar fragen können, ob Marguerite zu Hause sei, aber es war ja möglich, daß er nein gesagt hätte. Lieber wollte ich zwei Minuten länger im Zweifel sein, denn solange man zweifelt, hofft man noch.

Ich lauschte an der Tür, ob ich ein Geräusch, eine Bewegung vernehme.

Nichts. Die Stille des Landhauses schien sich auch hier ausgebreitet zu haben.

Nun schloß ich die Tür auf und trat ein.

Alle Fenster waren dicht verhängt.

Ich zog die Gardinen des Eßzimmers zurück und riß die Tür des Schlafzimmers auf.

Ich stürzte an die Vorhänge und zog an der Schnur.

Sie teilten sich. Schwaches Tageslicht drang herein. Ich lief ans Bett.

Es war leer.

Nun öffnete ich eine Tür nach der andern und durchsuchte alle Zimmer.

Niemand da.

Ich wollte wahnsinnig werden.

Ich ging ins Ankleidezimmer, machte das Fenster auf und rief mehrmals nach Prudence.

Madame Duvernoys Fenster blieb geschlossen.

Zuletzt ging ich zum Portier hinab und fragte, ob Fräulein Gautier den letzten Tag zu Hause gewesen sei.

»Ja«, antwortete der Mann. »Mit Madame Duvernoy.«

»Hat sie nichts an mich bestellt?«

»Nichts.«

»Wissen Sie, wo sie danach hingegangen sind?«

»Sie fuhren im Wagen weg.«

»In was für einem Wagen?«

»Einem herrschaftlichen Wagen.«

Was sollte das bedeuten?

Ich schellte am Nachbarhaus.

»Zu wem wollen Sie, Herr?« fragte der Pförtner, nachdem er geöffnet hatte.

»Zu Madame Duvernoy.«

»Sie ist nicht zu Hause.«

»Wissen Sie das bestimmt?«

»Ja, Herr. Hier liegt sogar noch ein Brief, den man gestern abend für sie abgegeben hat. Ich konnte ihn noch nicht aushändigen.«

Und der Pförtner zeigte mir den Brief, auf den ich mechanisch hinsah.

Ich erkannte Marguerites Handschrift.

Ich nahm ihn in die Hand.

Die Adresse lautete: An Madame Duvernoy, zur Weiterleitung an Herrn Duval.

»Der Brief ist für mich«, sagte ich zum Pförtner und wies auf die Adresse.

»Herr Duval selbst?« entgegnete der Mann.

»Ja.«

»Ach, jetzt erkenne ich Sie. Sie sind öfters bei Madame Duvernoy gewesen.«

Kaum war ich auf der Straße, als ich den Brief erbrach. Ein Blitz, der vor mir eingeschlagen wäre, hätte mich nicht tiefer erschrecken können, als was ich jetzt las.

Zu der Stunde, da Sie diese Zeilen lesen, Armand, bin ich die Geliebte eines anderen. Wir haben nun nichts mehr miteinander zu schaffen.

Kehren Sie zu Ihrem Vater zurück, mein Freund, und besuchen Sie Ihre junge, unschuldige Schwester, die nichts von unserem Jammer weiß. Bei ihr mögen Sie das Leid bald vergessen lernen, das Ihnen jenes verlorene Geschöpf Marguerite Gautier zufügt, dem Sie eine Zeitlang Ihre Liebe schenkten und das Ihnen die einzigen glücklichen Stunden eines Lebens verdankt, das, wie ich hoffe, nicht mehr lange dauert.

Als ich die letzten Worte las, glaubte ich den Verstand zu verlieren.

Einen Augenblick fürchtete ich wirklich auf das Pflaster hinzuschlagen. Es wurde mir dunkel vor den Augen, und das Blut pochte in meinen Schläfen.

Endlich faßte ich mich etwas und gewahrte mit Erstaunen, wie das Leben um mich herum seinen Fortgang nahm, ohne sich an mein Unheil zu kehren.

Es ging über meine Kräfte, den Schlag, den mir Marguerite versetzt hatte, allein zu tragen.

Mir fiel ein, daß mein Vater noch in der Stadt weilte und ich in zehn Minuten bei ihm sein konnte. Er würde den Schmerz, woher dieser auch rühre, mit mir teilen.

Ich rannte wie besessen, wie ein verfolgter Dieb nach dem Hotel de Paris. Der Schlüssel steckte in der Tür seines Zimmers, und ich trat ein.

Er las.

Man hätte denken können, er habe mich erwartet, so wenig überrascht zeigte er sich.

Ich stürzte wortlos in seine Arme, gab ihm Marguerites Brief und sank tränenübertrömt vor seinem Bett nieder.

XXIII

Weil das übrige Leben seinen gewohnten Gang weiterging, konnte ich mir gar nicht vorstellen, daß der anbrechende Tag für mich anders verlaufen sollte als die vorangegangenen. Zeitweise bildete ich mir ein, irgendein mir entfallener Umstand habe mich abgehalten, die Nacht bei Marguerite zu sein, und ich würde sie, sobald ich nach Bougival zurückkehre, in derselben Unruhe vorfinden, in der ich selbst war, und sie würde mich fragen, was mich so lange von ihr ferngehalten habe.

Wenn man an ein Verhältnis wie eine solche Liebschaft gewöhnt ist, läßt es sich unmöglich mit einem Schlag aufgeben, ohne daß zugleich alle übrigen Lebenstriebe gestört werden.

Ich sah mich darum genötigt, den Brief Marguerites immer wieder zu lesen, um sicher zu sein, daß ich nicht träume.

Betäubt von den seelischen Erschütterungen, war mein Körper wie gelähmt. Die Beunruhigung, die nächtliche Wanderung, die Überraschung an diesem Morgen hatten mich völlig erschöpft. Für meinen Vater war mein vollständiger Zusammenbruch der Anlaß, mir das feste Versprechen abzunehmen, daß ich mit ihm abreise.

Ich gelobte alles, was er verlangte. Eine Auseinandersetzung herbeizuführen, war ich außerstande. Ich brauchte echte Liebe, wenn ich nach diesem Schlag weiterleben wollte.

Ich konnte sogar noch von Glück sagen, daß mein Vater sich geneigt zeigte, mich in einem derartigen Leid zu trösten.

Nur noch daran erinnere ich mich, daß er mit mir an demselben Tage gegen fünf Uhr in den Reisewagen stieg. Stillschweigend hatte er meine Koffer packen und mit seinen eigenen zusammen hinten auf den Wagen schnallen lassen. So fuhr er mit mir ab.

Was das bedeutete, empfand ich erst, als die Stadt hinter uns lag und die Eintönigkeit der Straße mir die Trostlosigkeit meines Herzens bewußt werden ließ.

Jetzt kamen mir die Tränen.

Mein Vater hatte eingesehen, daß Worte, selbst aus seinem Munde, mich nicht zu trösten vermochten, und so ließ er mich weinen, ohne ein Wort an mich zu richten. Lediglich die Hand drückte er mir manchmal, um mich gleichsam daran zu erinnern, daß mir ein Freund zur Seite stehe.

In der Nacht vermochte ich ein wenig zu schlummern. Ich träumte von Marguerite.

Als ich erwachte, konnte ich mir nicht erklären, wie ich in den Wagen gekommen.

Dann fand ich mich in die Wirklichkeit zurück, und ich ließ den Kopf hängen.

Mit dem Vater zu sprechen, wagte ich nicht, weil ich ständig fürchtete, er werde sagen: Siehst du nun, daß ich recht tat, der Liebe dieser Frau nicht zu trauen?

Aber er nützte die Gelegenheit nicht aus, und so kamen wir nach C., ohne auch nur im entferntesten an die Begebenheit zu rühren, die meine Abreise veranlaßt hatte.

Als ich meine Schwester umarmte, entsann ich mich, was Marguerite in ihrem Brief über sie schrieb. Doch wußte ich zugleich, daß meine Schwester trotz all ihrer Güte niemals die Geliebte aus meinem Gedächtnis zu vertreiben vermöchte.

Die Jagd hatte begonnen. Mein Vater meinte, sie könne mich ablenken. Er lud Nachbarn und Freunde zu Jagdzügen ein. Ich beteiligte mich ohne Widerstreben und ohne Begeisterung, mit derselben Geistesabwesenheit, mit der ich seit meiner Rückkehr alle Dinge verrichtete.

Wir hielten Treibjagden ab. Man wies mir einen Stand an. Ich lehnte die ungesicherte Flinte neben mich und überließ mich meinen Gedanken.

Ich sah den ziehenden Wolken nach, schaute versonnen über die verlassenen Felder und hörte von Zeit zu Zeit, wie mich irgendein Jäger anrief und auf einen Hasen deutete, der sich zehn Schritt vor mir zeigte.

Keines dieser Symptome entging meinem Vater, und er ließ sich durch meine äußerliche Gefaßtheit nicht täuschen. Er merkte sehr wohl, daß mein Gemüt, so niedergedrückt es jetzt war, eines Tages einem schrecklichen, vielleicht gefährlichen Rückfall ausgesetzt sein werde. Darum vermied er alles, was nach tröstlichem Zuspruch aussah, und tat sein mögliches, mich zu zerstreuen.

Meine Schwester war natürlich nicht in die Geschehnisse eingeweiht worden und vermochte sich daher nicht zu erklären, warum ich, der sonst so heiter gewesen ist, plötzlich in Nachdenklichkeit und Trübsinn verfallen war.

Manchmal, wenn mich der sorgenvolle Blick meines Vaters aus meiner Schwermut aufstörte, faßte ich seine Hand und drückte sie und bat ihn auf diese Weise wortlos um Vergebung des Leides, das ich ihm ungewollt zugefügt hatte.

In der Art verging ein Monat. Länger vermochte ich es nicht auszuhalten.

Unablässig verfolgte mich der Gedanke an Marguerite. Ich hatte diese Frau zu sehr geliebt und liebte sie noch zu sehr, als daß sie mir mit einem Schlage hätte gleichgültig werden können. Entweder mußte ich sie lieben, oder ich mußte sie hassen. Zuvor aber mußte ich, welches Gefühl ich auch hegte, sie wiedersehen, und zwar sofort.

Dies Verlangen ergriff meine Seele und nahm mit der Hartnäckigkeit Besitz von ihr, mit welcher der Wille in einem lange Zeit apathisch gewesenen Menschen endlich wieder Fuß faßt.

Nicht irgendwann, in einem Monat, einer Woche mußte ich Marguerite wiedersehen, sondern schon an dem Tag, der auf den frisch gefaßten Vorsatz folgte. Und so erklärte ich meinem Vater, daß ich wegen dringender Geschäfte, die mich nach Paris riefen, abreisen wolle, jedoch sehr bald zurückkehre.

Zweifellos erriet er, was mich zu der Reise veranlaßte, denn er versuchte mich zum Bleiben zu überreden. Als er aber merkte, daß es verderbliche Folgen zeitigen könne, wenn er mir in meinem reizbaren Zustand diesen Wunsch abschlüge, umarmte er mich und bat mich fast unter Tränen, recht bald wieder zu ihm zurückzukommen.

Ich tat kein Auge zu, bevor ich in Paris war.

Was ich aber dort wollte, wußte ich noch nicht. Nur soviel stand fest, daß es um Marguerite ging.

Ich begab mich in meine Wohnung, kleidete mich um, und da mir Zeit blieb, ging ich in die Champs-Elysées.

Eine halbe Stunde war vergangen, als ich in der Ferne, und zwar am Rond-point, gegen die Place de la Concorde hin, Marguerites Wagen auftauchen sah.

Sie mußte die Pferde zurückgekauft haben, denn es war das frühere Gespann. Nur sie selbst saß nicht im Wagen.

Ich hatte das kaum bemerkt und mich umgedreht, als ich auch schon Marguerite zu Fuß und in Begleitung einer mir völlig unbekannten Frau herankommen sah.

Als sie an mir vorüberging, erbleichte sie, und ein nervöses Lächeln zuckte um ihren Mund. Mir selbst schlug das Herz bis zum Halse. Doch gelang es mir noch, eine kalte

Miene aufzusetzen, und so grüßte ich meine ehemalige Geliebte, die fast im gleichen Augenblick ihren Wagen erreichte und mit ihrer Freundin einstieg, sehr kühl.

Wie ich Marguerite kannte, mußte mein unerwartetes Erscheinen sie in Unruhe versetzen. Zweifellos hatte sie meine Abreise erfahren und sich hinsichtlich dessen, was unser Zerwürfnis nach sich ziehen würde, beruhigt. Jetzt aber, da ich zurückgekommen war und ihr von Angesicht zu Angesicht gegenübergestanden hatte, würde sie begreifen, daß sich hinter meiner Rückkehr eine Absicht verberge, und würde sich fragen, was werden soll.

Hätte ich Marguerite im Unglück gefunden, hätte ich mich dadurch rächen können, daß ich ihr meine Hilfe anbot, so würde ich ihr vielleicht verziehen und jedenfalls nicht daran gedacht haben, ihr weh zu tun. Aber sie war ja glücklich, wenigstens dem Anschein nach. Ein anderer hatte ihr wieder zu dem Luxus verholfen, den ich ihr nicht bieten konnte. Der Bruch, den sie herbeigeführt hatte, ließ also auf niedrigste Gewinnsucht schließen. Meine Eigenliebe, mein Herz war gedemütigt; darum sollte sie büßen für das Leid, das sie mir angetan hatte.

Es war mir unmöglich, gegen irgend etwas, was diese Frau tat, gleichgültig zu bleiben. Folglich war gerade Gleichgültigkeit das, was sie am tiefsten schmerzen mußte. Dieses Gefühl also mußte ich heucheln, nicht allein ihr gegenüber, sondern vor aller Welt.

Ich setzte eine spöttische Miene auf und begab mich zu Prudence.

Das Hausmädchen ließ mich einen Augenblick im Salon warten und ging, mich anzumelden.

Endlich erschien Madame Duvernoy und führte mich in ihr Boudoir.

Gerade als ich mich setzte, hörte ich die Tür des Salons aufgehen und leichte Schritte über den Fußboden gleiten. Dann fiel die Flurtür heftig zu.

»Störe ich Sie?« fragte ich Prudence.

»Nicht im mindesten. Marguerite war eben hier. Als Sie angemeldet wurden, brachte sie sich in Sicherheit. Sie war es, die hinausging.«

»Hat sie denn auf einmal Angst vor mir?«

»Nein. Sie fürchtet nur, es könnte Ihnen unangenehm sein, ihr zu begegnen.«

»Warum denn?« sagte ich, während ich vor Erregung kaum Luft bekam. »Das arme Kind hat sich von mir getrennt, damit es seine Kutsche, seine Möbel und Diamanten wiederbekam. Daran tat sie recht, und ich kann es ihr nicht verdenken. Übrigens bin ich ihr heute schon einmal begegnet«, setzte ich nachlässig hinzu.

»Wo?« sagte Prudence. Sie sah mich von oben bis unten an und schien sich zu fragen, ob dieser Mann der gleiche sei, den sie als so liebestoll gekannt hat.

»In den Champs-Elysées. Sie befand sich in Gesellschaft einer anderen sehr hübschen Frau. Wer war das?«

»Wie sieht sie aus?«

»Blond, zierlich, Hängelocken, blaue Augen. Sehr schick.«

»Ach, das ist Olympia, wirklich ein sehr hübsches Mädchen.«

»Mit wem lebt sie?«

»Mit keinem, mit aller Welt.«

»Und wo wohnt sie?«

»Rue Tronchet Nr.... Aha, Sie wollen mit ihr anbändeln.«

»Man weiß nie, was geschehen kann.«

»Und Marguerite?«

»Ich müßte lügen, wenn ich erklären wollte, ich dächte

niemals an sie, aber ich gehöre zu den Männern, die Wert darauf legen, *wie* man sich von ihnen trennt. Nun hat Marguerite mich so mir nichts dir nichts gehen heißen, daß ich mich einen Narren schelten muß, so verliebt in sie gewesen zu sein. Denn geliebt habe ich sie wirklich.«

Sie können sich vorstellen, in welchem Tone dies zu sagen ich mich mühte. Der Schweiß rann mir von der Stirne.

»Sie hat Sie wohl geliebt, hören Sie, und sie liebt Sie immerfort. Das beweist Marguerite schon dadurch, daß sie sofort zu mir ging, als sie Ihnen heut begegnet war, und es mir erzählte. Als sie kam, zitterte sie am ganzen Leibe und war einer Ohnmacht nahe.«

»Oho! Was erzählen Sie da?«

»Sie sagte: Er wird Sie sicher besuchen. Und dann bat sie mich, ich möchte Sie beschwören, ihr zu verzeihen.«

»Ich habe ihr verziehen, das dürfen Sie ihr getrost sagen. Sie ist ein gutherziges Mädchen, aber doch ein Mädchen. Ich mußte gefaßt sein auf das, was sie mir tat. Ich muß ihr sogar dankbar dafür sein. Denn heute frage ich mich, wohin mein Einfall, mit ihr allein zu leben, wohl geführt hätte. Es war der reine Wahnsinn.«

»Ihr wird ein Stein vom Herzen sein, wenn sie hört, daß Sie die Zwangslage begriffen haben, in der sie war. Ja, mein Lieber, es war höchste Zeit, daß sie Sie aufgab. Der schuftige Geschäftsmann, dem sie ihre Einrichtung zum Verkauf angeboten, hatte nichts Eiligeres zu tun, als sich bei ihren Gläubigern nach der Höhe ihrer Schulden zu erkundigen. Die bekamen es mit der Angst zu tun und wollten innerhalb zweier Tage versteigern lassen.«

»Ist nun alles bezahlt?«

»Im großen und ganzen.«

»Wer gab das Geld?«

»Graf N. Ja doch, mein Lieber. Es gibt Männer, die für dergleichen geradezu geschaffen sind. Kurzum, er gab 20000 Franken, und nun hat er es erreicht. Natürlich weiß er, daß ihn Marguerite nicht liebt, was ihn aber nicht abhält, sehr nobel gegen sie zu sein. Wie Sie gesehen haben, hat er ihr Gespann zurückgekauft, er hat ihren Schmuck eingelöst und setzt ihr soviel Geld aus, wie früher der Herzog gab. Wenn sie ein sorgloses Leben sucht, kann sie den Mann lange haben.«

»Und was tut sie? Wohnt sie wieder ganz in Paris?«

»Als Sie abgereist waren, wollte sie unter keinen Umständen zurück nach Bougival. Ich selbst mußte ihre Sachen holen, übrigens auch die Ihrigen. Ich habe sie zusammengepackt, Sie können sie bei mir abholen lassen. Außer einer kleinen Brieftasche mit Ihrem Monogramm, die Marguerite zu behalten wünschte und bei sich trägt, fehlt nichts. Wenn Ihnen daran liegt, verlange ich sie zurück.«

»Sie soll sie behalten«, stammelte ich; denn bei der Erinnerung an den Ort, wo wir so glücklich waren, und bei der Vorstellung, daß Marguerite etwas bei sich behielt, das von mir stammte und an mich erinnerte, traten mir Tränen in die Augen.

Alle meine Rachepläne wären zerschmolzen, wenn sie in diesem Augenblick hereingetreten wäre, und ich hätte mich ihr zu Füßen geworfen.

»Übrigens«, fuhr Prudence fort, »habe ich sie früher nie in einem solchen Zustand gesehen wie jetzt: sie schläft kaum noch, läuft auf Bälle, soupiert, sie betrinkt sich sogar. Letzthin mußte sie nach einem Gelage acht Tage lang im Bett bleiben. Und kaum hatte ihr der Arzt das Aufstehen erlaubt, so fing sie das Treiben von neuem an, obgleich das ihr Tod sein kann. Machen Sie ihr einen Besuch?«

»Wozu das? Ich habe Sie aufgesucht, weil Sie immer freundlich zu mir waren und ich schon vor Marguerite mit Ihnen bekannt war. Ihnen habe ich es doch zu verdanken, daß ich Marguerites Liebhaber geworden, und verdanke ich, daß ich es nicht mehr bin. Nicht wahr?«

»Weiß Gott. Was an mir lag, habe ich getan, sie von Ihnen loszubringen. Und ich glaube, Sie werden mir später deswegen nicht böse sein.«

»Ich bin Ihnen zu doppeltem Dank verpflichtet«, versetzte ich und erhob mich; denn es faßte mich ein Widerwillen gegen diese Frau, die alle meine Worte todernst nahm.

»Gehen Sie schon?«

»Ja.«

Ich wußte jetzt genug.

»Wann sieht man Sie wieder?«

»Bald. Auf Wiedersehen!«

»Auf Wiedersehen!«

Prudence ging mit bis zur Tür, und ich ging nach Hause, Tränen der Wut in den Augen und das Herz voll von Rachgier. So war also Marguerite wirklich genau wie alle solche Mädchen. So hatte also das Verlangen nach ihrem früheren Leben, der Wunsch, einen Wagen zu haben und Gelage zu feiern, den Sieg über die Liebe, die sie für mich empfand, davongetragen.

Dergleichen ging mir in meinen schlaflosen Nächten durch den Kopf, und doch brauchte ich nur so kühl nachzudenken, wie ich vorgab zu sein, und ich hätte begriffen, daß sie mit diesem neuen Trubel nur den einen Gedanken, die eine unauslöschliche Erinnerung übertäuben wollte.

Es war mein Verhängnis, daß ich meinem schlechten Dämon nachgab und auf Mittel und Wege sann, das arme Geschöpf zu quälen.

Ach, der Mann ist so niedrig und übereifert sich, wenn er in seinen Leidenschaften gekränkt wird, über die er nicht hinausschaut.

Jene Olympia, mit der ich Marguerite gesehen hatte, war nicht gerade ihre Freundin, aber doch ihr häufigster Umgang nach ihrer Rückkehr aus Bougival. Sie traf eben Vorbereitungen zu einem Ball, und in der Annahme, daß Marguerite daran teilnehmen werde, bemühte ich mich um eine Einladung und bekam sie auch.

Als ich, von schmerzlichen Gefühlen bewegt, auf diesem Ball erschien, ging es schon ziemlich lebhaft zu. Man tanzte, man lärmte, und in einer Quadrille sah ich Marguerite mit dem Grafen N. tanzen, der ganz stolz auf sie war und aller Welt zu verstehen gab: Diese Frau gehört mir!

Ich lehnte mich an den Kamin, Marguerite gegenüber, und sah ihr beim Tanzen zu. Kaum hatte sie mich erkannt, als sie auch schon unruhig wurde. Unsere Blicke begegneten sich, und ich nickte ihr gleichgültig zu.

Wenn ich daran dachte, daß nicht ich, sondern dieser reiche Tropf mit ihr nach Hause gehen würde, und mir vorstellte, was sich dann in ihrer Wohnung abspielen werde, stieg mir das Blut zu Kopf, und es faßte mich das Verlangen, ihnen ihre Liebe zu vergällen.

Nach dem Konter machte ich der Herrin des Hauses meine Aufwartung, die ihren Gästen ihre wundervollen Schultern und ein gut Teil ihres blendenden Busens zur Schau stellte.

Dieses Mädchen war schön und hatte sogar eine noch bessere Figur als Marguerite. Das bestätigten mir die Blicke, mit denen jene Olympia maß, während ich mit ihr sprach. Wer diese Frau besaß, durfte ebenso stolz sein, wie Graf N. auf Marguerite war, und Olympia war schön genug, die gleiche Leidenschaft erwecken zu können, die Marguerite in mir erweckt hatte.

Zu jener Zeit besaß Olympia keinen Verehrer. Sie zu gewinnen war also nicht schwierig. Es kam lediglich darauf an, genügend Geld springen zu lassen, um ihre Aufmerksamkeit zu erregen.

Mein Entschluß war gefaßt. Diese Frau mußte meine Geliebte werden.

Ich begann meine Werbung, indem ich Olympia zum Tanz aufforderte.

Eine halbe Stunde später nahm Marguerite totenbleich ihren Pelz um und verließ den Saal.

XXIV

Das war der erste Erfolg, doch genügte es mir nicht. Ich wußte nun, welche Macht ich über diese Frau hatte, und ich mißbrauchte es schmählich.

Wenn ich daran denke, daß sie jetzt tot ist, muß ich mich fragen, ob Gott mir je vergeben wird, was ich ihr an Leid zugefügt habe.

Nach einem Souper mit viel Getöse fing man an zu spielen.

Ich nahm den Platz neben Olympia ein und machte waghalsige Einsätze, die ihrer Aufmerksamkeit nicht entgehen konnten. Im Handumdrehen gewann ich hundertfünfzig oder zweihundert Louisdor, auf die sie, wie ich sie vor mir aufhäufelte, begehrliche Blicke warf.

Als einziger gab ich mich dem Spiel nicht ausschließlich hin, sondern kümmerte mich noch um sie. Die ganze Nacht hindurch gewann ich. Von mir erhielt sie auch das Geld zu ihren Einsätzen; denn sie hatte alles, was sie vor sich liegen gehabt, und wahrscheinlich überhaupt alles, was sie bei sich hatte, verloren.

Morgens um fünf Uhr ging man auseinander.

Ich hatte dreihundert Louisdor gewonnen.

Die Spieler waren bereits nach unten gegangen. Ich allein war oben geblieben, was nicht weiter auffiel, weil ich mit keinem der Herren befreundet war.

Olympia leuchtete eigenhändig an der Treppe. Ich ging ein paar Stufen hinab, wandte mich jedoch noch einmal um und sagte: »Ich muß Sie sprechen.«

»Morgen?« erwiderte sie.

»Nein, jetzt.«

»Was möchten Sie mir sagen?«

»Sie werden gleich sehen.«

Und ich trat wieder in die Wohnung.

»Sie haben verloren«, sagte ich.

»Ja.«

»Alles was Sie hatten.«

Sie zauderte mit der Antwort.

»Frei heraus.«

»Nun ja, es ist so.«

»Ich habe dreihundert Louisdor gewonnen. Hier, wenn ich bleiben darf.«

Dabei schüttete ich das Geld auf den Tisch.

»Wie kommen Sie auf den Gedanken?«

»Zum Donner, weil ich Sie liebe.«

»Nein, sondern weil Sie Marguerite lieben und sie dadurch strafen wollen, daß Sie mein Liebhaber werden. Eine Frau wie ich läßt sich nicht hinters Licht führen, lieber Freund. Sie haben Pech, denn ich fühle mich noch zu jung und zu schön, um die Rolle zu spielen, die Sie mir ansinnen.«

»Sie wollen also nicht?«

»Nein.«

»Wäre es Ihnen lieber, mir Ihre Liebe umsonst zu schenken? Das kann wiederum ich nicht annehmen.

Denken Sie nur ein bißchen nach, liebe Olympia. Wenn ich Ihnen die dreihundert Louisdor unter denselben Bedingungen durch irgend jemand hätte anbieten lassen, würden Sie darauf eingegangen sein. Ich wollte es lieber mit Ihnen direkt abmachen. Nehmen Sie an, ohne meinen Beweggründen nachzuforschen. Sie wissen ja, daß Sie schön sind und daß es kein Wunder ist, wenn ich mich in Sie verliebe.«

Marguerite war ein käufliches Mädchen wie diese Olympia, und doch hätte ich jener, als ich ihr zum erstenmal begegnete, nicht zu sagen gewagt, was ich dieser sagte. Denn Marguerite hatte ich geliebt und einen Wert in ihr gespürt, den Olympia nicht besaß. Und in demselben Augenblick, da ich ihr den Handel antrug, stieß sie mich trotz ihrer Schönheit auch bereits ab.

Sie nahm zuletzt selbstverständlich an, und mittags schied ich als ihr Geliebter von ihr. Aber ich hatte die Liebkosungen, die sie mir für die 6 000 Franken schuldig zu sein meinte, bereits vergessen, als ich aus dem Bett gestiegen war.

Und doch hatte sich manch einer schon für diese Frau ruiniert.

Seit diesem Tage setzte ich Marguerite mit tausend Quälereien zu. Sie und Olympia brachen die Beziehungen zueinander ab, ich brauche Ihnen nicht zu erklären weshalb. Ich kaufte meiner neuen Geliebten einen Wagen und Geschmeide, ich spielte, kurzum ich beging alle die Torheiten, die Männer begehen, welche mit Frauen vom Schlage Olympias ein Verhältnis haben. Meine neue Liebschaft wurde allgemeiner Gesprächsstoff.

Sogar Prudence ließ sich irreführen und glaubte, daß ich nicht mehr an Marguerite denke. Diese selbst trug indessen die Kränkungen, die ich ihr Tag für Tag zufügte, mit großer Würde, sei es, daß sie den Beweggrund meines Handelns ahnte, sei es, daß sie sich täuschen ließ wie alle anderen. Freilich litt sie ganz offenbar, denn jedesmal, wenn ich ihr begegnete, bemerkte ich, daß sie noch bleicher, noch trauriger geworden war. Meine Liebe zu ihr hatte ein solches Übermaß erreicht, daß sie sich wie Haß gebärdete und sich an ihrem täglich erneuerten Herzeleid weidete. Ein paarmal, wenn ich ihr mit besonders niederträchtiger Grausamkeit begegnete, sah sie mich mit einem so flehenden Blick an, daß ich mich meines Benehmens schämte und nahe daran war, sie um Verzeihung zu bitten.

Aber solche Anwandlungen von Reue waren von kurzer Dauer. Und Olympia, die keinen Anstand mehr zu bewahren für nötig hielt und erkannt hatte, daß sie von mir alles erreichen konnte, wenn sie Marguerite wehtat, hetzte mich mit der gemeinen Ausdauer einer Frau, die sich durch den Mann ermutigt weiß, gegen sie auf und beschimpfte sie bei jeder sich bietenden Gelegenheit.

Zuletzt besuchte Marguerite aus Furcht, uns, Olympia und mir, zu begegnen, weder einen Ball noch ein Theater. Anonyme Briefe traten an die Stelle unserer direkten Bosheiten, und es gab keine Schändlichkeit, die ich nicht durch meine Geliebte und sogar selber über Marguerite verbreitete.

Man muß schon wahnsinnig sein, so weit zu gehen. Ich glich einem Manne, der sich an schlechtem Wein berauscht hat und von einer nervösen Überreizung befallen wird, in welcher er ein Verbrechen zu begehen imstande ist, ohne sich das mindeste dabei zu denken. Und dabei litt ich selbst wie ein Märtyrer.

Durch die gelassene Würde, mit welcher Marguerite ohne eine Spur von Verachtung alle meine Hiebe hinnahm, stieg sie in meinen Augen nur noch höher, weit über mich hinaus, und eben das erbitterte mich desto mehr gegen sie.

Einst war Olympia, ich weiß nicht wohin, gegangen und Marguerite begegnet, die sich diesmal von dem albernen Ding, das sie verhöhnen wollte, nichts gefallen ließ und sie das Feld zu räumen zwang. Wutschnaubend zog Olympia ab. Aber auch Marguerite war ohnmächtig weggebracht worden.

Als Olympia zurückkam, erzählte sie mir, was geschehen war, und erklärte, Marguerite habe sich, da sie sie ohne mich traf, dafür rächen wollen, daß sie meine Geliebte nicht mehr sei. Ich müsse ihr schreiben, daß sie der Frau, die ich liebe, mit Achtung zu begegnen habe, ob ich selbst zugegen sei oder nicht.

Ich brauche Ihnen nicht zu erwidern, daß ich ihr recht gab und in den Brief alle Bitternisse, Schimpflichkeiten und Grausamkeiten packte, die ich ersinnen konnte, und ihn noch am gleichen Tage abschickte.

Dieser Schlag war denn doch zu wuchtig, als daß ihn die Unselige stillschweigend hätte hinnehmen können.

Ich ahnte, daß ich wohl eine Antwort erhalten werde, und darum beschloß ich, den Tag nicht mehr aus dem Hause zu gehen.

Gegen zwei Uhr klingelte es, und Prudence trat ein.

Ich spielte den Gleichgültigen und fragte, was sie zu mir führe. Aber Madame Duvernoy verstand an diesem Tage keinen Spaß und hielt mir mit tiefbewegter Stimme vor, daß ich seit meiner Rückkehr, das heißt seit etwa drei Wochen, keine Gelegenheit ungenutzt gelassen hätte, Marguerite zu peinigen. Sie sei davon krank geworden, und infolge des gestrigen Vorfalles und meines heutigen Briefes müsse sie das Bett hüten.

In einem Wort, Marguerite schicke sie und bitte, ohne mir Vorwürfe zu machen, um Nachsicht und lasse bestellen, daß sie weder die seelische noch die körperliche Kraft mehr besitze, das zu ertragen, was ich ihr antue.

»Fräulein Gautier hatte natürlich das Recht, mir den Laufpaß zu geben«, antwortete ich Prudence, »aber daß sie eine Frau, die ich liebe, unter dem Vorwand beschimpft, sie sei meine Mätresse, das werde ich niemals zulassen.«

»Mein Freund«, sagte Prudence, »Sie unterliegen dem Einfluß eines herzlosen und unverständigen Mädchens. Mag sein, daß Sie sie lieben, aber das gibt Ihnen noch nicht das Recht, eine wehrlose Frau zu martern.«

»Mag sie mir doch ihren Grafen N. auf den Hals hetzen. Damit wären wir gleich.«

»Sie wissen sehr wohl, daß sie das nicht tut. Und deshalb, lieber Armand, lassen Sie sie in Ruhe. Wenn Sie sie sähen, würden Sie sich schämen, so mit ihr umzuspringen. Sie sieht blaß aus und hustet. Lange wird sie es nicht mehr treiben.«

Und Prudence setzte hinzu, indem sie mir die Hand gab: »Besuchen Sie sie, und Sie machen sie gewiß wieder froh.«

»Ich habe keine Neigung, dem Herrn von N. zu begegnen.«

»Herr von N. ist nie bei ihr. Sie kann ihn nicht ausstehen.«

»Wenn es Marguerite darum geht, mich zu sehen, so weiß sie, wo ich wohne, und mag kommen. Ich jedenfalls werde keinen Fuß in die Rue d'Antin setzen.«

»Empfangen Sie sie auch gehörig?«

»Selbstverständlich.«

»Gut. Ich bin überzeugt, daß sie kommt.«

»Sie mag kommen.«

»Gehen Sie heute noch aus?«

»Ich bin den ganzen Abend daheim.«

»Ich will ihr das sagen.«

Prudence ging.

Olympia schrieb ich nicht erst, daß ich nicht zu ihr komme. Ich machte überhaupt wenig Umstände mit diesem Geschöpf. Kaum einmal in der Woche brachte ich die Nacht bei ihr zu. Wahrscheinlich tröstete sie sich mit einem Schauspieler irgendeines Boulevardtheaters.

Ich ging essen und kehrte gleich wieder zurück. Dann ließ ich in allen Räumen heizen und schickte Josef weg.

Die einander widerstrebenden Empfindungen, die mich während einer Stunde des Wartens bewegten, vermag ich Ihnen nicht zu schildern. Als es gegen neun Uhr schellte, überwältigten sie mich derart, daß ich, bevor ich die Tür öffnen konnte, erst einen Halt an der Wand suchen mußte, sonst wäre ich umgefallen.

Der Vorraum lag glücklicherweise im Halbschatten, so daß die Verstörung in meinem Gesicht nicht deutlich zu sehen war.

Marguerite trat ein.

Sie war ganz in Schwarz und verschleiert. Kaum, daß ihr Gesicht unter den Spitzen zu erkennen war.

Sie ging in den Salon und schlug den Schleier zurück.

Ihr Gesicht war marmorbleich.

»Da bin ich, Armand«, sagte sie. »Sie wollten mich sehen, und ich bin gekommen.«

Und indem sie ihr Gesicht in den Händen verbarg, brach sie in Tränen aus.

Ich trat auf sie zu.

»Was fehlt Ihnen?« fragte ich erschüttert.

Sie preßte mir die Hand, ohne zu antworten, denn die Tränen erstickten ihre Stimme.

Als sie sich danach wieder ein wenig gefaßt hatte, sagte sie: »Sie haben mir sehr weh getan, Armand. Und doch habe ich Ihnen nichts getan.«

»Nichts getan?« erwiderte ich mit einem bitteren Lächeln.

»Nichts außer dem, wozu mich die Umstände zwangen.«

Ich glaube nicht, daß Sie so etwas, wie ich bei Marguerites Anblick fühlte, je erlebt haben oder erleben werden.

Als sie das letzte Mal bei mir war, hatte sie auf demselben Stuhl gesessen wie nun. Nur daß sie inzwischen die Geliebte eines anderen geworden, ein anderer ihren Mund geküßt hatte, nach dem ich gegen meinen Willen verlangte. Und ich fühlte trotz alledem, wie ich diese Frau noch ebenso und vielleicht noch mehr als zuvor liebte.

Infolgedessen fiel es mir schwer, auf das einzugehen, weswegen Marguerite gekommen war. Sie merkte es gewiß, denn sie sagte: »Darf ich Sie mit zwei Bitten belästigen, Armand? Um Entschuldigung wegen dessen, was ich gestern zu Olympia sagte, und um Nachsicht, für den Fall, daß Sie noch mehr gegen mich im Schilde führen. Seit Ihrer Rückkehr haben Sie mir absichtlich oder unabsichtlich soviel Böses angetan, daß ich nunmehr außerstande bin, auch nur ein Viertel der Aufregungen zu überstehen, die ich bis heute morgen erlebt habe. Wollen Sie sich nicht meiner erbarmen? Bedenken Sie, daß ein Ehrenmann Vornehmeres zu tun hat, als an einer kranken, geschlagenen Frau, wie ich es bin, Rache zu nehmen. Hier, fassen Sie meine Hand an. Ich habe

Fieber und bin nur aufgestanden, um Sie zu bitten, nicht daß Sie mir einen Freundesdienst erweisen, sondern daß Sie mich aus dem Spiele lassen.«

Ich ergriff Marguerites Hand. Sie war tatsächlich fieberheiß, und die Ärmste schauderte unter ihrem Samtmantel. Ich schob den Sessel, in dem sie saß, an das Kaminfeuer.

»Glauben Sie denn etwa, ich hätte nicht auch gelitten?« erwiderte ich. »Gelitten in jener Nacht, als ich draußen auf dem Land erst auf Sie wartete und dann in Paris nach Ihnen suchte und nichts weiter fand als jenen Brief, der mich beinahe wahnsinnig gemacht hat?

Wie haben Sie mich so hintergehen können, Marguerite, mich, der Sie so sehr liebte!«

»Lassen Sie uns nicht davon sprechen, Armand, ich bin nicht gekommen, das zur Sprache zu bringen. Ich wollte Sie nur nicht mehr zum Feind haben, weiter nichts, und Ihnen noch einmal die Hand drücken. Sie haben eine junge, hübsche Geliebte, die Sie lieben, wie man sagt. Möchten Sie glücklich mit ihr sein und mich vergessen.«

»Und Sie? Sie sind gewiß glücklich.«

»Sehe ich wie eine glückliche Frau aus, Armand? Machen Sie sich über meinen Schmerz nicht lustig, denn Sie wissen wie kein anderer, woher er rührt und wie tief er geht.«

»Es lag in Ihrer Hand, niemals unglücklich zu werden, falls Sie es wirklich derart sind, wie Sie sagen.«

»Nein, mein Freund, die Umstände waren stärker als mein Wille. Nicht meiner Dirnennatur bin ich gefolgt, wie Sie zu glauben scheinen, sondern bitteren Beweggründen, die Sie eines Tages erfahren und die mir Ihre Verzeihung erwirken werden.«

»Warum nennen Sie mir diese Beweggründe nicht jetzt?«

»Weil sie uns nicht wieder zusammenbringen, weil das unmöglich ist, und weil Sie dadurch Menschen entfremdet werden könnten, denen Sie nicht fremd werden dürfen.«

»Wer sind diese Menschen?«

»Das kann ich nicht sagen.«

»Dann lügen Sie.«

Marguerite erhob sich und schritt auf die Tür zu.

Ihr stummer und so beredter Schmerz rührte mich; denn ich verglich die bleiche, weinende Frau mit jenem übermütigen Mädchen, das sich in der Komischen Oper über mich lustig gemacht hatte.

»Gehen Sie nicht so«, sagte ich und vertrat ihr den Weg.

»Warum?«

»Weil ich Sie liebe, trotz allem, was Sie mir angetan, und weil Sie bei mir bleiben sollen.«

»Damit Sie mich morgen wieder fortjagen? Nein, das geht nicht an. Unsere Lebenswege haben sich getrennt und lassen sich nicht wieder zusammenführen. Vielleicht würden Sie mich sonst eines Tages genauso verachten, wie Sie mich jetzt hassen müssen.«

»Nein, Marguerite«, rief ich und fühlte, wie bei der Berührung dieser Frau meine ganze Liebe und all mein Verlangen wieder erwachten. »Nein, ich vergesse, was war, und wir machen einander glücklich, wie wir einander versprochen hatten.«

Marguerite schüttelte ungläubig den Kopf und sagte: »Bin ich nicht Ihre Sklavin, Ihr Hund? Fangen Sie mit mir an, was Sie wollen. Nehmen Sie mich, ich gehöre Ihnen!«

Und sie zog den Mantel aus, setzte den Hut ab, warf beides aufs Sofa und begann hastig ihr Kleid aufzuhaken, denn das Blut drängte, eine häufige Erscheinung bei ihrer

Krankheit, vom Herzen nach dem Kopf und nahm ihr die Luft.

Ein trockener, rauher Husten folgte nach.

»Lassen Sie meinem Kutscher sagen«, fuhr sie fort, »er soll heimfahren.«

Ich ging selbst hinunter und schickte den Mann fort.

Als ich zurückkam, hatte sich Marguerite ans Feuer gekuschelt.

Ihre Zähne klapperten vor Kälte.

Ich nahm sie in die Arme, kleidete sie, die sich nicht wehrte, aus und trug die halb Erstarrte in mein Bett.

Dann setzte ich mich neben sie und versuchte sie mit meinen Zärtlichkeiten zu erwärmen. Sie sagte kein Wort, aber sie lächelte mir zu.

Ach, es war eine merkwürdige Nacht.

Marguerites ganze Seele lebte in den Küssen, mit denen sie mich bedeckte, und ich liebte sie so unendlich, daß ich mich mitten in meinem fieberhaften Liebestaumel fragte, ob ich sie nicht töten solle, damit sie keinem anderen mehr gehören könne.

Einen Monat lang so geliebt, und Leib und Seele wären nur noch ein Schatten.

Bei Tagesanbruch waren wir noch wach.

Marguerite sah fahl aus. Sie sprach kein Wort. Dicke Tränen quollen ihr von Zeit zu Zeit aus den Augen und blieben auf ihren Wangen wie schimmernde Diamanten stehen. Ihre ermatteten Arme wollten mich immer wieder umschlingen und sanken vor Schwäche auf das Bett zurück.

Einen Augenblick lang glaubte ich vergessen zu können, was sich seit meiner Abfahrt aus Bougival zugetragen hatte, und ich sagte zu Marguerite: »Wollen wir nicht wegreisen, fort von Paris?«

»Nein, nein«, erwiderte sie beinahe entsetzt. »Wir würden nur unglücklich werden. Glücklich kann ich dich nicht mehr machen, aber ich will die Sklavin deiner Wünsche sein bis zum letzten Atemzug. Komm zu mir, zu welcher Stunde tags oder nachts du nach mir verlangst, und ich gehöre dir. Aber deine Zukunft mache nicht von mir abhängig, denn du würdest zu unglücklich werden und mich gar zu unglücklich machen.

Eine Weile bin ich noch schön. Das nütze; aber mehr verlange nicht.«

Als sie gegangen war, fühlte ich mich furchtbar einsam. Zwei Stunden später saß ich immer noch auf dem Bett, in dem sie gelegen hatte, und starrte das Kissen an, das den Abdruck ihres Leibes bewahrte, und fragte mich, wie sich wohl meine Liebe mit meiner Eifersucht abfinden werde.

Um fünf ging ich, ohne zu wissen, was ich dort wolle, nach der Rue d'Antin.

Nanine öffnete.

»Madame kann Sie nicht empfangen«, sagte sie verlegen.

»Weshalb?«

»Weil der Herr Graf N. da ist. Er hat angeordnet, niemand hereinzulassen.«

»Ganz recht«, stammelte ich, »daran dachte ich nicht.«

Wie ein Betrunkener ging ich heim. Und wissen Sie, welche schändliche Tat ich in meinem Eifersuchtsdelirium beging? Wollen Sie wissen, was ich tat? Ich sagte mir, dieses Weib hält mich zum Narren, und ich stellte sie mir bei ihrem Schäferstündchen mit dem Grafen vor, wie sie die gleichen Worte flüsterte, die sie mir die letzte Nacht gesagt hatte. Und nun nahm ich eine Fünfhundertfranken-Note und schickte sie ihr mit den Begleitworten:

Sie waren heute früh so rasch weg, daß ich nicht einmal bezahlen konnte.

Anbei den Betrag für die Nacht.

Als der Brief fort war, ging ich aus, um der erwachenden Reue über meine Niedrigkeit zu entfliehen.

Ich ging zu Olympia, die gerade Kleider anprobierte und mir die Zeit, sobald wir allein waren, mit zweideutigen Chansons vertrieb.

Sie war die richtige schamlose, herzlose und geistlose Kurtisane. Wenigstens in meinen Augen; denn wer kann wissen, ob nicht ein anderer von ihr dasselbe träumt, was ich von Marguerite geträumt hatte.

Sie verlangte Geld.

Ich gab ihr welches und kehrte, da mich weiter nichts hielt, nach Hause zurück.

Marguerite hatte nicht geantwortet.

Es hat keinen Zweck, daß ich Ihnen schildere, in welcher Aufregung ich den folgenden Tag verbrachte.

Halb sieben brachte ein Bote einen Umschlag, in dem ohne eine weitere Zeile mein Brief und die fünfhundert Franken steckten.

»Wer hat Sie damit beauftragt?« fragte ich den Mann.

»Eine Dame. Sie ist in Begleitung ihrer Kammerzofe mit der Postkutsche nach Boulogne abgereist und hat mich angewiesen, den Brief erst dann abzugeben, wenn der Wagen weggefahren ist.«

Ich stürzte zu Marguerites Wohnung.

»Madame ist vorhin um sechs nach England abgereist«, erklärte mir der Pförtner.

Jetzt hielt mich nichts mehr in Paris, weder Haß noch Liebe. Die vielen Erschütterungen hatten meine Kräfte aufgezehrt. Einer meiner Freunde trat eben eine Reise nach dem Orient an. Ich gab meinem Vater zu verstehen, daß ich gerne daran teilnehmen möchte. Er versorgte mich mit Wechseln und Empfehlungsschreiben. Acht oder zehn Tage später ging ich in Marseille an Bord.

In Alexandrien erfuhr ich durch einen Gesandtschaftsattaché, dem ich bei Marguerite ein paarmal begegnet war, daß das arme Kind sehr krank sei.

Danach schrieb ich ihr den Brief, auf den sie die Antwort gab, die Sie gelesen haben. Sie erreichte mich in Toulon. Ich brach sofort auf. Das weitere ist Ihnen bekannt.

Nun sollen Sie nur noch die paar Blätter durchlesen, die mir Julie Duprat übergab. Sie sind die notwendige Ergänzung meines Berichtes.

XXV

Vom langen Erzählen erschöpft, das oft durch Weinen unterbrochen war, gab mir Armand die von Marguerite beschriebenen Blätter. Dann legte er seine beiden Hände auf die Stirn und schloß die Augen, als ob er nachdenken oder zu schlafen versuchen wolle.

Bald verrieten rasche Atemzüge, daß Armand in Schlaf gefallen war, in einen leichten Schlummer, den das geringste Geräusch wieder verjagen konnte.

Ich lasse nun folgen, was ich las, ohne daß ich ein Wort hinzufüge oder weglasse:

Heute ist der 15. Dezember. Seit drei oder vier Tagen fühle ich mich krank. Diesen Morgen mußte ich im Bett bleiben. Das Wetter ist trüb, ich bin bedrückt. Niemand ist bei mir, und ich denke an Sie, Armand. Wo mögen Sie jetzt sein, da ich diese Zeilen niederschreibe? Fern von Paris, man sagte mir weit weg. Und vielleicht haben Sie Marguerite bereits vergessen. Gleichviel, möchten Sie nur glücklich sein, Sie, dem ich die einzige frohe Zeit in meinem Leben verdanke.

Ich konnte mich nicht bezwingen, Ihnen mein Verhalten zu erklären, und hatte Ihnen einen Brief geschrieben. Aber ein Brief, den ein Mädchen wie ich schreibt, könnte für Lüge gelten, solange ihn der Tod nicht beglaubigt und wenn das Geschriebene nicht eine Beichte ist.

Jetzt bin ich krank. Wahrscheinlich sterbe ich an dieser Krankheit; denn ich hatte allzeit eine Ahnung, daß ich nicht alt werde. Meine Mutter ist an der Schwindsucht gestorben, und durch das Leben, das ich bis heute geführt habe, ist der Krankheitskeim, die einzige Erbschaft, die sie mir hinterlassen hat, nur begünstigt worden. Aber ich will doch nicht sterben, ohne daß Sie erfahren sollen, was Sie von mir zu halten haben, falls Sie sich nach Ihrer Rückkehr überhaupt noch um das arme Mädchen kümmern, das Sie früher einmal geliebt haben.

Lassen Sie sich sagen, was in dem Brief stand, den ich nun mit Freuden noch einmal schreibe, um noch einmal Rechenschaft abzulegen:

Sie entsinnen sich noch, Armand, wie in Bougival die Nachricht von der Ankunft Ihres Vaters hereinplatzte. Sie entsinnen sich, welchen Schreck mir diese Nachricht unwillkürlich einjagte, entsinnen sich des Auftrittes zwischen Ihnen und Ihrem Vater, von dem Sie mir abends erzählten.

Als Sie am anderen Tag in Paris waren und vergeblich auf die Heimkehr Ihres Vaters warteten, erschien ein Mann bei mir und überbrachte einen Brief von Herrn Duval.

In dem Brief, den ich hier beilege, beschwor er mich geradezu, Sie unter irgendeinem Vorwand wegzuschicken und ihn, Ihren Vater, zu empfangen. Er müsse mich sprechen und mache mir zur Pflicht, Ihnen von seinem Vorhaben nichts zu sagen.

Sie wissen, wie inständig ich Sie bat, am nächsten Tag noch einmal nach Paris zu fahren.

Eine Stunde mögen Sie fortgewesen sein, als Ihr Vater kam. Ich will davon schweigen, welchen Eindruck seine strenge Miene auf mich machte. Ihr Vater steckte voll von altmodischen Ansichten, wonach jede Kurtisane ein Wesen ohne Herz und Verstand ist, eine Art Geldraff-Automat, dem wie jeder eisernen Maschine allzeit zuzutrauen ist, daß er die Hand, die etwas hinreicht, zermalmt und ohne Unterscheidung auch den erbarmungslos zerfetzt, der sie selbst erst ersonnen und in Bewegung gesetzt hat.

Ihr Vater hatte mir einen sehr höflichen Brief geschrieben, damit ich ihn ja empfange. Indessen trat er ganz anders auf. Seine ersten Worte waren reichlich hochfahrend und grob, und er drohte mir sogar, bis ich ihn daran erinnerte, daß er in meinem Hause sei und ich ihm keinerlei Rechenschaft über mein Leben schuldig sei, mit Ausnahme meiner aufrichtigen Liebe zu seinem Sohne.

Hierauf beruhigte sich Herr Duval etwas und begann dafür zu erklären, er könne auf keinen Fall weiter dulden, daß sein Sohn sich meinetwegen ruiniere. Zugegeben, ich sei hübsch, so dürfe ich doch meine Schönheit nicht mißbrauchen und einem jungen Mann durch meine Verschwendungssucht nicht die Zukunft verderben.

Sie begreifen, daß darauf nur eine Antwort möglich war, nämlich ihm die Beweise vorzulegen, daß mir, seitdem ich Ihre Geliebte geworden, kein Opfer zu groß war, Ihnen die

Treue zu halten, ohne mehr von Ihnen anzunehmen, als Sie zu schenken in der Lage waren. Ich zeigte ihm die Pfandscheine des Leihhauses, die Quittungen für verkaufte Wertgegenstände, die ich nicht verpfänden konnte, ich machte Ihren Vater mit meinem Entschluß vertraut, meinen ganzen Hausrat zu veräußern, um dadurch meine Schulden zu decken und mit Ihnen leben zu können, ohne Ihnen eine allzu große Bürde aufzuladen. Ich erzählte ihm, wie glücklich wir waren, wie Sie mir die Augen für ein ruhigeres, befriedigenderes Leben geöffnet haben, und er konnte sich schließlich der Wahrheit nicht verschließen, reichte mir die Hand und bat wegen seines vorherigen Benehmens um Verzeihung.

Dann sagte er: »Nun denn, Madame, nicht mehr mit Vorhaltungen und Drohungen, sondern durch Bitten möchte ich Sie jetzt zu einem Opfer bewegen, das freilich größer ist als alle, die Sie meinem Sohn schon gebracht haben.«

Bei dieser Einleitung überflog mich ein Schauder.

Ihr Vater rückte näher, faßte meine beiden Hände und fuhr in liebevoll-besorgtem Tone fort: »Mein Kind, fassen Sie das nicht falsch auf, was ich Ihnen jetzt sage, und bedenken Sie allein, daß im Leben sich manchmal Notwendigkeiten ergeben, denen man sich beugen muß, auch wenn das Herz blutet. Sie sind gut und besitzen Großmut, etwas, das viele Frauen nicht haben, die vielleicht mit Verachtung auf Sie sehen, aber Ihnen nachstehen. Machen Sie sich klar, daß außer der Geliebten auch noch die Familie besteht, daß es außer der Liebe auch Pflichten gibt, daß auf die Jahre der Leidenschaft eine Lebenszeit folgt, in welcher der Mann eine feste, geachtete Stellung einnehmen muß. Mein Sohn besitzt kein Vermögen. Gleichwohl ist er bereit, Ihnen sein mütterliches Erbteil abzutreten. Nähme er das Opfer an, das Sie ihm bringen wollen, so müßte er Ihnen dafür um seiner Ehre willen und aus Anstand die Rente abtreten, die Sie für alle Zeit vor äußerster Not bewahren kann. Aber er darf Ihr Opfer nicht annehmen, weil die Welt, die Sie nicht kennen, seiner Annahme einen unlauteren Beweggrund unterschieben würde, der unseren Namen beschmutzt. Man würde nicht fragen, ob Armand Sie liebt, ob Sie ihn lieben, ob Ihre gegenseitige Liebe ihn glücklich macht und Ihre Ehre wiederherstellt. Nur das eine würde man sehen, daß Armand Duval einwilligt, daß ein käufliches Mädchen – verzeihen Sie mir, mein Kind, wenn ich dies auszusprechen genötigt bin – um seinetwillen alles verkauft, was es besitzt. Auf dergleichen folgt unfehlbar die Zeit der Vorwürfe und der Reue, für euch beide wie für jeden anderen Menschen, und ihr wäret an eine Kette geschmiedet, die sich nicht sprengen läßt. Was wollt ihr dann tun? Ihre Jugend ist dahin, die Zukunft meines Sohnes verdorben, und ich, der Vater, hätte nur noch an einem Kind den Dank, den ich von zweien zu ernten hoffte.

Sie sind jung und schön, das Leben bietet Ihnen genug Trost. Sie sind edelmütig, und das Bewußtsein einer guten Tat kann manches Geschehene entsühnen. Während des halben Jahres, da Armand Sie kannte, hatte er mich rein vergessen. Viermal schrieb ich ihm, ohne daß er auch nur einmal antwortete. Ich hätte tot sein können, ohne daß er es erfuhr.

Wie ihr euren Entschluß auch durchführen wolltet, anders als bisher zu leben, Armand in seiner Liebe würde sich mit der Einschränkung nicht zufrieden geben, zu welcher Sie seine bescheidenen Mittel verdammen und die nichts für Ihre Schönheit ist. Wer kann wissen, was er dann täte? Er hat, wie ich erfuhr, gespielt, und ich weiß auch, daß er Ihnen nichts davon erzählt hat. Wie aber, wenn er in einer unbedachten Stunde etwas von dem verspielt, was ich in vielen Jahren zur Mitgift meiner Tochter, für ihn selbst und für einen ruhigen Lebensabend zusammengespart habe? Was noch nicht geschehen ist, kann geschehen.

Und sind Sie sicher, ob das Leben, das Sie seinetwegen aufgaben, Sie nicht noch einmal von neuem locken wird? Sind Sie sicher, daß Sie, nachdem Sie ihn geliebt haben, nie mehr einen andern lieben werden? Und wird es schließlich nicht auch Ihr Gemüt bedrücken, daß Sie Schwierigkeiten in das Leben Ihres Geliebten gebracht haben, über die Sie ihm sicher nicht hinweghelfen können, wenn mit zunehmendem Alter der Ehrgeiz an die Stelle der Liebesträume tritt? Das sollten Sie alles bedenken, Madame. Wenn Sie Armand lieben, so beweisen Sie es durch das Letzte, was Sie für ihn tun können: opfern Sie Ihre Liebe seiner Zukunft auf. Noch ist kein Unglück geschehen; aber es wird eins eintreten, ein größeres vielleicht, als ich kommen sehe. Armand kann auf einen Mann eifersüchtig werden, der Sie früher geliebt hat. Er kann ihn fordern, er kann sich schlagen, er kann sogar getötet werden. Und nun malen Sie sich aus, in welche Gewissensqualen Sie kämen, wenn Sie dem Vater Rechenschaft über das Leben seines Sohnes ablegen müßten.

Nunmehr, mein Kind, sollen Sie alles erfahren: denn noch habe ich Ihnen nicht alles erzählt. So hören Sie, was mich nach Paris geführt hat. Wie ich bereits erwähnte, habe ich eine junge schöne Tochter, die unschuldig ist wie ein Engel. Sie liebt, und auch sie träumt von dieser Liebe als der Erfüllung ihres Lebens. Ich hatte das Armand geschrieben, aber er war so erfüllt von Ihnen, daß er zu keiner Antwort Zeit fand. Meine Tochter steht also vor der Heirat. Sie wird die Gattin des Mannes, den sie liebt, und verbindet sich mit einer ehrenwerten Familie, die erwartet, daß auch an der unseren kein Makel sei. Nun haben die Angehörigen meines künftigen Schwiegersohnes erfahren, wie Armand in Paris lebt, und mir erklärt, daß sie das Verlöbnis lösen werden, wenn Armand es so weitertreibt. Das Schicksal eines Mädchens, das Ihnen nichts getan hat und zu den besten Hoffnungen berechtigt, liegt in Ihrer Hand.

Dürfen Sie es zerstören? Und haben Sie den Mut dazu? Ich beschwöre Sie bei Ihrer Liebe, bei der Reue, die Sie überkommen wird, vernichten Sie das Glück meines Kindes nicht!«

Ich weinte still vor mich hin, mein Freund, angesichts all dieser Bedenken, die ich mir selbst oft schon vorgelegt hatte und die nun im Munde Ihres Vaters noch stärkeres Gewicht erhielten.

Ich sagte mir auch alles das, was Ihr Vater nicht auszusprechen wagte, obwohl es ihm zwanzigmal auf der Zunge lag: daß ich nach alledem doch nur ein ausgehaltenes Mädchen sei, und unsere Verbindung, wie ich sie auch rechtfertige, stets als eine Berechnung erscheinen werde; daß meine Vergangenheit mir kein Recht gebe, von einer solchen Zukunft zu träumen, und ich eine Verantwortung übernähme, für die meine Aufführung und mein Ruf schlechte Bürgen sind. Und dazu kam, daß ich Sie liebe, Armand. Der väterliche Ton, in dem Herr Duval zu mir sprach, das Ehrgefühl, das er in mir anrief, die Achtung, die mir der redliche Greis entgegenzubringen begann, die Achtung, die Sie mir, wie ich überzeugt war, später zollen würden, alles zusammen erregte in meinem Herzen edelmütige, mich über mich selbst hinaushebende Vorstellungen und erzeugten eine fromme Eitelkeit in mir, die mir bisher unbekannt gewesen. Bei dem Gedanken, daß der alte Mann, der mich aus Sorge um die

Zukunft seines Sohnes anflehte, eines Tages seine Tochter bitten könnte, meinen Namen als den einer geheimnisvollen Freundin in ihr Gebet mit einzuschließen, ging eine Verwandlung in mir vor, und ich war sogar stolz darauf.

In der augenblicklichen Aufwallung überschätzte ich vielleicht die Berechtigung dieses Gefühles. Aber jedenfalls empfand ich so, mein Freund, und die neue Gesinnung brachte die Stimme zum Schweigen, die mich an die glücklichen Stunden erinnerte, die ich mit Ihnen verbracht hatte.

»Gut, mein Herr«, sagte ich zu Ihrem Vater und trocknete meine Tränen. »Glauben Sie mir, daß ich Ihren Sohn liebe?«

»Ja«, antwortete Herr Duval.

»In selbstloser Liebe?«

»Ja.«

»Glauben Sie, daß diese Liebe die ganze Hoffnung, den Traum, die Entsühnung meines Lebens bedeutet?«

»Ich glaube es fest.«

»Nun, dann umarmen Sie mich einmal, mein Herr, wie Sie Ihre Tochter umarmen, und ich schwöre Ihnen, daß dieser Kuß, der einzige unbegehrliche, den ich je empfing, mich gegen meine Liebe wappnen soll und Ihr Sohn, noch bevor acht Tage vergehen, zu Ihnen zurückkehrt, vielleicht auf einige Zeit unglücklich, aber für immer geheilt.«

»Sie sind edelmütig«, erwiderte Ihr Vater und küßte mich auf die Stirn. »Sie beabsichtigen etwas zu tun, was Ihnen Gott hoch anrechnen wird. Nur fürchte ich, Sie bringen meinen Sohn nicht dahin.«

»Da dürfen Sie unbesorgt sein, mein Herr, er wird mich hassen.«

Ich mußte ein unübersteigbares Hindernis zwischen uns auftürmen, für Sie und für mich.

So schrieb ich an Prudence, daß ich auf das Anerbieten des Grafen N. eingehe. Sie möchte ihm sagen, daß ich mit ihr und mit ihm abends speisen gehen wolle.

Ich versiegelte den Brief und bat Ihren Vater, ohne ihm zu sagen, was darin stand, ihn der Empfängerin gleich zustellen zu lassen, sobald er in Paris sei.

Nichtsdestoweniger fragte er, was der Brief enthalte.

»Das Glück Ihres Sohnes«, entgegnete ich.

Noch einmal umarmte mich Ihr Vater, und ich fühlte auf meiner Stirn zwei Dankestränen, die gleich einer Taufe meine früheren Sünden abwuschen. Und in dieser Stunde, da ich den Entschluß faßte, mich einem anderen Manne zu geben, erfüllte mich Stolz darauf, daß ich durch die neue Sünde Gutes stifte.

Es ergab sich so von ganz allein, Armand. Hatten Sie mir nicht versichert, daß Ihr Vater der rechtschaffenste Mann sei, den es gibt?

Herr Duval stieg in den Wagen und fuhr weg.

Freilich bin ich eine Frau, und als ich Sie wiedersah, konnte ich meinen Tränen nicht gebieten. Aber ich ließ mich nicht umwerfen.

Habe ich recht getan? Das frage ich mich jetzt, da ich krank in meinem Bett liege, das ich wahrscheinlich nur als Tote verlasse.

Sie haben selbst gesehen, wie ich litt, als der Zeitpunkt unserer nicht mehr aufzuhaltenden Trennung heranrückte. Ihr Vater, der mir hätte beistehen können, war fort, und einmal war ich nahe daran, Ihnen alles einzugestehen. So grauste mir bei dem Gedanken, daß Sie mich nun hassen und verachten würden.

Eines halten Sie vielleicht nicht für möglich, Armand, nämlich daß ich zu Gott gebetet habe, er möge mir Kraft geben. Und er muß wohl mein Opfer angenommen haben, denn er gab mir die nötige Kraft.

Auch für jenes Souper brauchte ich einen Halt; denn ich wollte mir nicht eingestehen, was ich vorhatte. So sehr fürchtete ich den Mut zu verlieren.

Wer hätte gedacht, daß ich, Marguerite Gautier, schon bei dem Gedanken an einen neuen Liebhaber mich derart gepeinigt fühlen werde.

Um zu vergessen, trank ich, und als ich am andern Tag aufwachte, lag ich im Bett des Grafen.

Das ist die volle, reine Wahrheit, mein Freund. Richten Sie mich, und verzeihen Sie mir, wie auch ich Ihnen all das Böse verziehen habe, das Sie mir seither zufügten.

XXVI

Was nach jener unseligen Nacht geschah, wissen Sie so gut wie ich. Was ich aber seit unserer Trennung gelitten habe, das konnten Sie freilich nicht wissen und nicht ahnen.

Ich hatte erfahren, daß Ihr Vater Sie mitnahm. Doch fühlte ich, daß Sie es nicht lange fern von mir aushalten können, und so war ich an dem Tag, an dem ich Ihnen in den Champs-Elysees begegnete, zwar tief bewegt, aber nicht überrascht.

Es folgte nun jene Zeit, da Sie mich Tag für Tag mit Beschimpfungen überhäuften, Beschimpfungen, die ich geradezu freudig entgegennahm. Denn abgesehen davon, daß sie mir ein Beweis für die Fortdauer Ihrer Liebe waren, bildete ich mir ein, daß ich, je mehr Sie mich quälten, desto höher in Ihrer Achtung an dem Tag steigen werde, da Sie die Wahrheit erfahren.

Wundern Sie sich nicht über dieses freudige Martyrium, Armand. Die Liebe, die Sie mir schenkten, hat mein Herz großer Regungen fähig gemacht.

Freilich besaß ich diese Kraft nicht sofort.

Von dem Tag an, da ich das Opfer auf mich nahm, bis zu Ihrer Rückkehr ist eine geraume Zeit verflossen, während welcher ich, um nicht wahnsinnig zu werden und um das Leben zu übertäuben, in dem ich mich wiederfand, nicht anders konnte, als Zuflucht in physischen Reizungen zu suchen. Prudence hat Ihnen wohl erzählt, daß ich auf allen Festen, Bällen, Gelagen zu finden war.

Ich nährte dabei die Hoffnung, daß die Ausschweifungen mich rascher dem Tode nähern werden, und ich glaube, daß sich diese Hoffnung bald erfüllt. Meine Gesundheit wurde begreiflicherweise immer mehr zerrüttet, und an dem Tag, da ich Madame Duvernoy mit der Bitte um Erbarmen zu Ihnen schickte, war ich an Leib und Seele völlig gebrochen.

Ich will nicht davon sprechen, Armand, wie Sie mir den letzten Beweis meiner Liebe zu Ihnen vergolten haben und durch welche Beleidigung Sie die Frau aus Paris fortgejagt haben, die, obwohl kaum noch lebend, Ihrem Begehren nach einer Liebesnacht nicht widerstehen konnte und so wahnsinnig war, einen Augenblick lang zu glauben, sie könne Vergangenheit und Gegenwart vereinen. Sie waren berechtigt zu tun, was Sie taten, Armand. So hoch wurde mir eine Nacht selten bezahlt.

Ich ließ also alles im Stich. Olympia trat bei Herrn von N. an meine Stelle und hat sich, wie ich hörte, alle Mühe gegeben, ihn über den Grund meiner Abreise aufzuklären. Graf G. befand sich gerade in London. Er gehört zu der Art Männer, die die Liebe zu einem Mädchen wie mir nicht höher einschätzen als einen angenehmen Zeitvertreib und darum den Frauen, die sie einmal hatten, die Freundschaft bewahren und sie weder hassen noch mit Eifersucht plagen. In anderen Worten, er ist einer von den großen Herren, die nur einen Teil ihres Herzens, aber ihre ganze Börse mit uns teilen. An ihn dachte ich sogleich. Ich suchte ihn auf. Er empfing mich aufs beste, aber er war da drüben der Liebhaber einer Weltdame und fürchtete sich bloßzustellen, wenn er sich mit mir sehen ließe. Er machte mich mit seinen Freunden bekannt, die mir ein Souper gaben, nach welchem mich einer mit sich nahm.

Was anderes hätte ich tun sollen, mein Freund?

Mich umbringen? Das hätte Ihrem Leben, das glücklich sein sollte, unnötigerweise die Last einer Reue aufgebürdet. Und außerdem, wozu soll sich einer das Leben nehmen, wenn er dem Tod schon so nahe steht?

Ich wurde zu einem Leib ohne Seele, zu einem Wesen, das nicht mehr denkt. Eine Zeitlang lebte ich so fühllos dahin, dann kehrte ich nach Paris zurück und erkundigte mich nach Ihnen. Ich erfuhr, daß Sie eine weite Reise angetreten haben. Damit verlor ich den letzten Halt. Mein Leben wurde wieder zu dem, was es zwei Jahre vor unserer Bekanntschaft gewesen war. Ich suchte den Herzog zu versöhnen, aber er zeigte sich allzu tief verletzt, und alte Männer besitzen keine Langmut, vermutlich weil sie spüren, daß sie ihrem Ende entgegengehen. Die Krankheit ergriff immer mehr von mir Besitz. Ich wurde bleicher, trauriger und magerte noch mehr ab. Männer, die sich die Liebe kaufen, prüfen die Ware, bevor sie sie nehmen, und es gab in Paris besser aussehende, üppigere Frauen als mich. Ich geriet ein wenig in Vergessenheit. So ist der Lauf der Dinge gewesen bis gestern.

Heute bin ich der Krankheit völlig erlegen. Ich habe den Herzog in einem Brief um Geld gebeten; denn ich habe nichts mehr, und die Gläubiger sind wieder da und legen mir ihre Rechnungen mit der Erbarmungslosigkeit von Raubtieren vor. Ob der Herzog antwortet? Warum bist Du nicht in Paris, Armand! Du würdest mich besuchen und das wäre ein Trost.

Den 20. Dezember

Ein böses Wetter, es schneit und ich bin allein. Die letzten drei Tage hatte mich das Fieber so stark gepackt, daß ich kein Wort für Sie aufschreiben konnte. Es gibt nichts Neues, mein Freund. Von Tag zu Tag hege ich die leise Hoffnung, einen Brief von Ihnen zu erhalten, aber es kommt keiner und wird wohl auch nie einer kommen. Allein Männer bringen es fertig, Verzeihung zu verweigern. Der Herzog hat nicht geantwortet.

Prudence übernimmt wieder die Wege zum Leihhaus.

Ich werfe ununterbrochen Blut aus. Sie würden erschrekken, wenn Sie mich sähen. Welch ein Glück für Sie, unter einem warmen Himmelsstrich zu weilen, dem eiskalten Winter entronnen zu sein. Mir legt er sich aufs Herz. Heute früh war ich einen Augenblick auf und schaute vom Fenster aus dem Pariser Treiben zu, dem ich wohl auf immer entsagen muß. Ich sah ein paar bekannte Gesichter eilig, fröhlich, sorglos über die Straße gehen. Zu meinen Fenstern blickte niemand herauf. Immerhin haben sich ein paar junge Leute bei mir eingeschrieben. Es war einmal eine Zeit, da ich auch krank lag, und Sie, der mich gar nicht kannte und an dem Tage, da wir uns zum ersten Mal begegneten, nur meine Unart zu spüren bekommen hatten, Sie erkundigten sich damals jeden Morgen nach meinem Befinden. Nun liege ich wieder. Ein halbes Jahr haben wir gemeinsam gelebt, und ich schenkte Ihnen so viel Liebe, als ein Frauenherz nur zu verschenken vermag. Doch Sie sind weit weg, und Sie verdammen mich, und kein Wort des Trostes findet von Ihnen zu mir. Aber es ist ein reiner Zufall, daß ich so verlassen bin, das weiß ich gewiß. Denn wenn Sie sich in Paris befänden, würden Sie gewiß keinen Augenblick von meiner Seite weichen.

Den 25. Dezember

Der Arzt verbietet mir, so oft zu schreiben. Tatsächlich nimmt mein Fieber zu, wenn ich lange an Vergangenes zurückdenke. Gestern jedoch erhielt ich einen Brief, der mir wohltat, mehr wegen des Mitgefühls, das er ausdrückte, als wegen der äußeren Hilfe, die er brachte. Darum darf ich Ihnen heute auch schreiben. Der Brief kam von Ihrem Vater und lautete:

Madame,

ich erfahre soeben, daß Sie krank geworden sind. Wenn ich in Paris wäre, würde ich mich persönlich von Ihrem Befinden überzeugen, und wenn mein Sohn hier wäre, würde ich ihn beauftragen, es zu tun. Leider kann ich nicht von C. fort, und Armand ist sechs- oder siebenhundert Meilen weit weg. Erlauben Sie darum, Ihnen wenigstens zu sagen, wie sehr ich Ihre Erkrankung bedaure, und seien Sie überzeugt, daß ich eine rasche Genesung von Herzen herbeisehne.

Herr M., ein guter Freund von mir, will bei Ihnen vorsprechen. Bitte empfangen Sie ihn. Ich habe ihm einen Auftrag übergeben, dessen Erledigung ich mit Ungeduld erwarte.

Gestatten Sie, Madame, daß ich Ihnen meine vorzüglichste Hochachtung versichere.

Diesen Brief erhielt ich also. Ihr Vater hat ein edles Herz. Behalten Sie ihn lieb, mein Freund, denn es gibt wenig Menschen auf der Welt, die es so verdienen wie er. Das Blatt mit seiner Unterschrift hat mir mehr Erleichterung verschafft als all die Rezepte unseres vortrefflichen Arztes. Herr M. kam heute morgen. Der Auftrag, mit dem ihn Ihr Vater betraut hatte, schien ihn in große Verlegenheit zu setzen. Er bestand darin, mir ohne weitere Umstände tausend Taler von Ihrem Vater zu übergeben. Zunächst wollte ich sie nicht annehmen. Aber Herr M. erklärte mir, daß meine Weigerung Herrn Duval beleidigen würde, der ihn angewiesen habe, mir zunächst diese Summe auszuhändigen und mich künftig mit allem zu versehen, was ich noch brauche. Ich nahm also die Hilfe an, die von Ihrem Vater ja nicht als Almosen gedacht sein kann. Sollte ich schon tot sein, wenn Sie zurückkehren, so lassen Sie Ihren Vater diese Zeilen lesen, die ich eigens für ihn schreibe, und sagen Sie ihm, daß das arme Mädchen, dem er diesen trostreichen Brief zu schreiben geruhte, dabei Dankestränen vergossen und zu Gott für ihn gebetet hat.

Den 4. Januar

Qualvolle Tage liegen hinter mir. Ich wußte nicht, daß man derartige Leiden zu ertragen vermag. Ach, nun habe ich mein vergangenes Leben doppelt und dreifach zu bezahlen.

Nachts mußte eine Wache bei mir bleiben. Ich bekam keine Luft mehr. Fieberträume und Hustenanfälle bemächtigten sich abwechselnd des bißchen Selbst, das von mir übriggeblieben ist.

Mein Eßzimmer ist voll von Näschereien und allerlei Geschenken, die mir Freunde gebracht haben. Sicher sind welche unter ihnen, die sich Hoffnung machen, mich später einmal zu bekommen. Wenn Sie sehen könnten, was die Krankheit aus mir gemacht hat, würden Sie entsetzt weglaufen.

Prudence schickt die Neujahrsgeschenke, die ich erhalten habe, als ihre eigenen weiter.

Es herrscht Frost, und der Doktor hat gesagt, wenn das schöne Wetter anhält, könne ich nach ein paar Tagen ausgehen.

Den 8. Januar

Gestern fuhr ich in meinem Wagen aus. Das Wetter war herrlich. In den Champs-Elysées wimmelte es von Menschen. Man hätte meinen können, der Frühling nahe. Alles stimmte mich freudig. Nie hätte ich geglaubt, daß ein Sonnenstrahl so viel Freude, Behagen und Trost spenden kann.

Ich begegnete sehr vielen meiner Bekannten, die wie immer lustig waren und ganz in ihren Vergnügungen aufgingen. Wie glücklich sind Menschen, die gar nicht wissen, daß sie es sind. Olympia fuhr in einem eleganten Wagen vorbei, den ihr Herr von N. geschenkt hat. Sie warf mir verächtliche Blicke zu. Sie hat keine Ahnung, wie fern mir alle diese Eitelkeiten liegen. Ein guter Junge, den ich seit langem kenne, fragte mich, ob ich nicht mit ihm und seinem Freunde, der mich lebhaft kennenzulernen wünsche, zu Abend speisen wollte.

Ich reichte ihm mit bedauerndem Lächeln meine fieberheiße Hand.

Nie sah ich jemand derart überrascht.

Um vier fuhr ich nach Hause und aß mit gutem Appetit. Die Spazierfahrt ist mir wohl bekommen.

Daß ich doch wieder genesen könnte!

Angesichts des Treibens und Wohlbehagens der anderen erwacht die Lebenslust auch in dem wieder, der sich gestern in seiner Verlassenheit und im Dunkel des Krankenzimmers einen schnellen Tod gewünscht hat.

Den 10. Januar

Meine Hoffnung auf Genesung war nur ein Traum. Ich liege wieder zu Bett, den ganzen Leib mit Pflastern bedeckt, die mich verbrennen. Man sollte diesen Leib, den man einst so teuer bezahlte, heute einmal sehen, und ich möchte wissen, was jemand dafür noch geben wollte!

Wir müssen wohl schon, bevor wir geboren wurden, gesündigt haben oder nach dem Tode eine große Glückseligkeit erlangen, daß Gott so viel Qualen der Buße, so viel Leid der Prüfungen unserem irdischen Leben auferlegt.

Den 12. Januar

Ich leide ununterbrochen.

Graf N. sandte mir gestern Geld. Ich nahm es nicht an. Ich will nichts von diesem Menschen haben. Er ist schuld daran, daß Sie nicht bei mir sind.

Ach, wo sind die schönen Tage von Bougival hin?

Sollte ich lebend aus diesem Zimmer herauskommen, so wollte ich wie ein Pilger das Haus aufsuchen, in dem wir zusammen gewohnt haben. Aber ich komme nur tot heraus.

Wer weiß, ob ich morgen noch an Sie zu schreiben vermag.

Den 25. Januar

Elf Nächte hintereinander finde ich nun keinen Schlaf, bekomme keine Luft und meine jeden Augenblick zu sterben. Der Arzt hat verboten, mir eine Feder in die Hand zu geben. Julie Duprat, die bei mir wacht, läßt zu, daß ich Ihnen noch diese paar Zeilen schreibe. Kommen Sie denn nicht mehr, ehe ich sterbe? Sind wir denn auf ewig voneinander geschieden? Es will mir scheinen, daß ich wieder gesund würde, wenn Sie kämen. Was könnte aber meine Genesung nützen?

Den 28. Januar

Heut morgen weckte mich ein großer Lärm. Julie, die bei mir schlief, stürzte ins Speisezimmer. Ich hörte, wie sie sich vergeblich mit Männern herumstritt. Weinend kehrte sie zurück.

Man war pfänden gekommen. Ich sagte, sie solle der sogenannten Gerechtigkeit ihren Lauf lassen. Mit dem Hut auf dem Kopf kam der Gerichtsvollzieher in mein Zimmer. Er zog die Schubladen heraus, schrieb alles auf, was er fand, und schien gar nicht zu bemerken, daß in dem Bett, das die Mildtätigkeit des Gesetzes mir glücklicherweise beläßt, eine Sterbende liegt.

Als er ging, geruhte er mir zu erklären, daß ich innerhalb von neun Tagen Einspruch erheben könne, doch ließ er einen Aufseher da. Mein Gott, was soll ich anfangen! Der Auftritt hat mich noch kränker gemacht. Prudence wollte den Freund Ihres Vaters um Geld bitten. Ich ließ es nicht zu.

Heute morgen erhielt ich Ihren Brief. Er kam zur rechten Zeit. Wird meine Antwort Sie noch erreichen? Werden Sie mich noch einmal sehen? Welch ein Glückstag! Er läßt mich vergessen, was ich in diesen sechs Wochen erduldet habe, und ungeachtet der Bedrängnis, aus welcher ich Ihnen antworte, beginnt es mir besser zu gehen.

Man muß ja auch nicht immer unglücklich sein.

Wenn ich denke, daß ich vielleicht doch nicht sterbe, daß Sie zurückkommen, daß ich den Frühling erlebe, daß Sie mich noch liebten und wir das Leben noch einmal so führen dürften wie im vergangenen Jahr!

Ach, ich Närrin! Kann ich doch kaum noch die Feder halten, mit der ich diesen unerfüllbaren Wunsch meines Herzens niederschreibe.

Mag kommen was will, Armand! Ich habe Sie sehr geliebt, und wenn mich nicht die Erinnerung an diese Liebe, nicht der Hoffnungsschimmer gehalten hätte, Sie noch einmal bei mir zu sehen, wäre ich längst gestorben.

Den 4. Februar

Graf G. ist wieder in Paris. Seine Geliebte hat ihn betrogen. Er ist ziemlich niedergeschlagen, denn er liebte sie sehr. Er erzählte mir davon, als er mich besuchte. Der arme Junge ist ziemlich schlecht bei Kasse, was ihn aber nicht hinderte, den Gerichtsvollzieher zu bezahlen und den Aufseher wegzuschicken.

Der Herzog ließ sich gestern nach meinem Befinden erkundigen und kam heute morgen selber. Ich weiß nicht, was den alten Mann noch am Leben hält. Er blieb drei Stunden, hat aber kaum zwanzig Worte gesprochen. Zwei dicke Tränen rollten ihm über die Wange, als er mich so bleich liegen sah. Sicher brachte ihn die Erinnerung an seine Tochter zum Weinen. Er hat sie nun zweimal sterben sehen. Sein Rücken ist krumm, der Kopf hängt tief herab, der Mund ist schlaff, sein Blick erloschen. Beides, Alter und Kummer, beugen seinen geschwächten Leib nieder. Er machte mir keinen Vorwurf. Es sah beinahe so aus, als sei er im stillen befriedigt über die Verwüstungen, die die Krankheit in mir angerichtet hat. Ich glaube, er ist stolz darauf, daß er noch herumlaufen kann, während ich trotz meiner Jugend meinen Leiden erliege.

Das Wetter ist wieder schlecht geworden. Kein Mensch besucht mich. Julie wacht, so lange sie kann, bei mir. Prudence, der ich nicht mehr so viel Geld und anderes schenken kann wie früher, hält sich unter dem Vorwand fern, sie müsse ihren Geschäften nachgehen.

Jetzt, wo ich ungeachtet des Geredes der Ärzte – denn ich habe mehrere, ein Beweis, daß die Krankheit schlimmer wird – mich zum Sterben anschicke, jetzt bedaure ich fast, auf Ihren Vater gehört zu haben. Hätte ich gewußt, daß ich von Ihrem Leben nur mehr ein Jahr in Anspruch nehme, ich hätte das Verlangen, dieses Jahr mit Ihnen zu leben, nicht unterdrücken können und würde wenigstens in den Armen eines Freundes sterben.

Freilich wäre ich nicht so rasch gestorben, wenn wir dieses Jahr einander angehört hätten.

Doch Gottes Wille geschehe!

Den 5. Februar

Ach, kommen Sie zu mir, Armand, kommen Sie, ich leide entsetzlich, mein Gott, und ich muß sterben. Gestern war ich so trübsinnig, daß ich den Abend irgendwo außer Haus verbringen wollte, denn er drohte, wie der vorangegangene kein Ende zu nehmen. Der Herzog hatte mich vormittags besucht. Mir ist, als beschleunige der Anblick des Greises, den der Tod vergessen hat, mein Sterben.

Trotz des Fiebers, das in mir glühte, ließ ich mich ankleiden und ins Vaudeville fahren. Julie hatte mir Rot aufgelegt, sonst hätte ich wie eine Tote ausgesehen. Ich nahm dieselbe Loge, in der Sie mir vorgestellt wurden. Die ganze Zeit über mußte ich auf den Platz starren, auf dem Sie damals gesessen hatten. Diesmal saß eine Art Bauernbursche dort, der bei jeder Albernheit, die die Schauspieler vorbrachten, in ein schallendes Gelächter ausbrach. Man schaffte mich halbtot nach Hause. Während der ganzen Nacht hustete ich und warf Blut aus. Heute vermag ich nicht mehr zu sprechen und kann nur mit Mühe die Glieder bewegen. Mein Gott, mein Gott, ich muß sterben. Darauf war ich gefaßt; aber wenn ich mir vorstelle, daß ich noch mehr leiden soll, als ich schon leide, und wenn ...

Die paar Zeichen, die Marguerite nach diesen Worten noch hingekritzelt hatte, waren unlesbar. Julie Duprat hatte das Folgende hinzugefügt.

Den 18. Februar

Verehrter Herr Armand,
seit dem Tag, an dem Marguerite darauf bestand, ins Theater zu gehen, ging es mit ihr fortwährend abwärts. Sie hat die Stimme vollständig verloren, danach haben ihr auch die Glieder den Dienst versagt. Es läßt sich nicht schildern, was unsere arme Freundin leidet. Ich bin noch nie in solcher Aufregung gewesen und stürze aus einer Angst in die andere.

Ich wünschte sehr, daß Sie hier wären. Sie phantasiert fast ununterbrochen, und sobald sie nur ein Wort über die Lippen bekommt, wach oder im Fieber, spricht sie jedesmal Ihren Namen aus.

Der Arzt sagte mir, sie werde es nicht mehr lange treiben.

Seit es so sehr schlecht mit ihr steht, hat sich der alte Herzog nicht mehr sehen lassen.

Dem Doktor hat er erklärt, der Anblick nähme ihn zu sehr mit. Madame Duvernoy zeigt sich nicht von der besten Seite. Diese Frau, die bisher zum größten Teil auf Marguerites Kosten gelebt hat und ihr noch mehr Geld abzunehmen dachte, ist Verpflichtungen eingegangen, die sie nicht einlösen kann, und da sie nun sieht, daß bei ihrer Nachbarin nichts mehr zu holen ist, hält sie es nicht mehr für nötig, sie zu besuchen. Jetzt ist Marguerite von aller Welt verlassen. Herr von G. hat vor seinen Gläubigern nach London flüchten müssen. Zuvor schickte er uns noch etwas Geld; er tat, was in seiner Macht stand. Aber nun hat man wieder gepfändet, und die Gläubiger warten nur noch auf ihren Tod, um versteigern zu lassen.

Ich wollte keinen Ausweg unversucht lassen, die ganze Pfänderei zu verhindern, aber der Gerichtsvollzieher erklärte mir, das habe keinen Zweck, weil er mit noch mehr Vollstreckungen beauftragt sei. Da sie ja doch sterben müsse, sei es besser, alles herzugeben, als etwas den Angehörigen zu erhalten, von denen sie nichts habe wissen wollen und die sie selber ja nie geliebt hat. So können Sie sich vorstellen, in welchem glanzvollen Elend das arme Kind stirbt. Gestern hatten wir keinen Pfennig Geld mehr. Tischzeug, Schmuck, Kaschmirschals, alles ist versetzt, was übrigblieb verkauft oder beschlagnahmt. Marguerite begreift noch, was um sie vorgeht, und leidet darunter an Leib und Seele. Schwere Tränen rollen ihr über die ach so blassen und hohlen Wangen. Sie würden die, die Sie einst so sehr liebten, nicht wiedererkennen, wenn Sie sie sehen könnten. Ich hatte ihr versprechen müssen, an Sie weiterzuschreiben, wenn sie selbst nicht mehr kann, und ich schreibe in ihrer Gegenwart. Sie hält die

Augen auf mich gerichtet, aber sie sieht mich nicht, der nahende Tod verschleiert schon ihren Blick. Dennoch lächelt sie, und all ihre Gedanken, ihre ganze Seele ist zweifellos bei Ihnen.

Jedesmal wenn die Tür aufgeht, beginnen ihre Augen zu strahlen, denn sie glaubt jedesmal, Sie würden hereinkommen. Wenn sie dann merkt, daß Sie es nicht sind, treten die Leidenszüge wieder in ihrem Gesicht hervor. Ein kalter Schweiß bricht aus, und die Wangen bekommen purpurrote Flecken.

Den 19. Februar, um Mitternacht

Welch ein trauriger Tag war das heute, armer Herr Armand. Am Morgen rang Marguerite nach Luft. Der Arzt ließ ihr zur Ader, und sie konnte wenigstens notdürftig sprechen. Der Doktor riet ihr, den Priester kommen zu lassen. Sie erklärte sich einverstanden, und er selbst bestellte einen Geistlichen von Sankt Rochus.

In der Zwischenzeit rief mich Marguerite ans Bett, bat mich, ihren Schrank aufzuschließen, und bezeichnete mir ein Häubchen und ein spitzenbedecktes langes Hemd. Mit schwacher Stimme sagte sie: »Wenn ich gebeichtet habe, werde ich sterben. Dann leg mir diese Sachen an. Es ist die letzte Putzsucht einer Sterbenden.« Darauf küßte sie mich weinend und setzte hinzu: »Ich kann sprechen, aber es will mich dabei ersticken. Ich ersticke! Luft!«

Ich mußte weinen und öffnete das Fenster. Gleich darauf kam der Priester.

Ich ging ihm entgegen.

Als ihm klar wurde, bei wem er sich befand, schien er eine unfreundliche Aufnahme zu fürchten.

»Treten Sie getrost näher, Hochwürden«, sagte ich.

Er verweilte nicht lange im Krankenzimmer, und als er herauskam, sagte er zu mir: »Sie hat als Sünderin gelebt, aber sie stirbt als eine Christin.«

Kurz danach kehrte er mit einem Chorknaben, der das Kruzifix trug, und einem Küster zurück, der klingelnd vor ihnen herschritt, um kundzutun, daß Gott zu der Sterbenden komme.

Sie gingen zu dritt in dieses Schlafzimmer, in dem früher soviel seltsame Worte erklungen sind und das nun zu dieser Stunde ein heiliger Raum geworden ist.

Ich sank auf die Knie.

Ich weiß nicht, wie lange der Eindruck vorhält, den das Schauspiel auf mich ausübte; aber ich glaube nicht, daß mich bis zu meiner eigenen letzten Stunde etwas menschlich tiefer ergreifen kann.

Der Priester salbte Füße, Hände und Stirn der Sterbenden mit heiligem Öl, sprach ein kurzes Gebet, und Marguerite fand sich auf den Himmel vorbereitet, in den sie zweifellos auch gekommen ist, da Gott um die Prüfungen ihres Lebens und um ihren frommen Tod weiß.

Seitdem hat sie kein Wort mehr gesprochen und sich nicht mehr geregt. Zwanzigmal hätte ich sie für tot gehalten, wenn nicht ihr mühsames Atemholen zu hören gewesen wäre.

Den 20. Februar, fünf Uhr abends

Es ist vorüber.

Gegen zwei Uhr in der Nacht setzte Marguerites Todeskampf ein. Sie schrie furchtbar. Ein Märtyrer kann kaum mehr Qualen erduldet haben als sie. Zwei-, dreimal richtete sie sich im Bett hoch auf, als wolle sie ihr Leben zurückhalten, das schon nach dem Jenseits strebte.

Zwei- oder dreimal sprach sie auch Ihren Namen aus. Dann wurde sie ganz still und sank erschöpft auf das Lager zurück. Stumme Tränen quollen aus ihren Augen, und so verschied sie.

Ich trat sofort zu ihr und rief sie beim Namen, und als keine Antwort kam, drückte ich ihr die Augen zu und küßte sie auf die Stirn.

Arme liebe Marguerite, ich wollte, ich wäre eine Heilige, damit dich dieser Kuß dem Herrgott empfehle.

Danach kleidete ich sie an, wie sie verlangt hatte, holte einen Priester von Sankt Rochus, stiftete zwei Altarkerzen und betete eine Stunde für sie in der Kirche.

Das Geld, das sie noch hatte, gab ich den Armen.

Ich bin in religiösen Dingen nicht zu Hause, aber ich denke mir, daß meine Tränen echt waren und mein Gebet voller Inbrunst und mein Almosengeben von Herzen kam, hat Gott bemerkt.

So wird er sich ihrer schon erbarmen, die in ihrer jugendlichen Schöne starb und außer mir niemand hatte, ihr die Augen zuzudrücken und sie der Erde zu übergeben.

Den 22. Februar

Heute ist sie begraben worden. In der Kirche hatten sich viele Freundinnen Marguerites eingefunden. Manche vergossen aufrichtige Tränen. Als der Sarg nach dem Montmartre gebracht wurde, folgten ihm allein zwei Männer, Graf G., der eigens deswegen aus London gekommen war, und der von zwei Dienern geführte Herzog. Ich schreibe Ihnen dies unter Tränen bei düsterem Lampenlicht in Marguerites Wohnung. Das Essen, das Nanine mir zubereiten ließ, weil ich in den letzten vierundzwanzig Stunden keinen Bissen zu mir nehmen konnte, steht neben mir, aber ich mag es nicht anrühren, wie Sie sich denken können.

Bei meiner Art zu leben, kann man solchen betrüblichen Erlebnissen nicht lange nachhängen, denn ich verfüge über mein Leben nicht freier als Marguerite über das ihrige verfügte. Deshalb berichte ich Ihnen von all den Geschehnissen gleich an Ort und Stelle, wo sie sich zugetragen haben. Ich fürchte, wenn es lange bis zu Ihrer Rückkehr dauert, wird die ganze traurige Geschichte mir nicht mehr so deutlich vor Augen stehen wie jetzt.

XXVII

»Nun kennen Sie es«, sagte Armand, als ich die Blätter zu Ende gelesen hatte.

»Ich begreife, was Sie durchgemacht haben, mein Freund, wenn es sich so verhält, wie hier steht.«

»Ein Brief meines Vaters bestätigt es.«

Wir sprachen noch einige Zeit über das traurige Schicksal, das zu einem solchen Ende geführt hat, und ich begab mich nach Hause, um ein wenig zu ruhen.

Armand, der seinen Kummer im Herzen bewahrte, obwohl ihm durch das Erzählen der Geschichte leichter geworden war, kam rasch wieder zu Kräften, und wir besuchten gemeinsam Prudence und Julie Duprat.

Prudence hatte kurz vorher bankrott gemacht. Sie erklärte uns, daran sei nur Marguerite schuld, denn sie, Prudence, habe ihr während ihrer Krankheit eine Menge Geld geliehen, das sie auf Wechsel beschafft habe und nicht wieder zurückzahlen konnte, weil Marguerite inzwischen gestorben sei, ohne es ihr wiederzugeben, und ihr auch keine

Quittungen ausgestellt habe, auf Grund deren sie ihre Ansprüche hätte geltend machen können.

Mit diesem Märchen, das Madame Duvernoy, um ihre üblen Geschäfte zu vertuschen, überall erzählte, lockte sie Armand, der ihr zwar nicht glaubte, aber tat, als glaube er es, einen Tausendfrankenschein ab. So große Ehrerbietung brachte er allem entgegen, was mit seiner Geliebten in Zusammenhang stand.

Wir gingen danach zu Julie Duprat, die uns die traurigen Ereignisse, deren Zeuge sie gewesen, erzählte, wobei sie ihrer Freundin aufrichtige Tränen nachweinte.

Zuletzt gingen wir an Marguerites Grab, aus dem die Strahlen der Aprilsonne das erste Grün hervorlockten.

Nun blieb Armand nur noch eine einzige Pflicht zu erfüllen übrig, nämlich seinen Vater aufzusuchen. Er bestand darauf, daß ich ihn begleite.

Wir reisten nach C., wo ich in Herrn Duval den stattlichen, würdigen, wohlmeinenden Mann fand, den ich mir nach der Schilderung seines Sohnes vorgestellt hatte.

Vor Glück weinend empfing er Armand und drückte mir herzlich die Hand. Ich erkannte rasch, daß die Vaterliebe im Herzen des Generaleinnehmers die erste Stelle einnahm.

Seine Tochter Blanche besaß die klaren Augen und den kindlichen Mund, die das Kennzeichen eines Wesens sind, das nur reine Gedanken hegt und nur gute Worte spricht. Nichtsahnend, daß bei der bloßen Beschwörung ihres Namens eine Kurtisane Glück und Leben ihr geopfert hat, lächelte das keusche Kind seinen zurückgekehrten Bruder an.

Ich blieb einige Zeit bei den glücklichen Menschen, die alles taten, Armands Herz wieder aufzurichten.

Nach Paris zurückgekehrt, schrieb ich diese Geschichte

nieder, wie sie mir erzählt worden war. Sie hat nur ein Verdienst, obwohl man das vielleicht anzweifelt, nämlich das Verdienst wahr zu sein.

Die Schlußfolgerung, daß ein jedes leichte Mädchen imstande sei zu tun, was Marguerite tat, ziehe ich nicht. Das liege mir fern. Aber ich habe doch eine kennengelernt, die einer großen Liebe fähig war, die dafür gelitten hat und dafür gestorben ist. Ich habe dem Leser berichtet, was mir bekannt geworden. Das war meine Pflicht.

Ein Apostel des Lasters bin ich nicht, sondern ich will der reine Spiegel edler Unglücklicher sein, von wo immer ihr Hilferuf zu mir dringt.

Marguerites Geschichte, ich wiederhole es, ist eine Ausnahme. Wenn sie etwas Alltägliches wäre, hätte sie nicht verdient, aufgezeichnet zu werden.

GROSSE KLASSIKER IM INSEL TASCHENBUCH

Die großen Romane der Weltliteratur in edlem Gewand, mit Prägung und in klassischer, lesefreundlicher Typographie, auf der Grundlage sorgfältiger Editionen und ausgewählter Übersetzungen

JANE AUSTEN
VERSTAND UND GEFÜHL

Übersetzt von Angelika Beck
it 2812. 480 Seiten

JANE AUSTEN
EMMA

Übersetzt von Angelika Beck
it 2953. 640 Seiten

EMILY BRONTË
DIE STURMHÖHE

Übersetzt von Grete Rambach
it 2773. 464 Seiten

DANTE
DIE GÖTTLICHE KOMÖDIE

Übersetzt von
Friedrich Freiherrn von Falkenhausen
it 2863. 800 Seiten

NF 67/1/6.01

FJODOR M. DOSTOJEWSKI
DER SPIELER

Übersetzt von Hermann Röhl
it 2774. 240 Seiten

ALEXANDRE DUMAS
DIE KAMELIENDAME

Übersetzt von Walter Hoyer
it 2943. 272 Seiten

GUSTAVE FLAUBERT
LEHRJAHRE DES GEFÜHLS

Übersetzt von Maria Dessauer
it 2776. 640 Seiten

GUSTAVE FLAUBERT
MADAME BOVARY

Übersetzt von Maria Dessauer
it 2861. 464 Seiten

THEODOR FONTANE
EFFI BRIEST

it 2811. 368 Seiten

THEODOR FONTANE
FRAU JENNY TREIBEL

it 2952. 240 Seiten

NF 67/2/6.01

JOHANN WOLFGANG GOETHE
DIE LEIDEN DES JUNGEN WERTHER

it 2775. 176 Seiten

JOHANN WOLFGANG GOETHE
DIE WAHLVERWANDTSCHAFTEN

it 2950. 320 Seiten

VICTOR HUGO
DER GLÖCKNER VON NOTRE-DAME
Übersetzt von Else von Schorn
it 2810. 672 Seiten

GOTTFRIED KELLER
DER GRÜNE HEINRICH

it 2944. 960 Seiten

HEINRICH VON KLEIST
SÄMTLICHE ERZÄHLUNGEN

it 2862. 336 Seiten

CHODERLOS DE LACLOS
GEFÄHRLICHE LIEBSCHAFTEN
Übersetzt von Heinrich Mann

it 2977. 544 Seiten

NF 67/3/6.01

ALESSANDRO MANZONI
DIE VERLOBTEN

it 2951. 880 Seiten

LEW N. TOLSTOJ
DIE KREUTZERSONATE

Übersetzt von Arthur Luther
it 2978. 160 Seiten

OSCAR WILDE
DAS BILDNIS DES DORIAN GRAY

Übersetzt von Hedwig Lachmann und
Gustav Landauer
Revidiert von Norbert Kohl
it 2860. 304 Seiten

EMILE ZOLA
DAS GELD

Übersetzt von Leopold Rosenzweig
it 2813. 592 Seiten

Die Reihe wird fortgesetzt.

NF 67/4/6.01

**Klassische französische Literatur
im insel taschenbuch
Eine Auswahl**

Gustave Flaubert
- Romane und Erzählungen. 8 Bände. it 1861-1868. 2752 Seiten
- Bouvard und Pécuchet. it 1861. 448 Seiten
- Drei Erzählungen. it 1862. 288 Seiten
- Lehrjahre des Gefühls. it 1863. 496 Seiten
- Madame Bovary. it 1864. 432 Seiten
- November. it 1865. 160 Seiten
- Reise in den Orient. it 1866. 464 Seiten
- Salammbô. it 1867. 464 Seiten
- Die Versuchung des heiligen Antonius. it 1868. 272 Seiten

Edmond de Goncourt/Jules de Goncourt
Tagebücher. Aufzeichnungen aus den Jahren 1851-1870. Ausgewählt, übertragen und herausgegeben von Justus Franz Wittkop. Mit zeitgenössischen Abbildungen.
it 1834. 447 Seiten

George Sand
- Geschichte meines Lebens. Aus ihrem autobiographischen Werk. Auswahl und Einleitung von Renate Wiggershaus. Mit Abbildungen und Fotografien. it 313. 254 Seiten
- Indiana. Übersetzt von A. Seubert. Mit einem Essay von Annegret Stopczyk. it 711. 321 Seite
- Lélia. Übersetzt von Anna Wheill. Mit einem Essay von Nike Wagner. it 737. 289 Seiten
- Lucrezia Floriani. Roman. Übersetzt von Anna Wheill. it 858. 198 Seiten
- Ein Winter auf Mallorca. Übersetzt von Maria Dessauer. it 2102. 220 Seiten

NF 29/1/6.00

- George Sand. Leben und Werk in Texten und Bildern. Von Gisela Schlientz. it 565. 407 Seiten

Emile Zola

- Das Geld. Übersetzt von Leopold Rosenzweig. it 1749. 554 Seiten
- Germinal. Übersetzt von Armin Schwarz. Mit Illustrationen von Renate Sendler-Peters. it 720. 587 Seiten
- Nana. Übersetzung und Nachwort von Erich Marx. Mit Illustrationen von Renate Sendler-Peters. it 398. 533 Seiten
- Thérèse Raquin. Roman. Übersetzt von Ernst Hardt. it 1146. 274 Seiten

NF 29/2/6.00

Italienische Literatur im insel taschenbuch Eine Auswahl

Pietro Aretino. Die Gespräche des göttlichen Pietro Aretino. Übertragen von Heinrich Conrad. it 2570. 532 Seiten

Cesare Beccaria. Über Verbrechen und Strafen. Nach der Ausgabe von 1766 übersetzt und herausgegeben von Wilhelm Alff. it 2166. 188 Seiten

Giuseppe Gioacchino Belli. Die Wahrheiten des G. G. Belli. Römer, Huren und Prälaten. Eine Auswahl seiner frechen und frommen Verse. Vorgestellt und übertragen von Otto Ernst Rock. it 754. 345 Seiten

Giovanni di Boccaccio. Das Dekameron. Mit 110 Holzschnitten der italienischen Ausgabe von 1492. Übersetzt von Albert Wesselski. Mit einer Einleitung von André Jolles. it 2577. 1072 Seiten

Giovanni di Boccaccio. Erotische Geschichten. Ausgewählt aus dem Dekameron und übertragen von Albert Wesselski Großdruck. it 2383. 136 Seiten

Roberto Calasso. Die Hochzeit von Kadmos und Harmonia. Übersetzt von Moshe Kahn. it 1476. 434 Seiten

Casanova-Geschichten. Ausgewählt von Eckart Kleßmann. it 2117. 361 Seiten

NF 9a/1/9.02

Leben des Benvenuto Cellini florentinischen Goldschmieds und Bildhauers. Von ihm selbst geschrieben, übersetzt und mit einem Anhange herausgegeben von Johann Wolfgang Goethe. Mit einem Nachwort von Harald Keller. it 525. 559 Seiten

Dante. Die Göttliche Komödie. Mit 50 Holzschnitten von Botticelli. Deutsch von Friedrich Freiherrn von Falkenhausen. it 94. 686 Seiten

Dante und die Göttliche Komödie. Von Olof Lagercrantz. Übersetzt von Gisbert Jänicke. it 2159. 296 Seiten

Niccolò Machiavelli. Discorsi. Über Staat und Politik. Übersetzt von Friedrich von Oppeln-Bronikowski. Herausgegeben von Horst Günther. it 2551. 528 Seiten

Niccolò Machiavelli. Der Fürst. Übersetzt von Friedrich von Oppeln-Bronikowski. Mit einem Nachwort von Horst Günther. it 1207. 166 Seiten

Machiavelli für Manager. Sentenzen. Ausgewählt von Luigi und Elena Spagnol. it 1733. 109 Seiten

Alessandro Manzoni. Die Verlobten. Eine mailändische Geschichte aus dem siebzehnten Jahrhundert. Übersetzt von Ernst Wiegand Junker. Mit einem Essay von Umberto Eco. it 2951. 880 Seiten

Michelangelo. Sämtliche Gedichte. Italienisch und deutsch. Herausgegeben und übertragen von Michael Engelhard. it 2299. 444 Seiten

Francesco Petrarca. Dichtungen. Briefe. Schriften. Auswahl und Einleitung von Hanns W. Eppelsheimer. it 486. 218 Seiten

NF 9a/2/9.02

Francesco Petrarca. Die schönsten Liebesgedichte. Italienisch und deutsch. Übersetzt, erläutert und mit einem Nachwort von Jürgen von Stackelberg. it 1976. 132 Seiten

Italo Svevo. Ein gelungener Scherz. Erzählung. Übersetzt von Karl Hellwig. Mit einem Nachwort von Jochen Schimmang. it 2808. 128 Seiten

Giovanni Verga. Auf den Straßen. Novellen. Übersetzt von Gesa Schröder. it 2638. 128 Seiten

Giovanni Verga. Die Malavoglia. Der Untergang einer sizilianischen Familie. Übersetzt und mit einem Nachwort von René König. it 2720. 323 Seiten

NF 9a/3/9.02